LES COWBOYS SE MURENT DANS LE SILENCE

TARA LAIN

LES COWBOYS SE MURENT DANS LE SILENCE

TARA LAIN

Publié par
DREAMSPINNER PRESS

5032 Capital Circle SW, Suite 2, PMB# 279, Tallahassee, FL 32305-7886 USA
www.dreamspinnerpress.com

Ceci est une œuvre de fiction. Les noms, les personnages, les lieux et les faits décrits ne sont que le produit de l'imagination de l'auteur, ou utilisés de façon fictive. Toute ressemblance avec des personnes ayant réellement existé, vivantes ou décédées, des établissements commerciaux ou des événements ou des lieux ne serait que le fruit d'une coïncidence.

Les cowboys se murent dans le silence
Copyright de l'édition française © 2017 Dreamspinner Press.
Titre original : Cowboys Don't Come Out
© 2016 Tara Lain.
Première édition : décembre 2016
Traduit de l'anglais par Laura Brohan.

Illustration de la couverture :
© 2016 Reese Dante.
http://www.reesedante.com
Les éléments de la couverture ne sont utilisés qu'à des fins d'illustration et toute personne qui y est représentée est un modèle

Tout droit réservé. Aucune partie de cet e-book ne peut être reproduite ou transférée d'aucune façon que ce soit ni par aucun moyen, électronique ou physique sans la permission écrite de l'éditeur, sauf dans les endroits où la loi le permet. Cela inclut le photocopiage, les enregistrements et tout système de stockage et de retrait d'information. Pour demander une autorisation, et pour toute autre demande d'information, merci de contacter Dreamspinner Press, 5032 Capital Cir. SW, Ste 2 PMB# 279, Tallahassee, FL 32305-7886, USA www.dreamspinnerpress.com.

Édition e-book en français : 978-1-63533-991-8
Édition imprimée en français : 978-1-63533-990-1
Première édition française : juillet 2017
v 1.0

Édité aux États-Unis d'Amérique.

À BA Tortuga, amie et inspiration, dont le travail m'a convaincue que ce serait une bonne idée de donner vie à des cowboys !

Remerciements

Merci à Anne Regan pour sa magnifique contribution à tous mes livres – et pour son grand amour des cowboys !

1

RAND JETA une casquette de baseball dans son sac, par-dessus ses shorts puis, il sortit du lubrifiant de sa table de chevet. *Bon sang. Je prends mes désirs pour des réalités.* Il fixa l'énorme gode qu'il avait utilisé à cinq reprises la nuit précédente. La perspective d'une semaine sans sexe, en compagnie de ses parents, dans leur vision d'un paradis tropical, poussait un homme à la masturbation. Il prit le gode, ferma le tiroir et le cacha dans la poche de son manteau d'hiver qui se trouvait dans le placard. Prendre le risque que la femme de ménage tombe dessus ? Jamais. Par contre, il jeta le lubrifiant dans son sac. Il pourrait en avoir besoin en cas de masturbation nécessaire.

Il sortit une autre chemise à manches longues avec des boutons à pression. Qu'avait-il dans son armoire qui corresponde au climat de Maui ? Question plus importante encore : pourquoi un cowboy allait-il se perdre à Maui ? La sonnerie de son téléphone portable souligna cette question. *Appel entrant, Maman.* Il décrocha.

— Salut. Je suis en route. Presque.

— Randall, dépêche-toi. Nous arrivons bientôt à l'aéroport. Si nous voulons faire le vol de Kahului à Hana ensemble, tu ne dois pas rater ton avion.

— Je pars. Je serai à l'heure. Ne t'inquiète pas.

— Tu sais à quel point ton père et moi sommes impatients de passer nos vacances avec toi – pour changer.

C'est ça, joue la carte de la mère aimante. Bien entendu, elle *était* une mère aimante, ce qui était la seule raison pour laquelle il se précipitait pour aller prendre cet avion. Étant donné la peur panique qu'il ressentait à l'idée de voler, c'était la preuve que sa mère comptait plus pour lui que sa propre vie. Évidemment, elle ne savait pas qu'il avait la phobie du vide. Il y avait beaucoup de choses qu'elle ne savait pas.

— Je te verrai cet après-midi.

— J'ai hâte. Bisou, bisou.

Il vérifia une dernière fois son sac et le ferma. Ce qu'il avait pris devrait suffire. Il attrapa ses bottes dans un coin du placard et s'assit pour les enfiler. Il réussirait à survivre à ces « vacances en famille » – les premières

1

en seize ans, depuis qu'ils étaient allés à Walt Disney World quand il avait dix ans ; il avait détesté ce voyage. Il avait tellement voulu se rendre dans un ranch éducatif, mais sa mère avait refusé de croire qu'il n'allait pas aimer Mickey et tous ses amis. Intuition maternelle ? Zéro. Après le désastre de Sourisland, ses parents avaient commencé à l'envoyer en camp équestre chaque année pendant qu'eux partaient en vacances de leur côté. Ces camps avaient été le point de départ de sa vie – que ce soit de façon positive ou négative.

Il éteignit les lumières de la chambre et tira son sac à roulettes en toile jusqu'à la porte d'entrée. Il attrapa machinalement le Stetson sur la patère et le posa sur sa tête. *Au revoir, maison. À bientôt – si je survis.*

Il sortit dans l'air frais du matin, posa le sac sur la terrasse de sa maison et se rendit rapidement jusqu'aux écuries. Manolo et Danny étrillaient les chevaux pour les cavaliers qui n'allaient plus tarder à arriver.

On ne voyait presque pas Manolo, petit et trapu, par-dessus le dos du grand hongre.

— Bonjour, *patrón.*, dit-il en relevant la tête, les yeux pétillants.

Rand se pencha par-dessus le cheval et serra l'épaule de son employé.

— Nous avons Scot et sa mère qui viennent ce matin, l'informa Rand. Plus tard dans la matinée, ce seront les Anderson. Le reste de la semaine n'est pas très chargé, alors avec un peu de chance, vous ne serez pas débordés de travail. J'ai prévenu tous nos élèves, ainsi que leurs familles que je partais en vacances, et je n'ai pas pris de rendez-vous ponctuels. Étant donné que c'est Noël, ils sont plutôt compréhensifs.

Danny sourit – jolies fossettes, cheveux couleur sable, longues jambes et une tête bien faite, comme les héros des films. Le cowboy mignon par excellence. Kevin Costner dans *Silverado* – malin et magnifique. Depuis qu'il l'avait embauché, Rand faisait de son mieux pour le voir comme un ami et rien de plus. Danny offrit une carotte à Star Sight, le grand palomino.

— Ne t'inquiète pas, dit-il. Nous allons nous en sortir. Bien entendu, Mme Anderson sera très déçue que tu ne sois pas là, mais je doute qu'elle prive son petit ange de cours d'équitation pendant ton absence.

— Allez-y doucement avec Ricky. Ce gamin est doué, mais il est très nerveux.

— Il est plutôt très gay, remarqua Manolo en lui faisant un clin d'œil.

Rand fronça les sourcils.

— Peu importe, ce gamin pense qu'il ne vaut rien. Soyez délicat avec lui.

Manolo hocha la tête.

— Désolé. Je ne voulais pas paraître médisant. Nous allons bien nous occuper de lui.

— Merci. À tous les deux. Si vous avez besoin d'aide, appelez Judy et Beth. Elles ne demandent qu'à aider.

— Elles ne demandent qu'à regarder le fessier de Danny, répliqua Manolo en riant. Ou le tien, dès qu'il est disponible.

— Elles vont devoir se passer du mien pendant une semaine, répondit Rand.

Puis il fronça les sourcils. *Et toutes celles qui suivront.*

Danny s'essuya le visage avec son bras et guida Star jusqu'à son box.

— Pars, patron, ou ta mère va se mettre dans tous ses états.

Manolo donna un coup d'épaule à Rand.

— Elle continuera à te tanner jusqu'à ce que tu lui donnes des petits-enfants.

— Oui. Je vais passer ma semaine à l'écouter me dire de me marier pour qu'elle puisse avoir des petits-enfants. Ne m'enviez pas ce voyage. Appelez-moi si nécessaire, même si j'ai entendu dire que le réseau n'était pas très bon là-bas. Je vous enverrai le numéro de l'hôtel en cas d'urgence.

— Tu espères simplement que nous ayons un problème pour que tu puisses revenir au plus vite, dit Manolo en riant.

— Ne me tente pas.

Il se retourna, courut chercher son sac et grimpa dans son pick-up. Il avait construit la vie dont il avait rêvé ici – en grande partie. Pourquoi, ô, Dieu, pourquoi devait-il se rendre à Hawaii ?

Une heure et demie plus tard, il entra sur une aire de stationnement longue durée à Sacramento. Après être monté dans un bus, avoir payé vingt-cinq dollars pour enregistrer son sac et avoir été longuement fouillé par les agents de sécurité parce que les ourlets de son jean faisaient biper le magnétomètre, il se trouvait enfin à la porte d'embarquement et patientait, ses mains occupées à faire des nœuds avec la lanière de son bagage à main.

— Le groupe numéro trois peut désormais embarquer. Groupe numéro trois.

Immédiatement, son cœur se mit à battre si vite qu'il aurait pu s'évanouir. Mourir ne le dérangeait pas. Tomber d'un endroit plus élevé que le dos d'un cheval ? Un vrai cauchemar. Il attrapa son chapeau et se plaça dans la file d'attente. *Fais comme si tu n'en avais rien à faire de voler. Tu sais, comme tu le fais avec tout le reste.*

3

Son grand corps se fraya un chemin le long du couloir jusqu'à ce qu'il atteigne son siège. Il rangea son sac dans le compartiment à bagages et salua la dame âgée installée près de lui en retirant son Stetson avant de le poser par-dessus son sac.

— Madame.

Elle avait probablement dans les quatre-vingts ans, alors elle avait embarqué avant les autres. Ses cheveux étaient peut-être gris, mais ses yeux étaient pleins d'humour et de vie.

Il s'assit et serra sa ceinture si fermement que ce fût un miracle que son pénis ne se plaigne pas du manque de circulation sanguine.

La dame lui sourit et lui offrit une poignée de main.

— Eh bien, ne suis-je pas la plus chanceuse des femmes ? Je m'appelle Althea Orwell.

— Rand. Rand McIntyre.

Elle discuta gentiment avec lui, mais une grande partie de l'attention de Rand était focalisée sur chaque bruit, chaque claquement, chaque vrombissement que faisait l'avion alors que les passagers embarquaient. Lorsque l'hôtesse de l'air expliqua les consignes de sécurité, il attrapa le feuillet qui se trouvait dans le filet de son siège pour les lire en même temps. Mme Orwell le regarda avec un air grave.

— La plupart de ces consignes ne sont pas d'une grande utilité. Honnêtement, si nous atterrissons en pleine mer, nous avons très peu de chance de nous en sortir, malgré ce qu'ils disent. Par contre, c'est une bonne chose de savoir où se trouvent les sorties de secours et, comment enfiler le gilet de sauvetage.

Elle indiqua du doigt les étapes dont elle venait de parler lorsque la voix les aborda.

Il prit une profonde inspiration. Se sentait-il mieux ou moins bien suite à l'admission sincère de cette dame ? Curieusement, mieux. Il hocha la tête.

Lorsque l'avion prit de la vitesse et décolla, la main ridée de la dame glissa sur son bras crispé et resta posée là. *Ne te sens-tu pas mal à l'idée d'être réconforté par une dame âgée ?* Sa bouche se tordit. *Moins mal que si elle ne me réconfortait pas.*

Cinq heures et demie plus tard, il déglutit difficilement pour la cinquantième fois lorsque l'avion vrombit en traversant les alizés vers Kahului. Mme Orwell allait rendre visite à sa fille à Maui. Heureusement, elle n'avait pas cessé de parler depuis qu'ils avaient décollé, ce qui l'empêchait

4

de penser aux nœuds qu'il avait dans le ventre. Elle lui avait raconté le mariage malheureux de sa fille avec un militaire qui l'avait violentée et son second mariage avec un autre homme tout aussi viril, mais qui semblait être un homme bon, subvenant aux besoins de sa famille et prenant soin de sa femme et ses trois enfants – quand ledit mari n'était pas sur un navire, comme c'était le cas en ce moment, raison pour laquelle elle allait donner un coup de main à sa fille pour s'occuper des petites et...

— Êtes-vous marié, jeune homme ?

Il releva brusquement la tête.

— Oh. Euh, non, madame.

— Un homme beau et grand comme vous. J'aurais pensé que beaucoup de femmes auraient mis le grappin sur votre joli minois.

Il leva la main pour toucher son chapeau et se rendit compte qu'il ne le portait pas, alors il toucha son front.

— Merci de votre gentillesse, madame, répondit-il avec la politesse qui le tirait d'affaire à chaque fois. Je n'ai pas encore rencontré la personne faite pour moi.

— Quel âge avez-vous ?

— Euh, vingt-six ans.

— Il est temps. Mariez-vous et faites des enfants qui vous tiendront compagnie lorsque vous prendrez de l'âge. Sinon, vous vous sentirez bien seul.

Il n'y avait pas besoin d'être âgé pour se sentir seul.

— Bon conseil, madame. Merci.

Des secousses se firent ressentir ; il s'agrippa au bras du siège jusqu'à ce que ses doigts deviennent blancs. Mme Orwell lui tapota le bras.

— Ne vous inquiétez pas. Ce genre de secousses est normal. Ce n'est rien d'inquiétant.

Il déglutit.

— J'ai simplement été surpris.

Il essaya de détendre sa main, doigt par doigt, mais il y eut de nouvelles secousses et son instinct prit le dessus. Il se cramponna. *Respire. Je ne peux pas !* Il se tenait à nouveau au bord de ce fichu précipice, fixant le vide qui pourrait le tuer, pendant que cette voix moqueuse comptait à rebours jusqu'au moment où il mourait. Trois. Deux. Un.

Mais je croyais... Je croyais...

— Rand, respirez, mon cher. C'est tout à fait normal. Certaines personnes n'aiment pas voler. Prenez ma main et inspirez profondément cet air recyclé atroce qui a plus de chance de nous tuer qu'un crash aérien, dit-elle avant de lui serrer la main, ce qu'il la laissa faire. Hé, ce n'est pas tous les jours que j'ai la chance de tenir la main d'un diable aussi séduisant.

Elle posa un doigt sur son torse, juste au-dessus de son cœur.

— Décrispez-vous juste ici et inspirez.

Les gens me regardent-ils me ridiculiser ? Apparemment, non. Il se concentra sur la douceur de son toucher et gonfla le ventre. *De l'air. Bien.*

— Et voilà, dit-elle en retirant sa main.

— Merci infiniment, madame, dit-il en souriant. J'ai eu un… accident lorsque j'étais enfant ; maintenant, je suis nerveux dès que je prends de la hauteur.

Seigneur, sa mère le taperait si elle l'entendait parler avec ce « vocabulaire excessif de cowboy », mais ses clients adoraient cela.

— Nous avons tous nos peurs. Il n'y a rien de honteux à cela. Je n'ai pas arrêté de parler de moi. Où allez-vous séjourner sur Maui ?

— À Hana.

— J'aurais dû m'en douter, dit-elle en tapant sa cuisse. Hana Ranch. C'est tout à fait logique pour un cowboy comme vous. Vous allez manier le lasso et monter à cheval ?

— Non, madame. Je vais rendre visite à mes parents. Ils séjournent au Hana Maui Hotel.

— Voilà qui est une très bonne chose. Passer du temps en famille. J'ai entendu dire que c'était un très bel hôtel. J'imagine que vous allez passer plus de temps à bronzer qu'à faire le cowboy, dit-elle en riant doucement. Non pas que je ne paierai pas pour voir cela.

— Madame Orwell, vous me faites rougir.

Elle se mit à rire.

— L'un des avantages lorsqu'on a mon âge, c'est qu'on n'est plus obligé de faire attention à ce que l'on dit.

— Je suis impatient de pouvoir faire la même chose, dit-il en souriant.

Il y eut des secousses et elle lui prit la main. Il s'agrippa à la sienne et la serra.

— Avez-vous un téléphone ? lui demanda-t-il lorsque les turbulences cessèrent.

— Bien sûr, répondit-elle avec le sourire. Vous voulez que je fasse le voyage retour avec vous ?

— Ce serait avec plaisir, mais ce n'est pas pour ça.

Elle lui tendit son téléphone.

— J'ajoute mon numéro à vos contacts. S'il y a quoi que ce soit que je puisse faire pour vous rendre la pareille, appelez-moi, d'accord ?

— Eh bien, c'est agréable de pouvoir compter sur une personne.

Elle lui tint la main jusqu'à l'atterrissage agité à Kahului.

Lorsqu'il sortit de l'avion, il réprima son envie d'embrasser le sol et se contenta d'inhaler profondément l'air doux, humide et parfumé de l'île. Ils marchèrent jusqu'à la zone de retrait des bagages, Rand portant les deux bagages à main de Mme Orwell ; il observa les guirlandes de Noël décorant les fleurs et plantes tropicales.

— Randall, entendit-il sa mère l'appeler.

Elle traversa rapidement la petite salle remplie de monde. Elle portait un pantalon en lin blanc et un chemisier en soie bleu – toujours à la pointe de la mode. Elle noua ses bras autour de son cou.

— C'est tellement bon de te revoir, mon chéri. Le vol s'est bien passé ?

Il regarda Mme Orwell par-dessus la tête de sa mère et celle-ci lui fit un clin d'œil.

— Très bien, oui. Maman, voici Mme Orwell. Je l'ai rencontrée dans l'avion.

Sa mère tendit une main gracieuse.

— Ravie de faire votre connaissance, Mme Orwell.

Le père de Rand réussit enfin à rattraper sa femme. Cette dernière lui prit la main.

— Et voici mon mari, Elson.

Mme Orwell serra la main du père de Rand.

— Vous avez un garçon très bien élevé. Il m'a fait passer un agréable vol.

Rand rit doucement, puis toussa pour le cacher. Il donna une accolade à son père.

— C'est bon de te voir, Rand.

— De même, monsieur.

Une petite horde de femmes se précipita vers Mme Orwell, dont sa fille qui semblait troublée.

— Maman.

— Grand-mère !

Lorsque les présentations furent terminées, la fille de Mme Orwell et ses deux filles aînées récupérèrent ses bagages. Cette dernière se tourna et tendit une main pour toucher la joue de Rand. Il dut se baisser légèrement pour qu'elle puisse le faire.

— J'espère que vous allez passer de magnifiques vacances, mon cher. Qui sait, peut-être que c'est ici que vous allez trouver la perle rare. Je souhaite qu'il en soit ainsi – peu importe qui se trouve être cette personne.

— J'en doute, madame, mais j'apprécie vos sentiments.

— Je sais quand on me dit de me mêler de mes affaires, dit-elle en rigolant. Prenez soin de vous, Rand. Il y a quelque part une personne qui aura la chance de devenir votre partenaire.

Alors qu'elle s'éloignait avec ses petits-enfants tout autour d'elle, sa mère dit :

— Elle est étonnante.

— Oui.

— Elle est plutôt franche dans ses conseils.

— Oui, répéta-t-il en souriant.

Une demi-heure plus tard, il souhaitait de tout son cœur que Mme Orwell soit auprès de lui avec ses conseils alors que le petit avion de six places s'agitait dans le ciel, en chemin vers Hana. Il prit une inspiration, se mordit la langue et regarda par la fenêtre afin que personne ne puisse voir la pâleur de sa peau, qui devait être blanche comme neige – il avait l'impression d'être aussi froid que la glace. Dieu merci, ils ne se dandinèrent dans les airs que pendant trente minutes avant d'atterrir sur la minuscule piste d'atterrissage de Hana. Il réussit à ne pas vomir en descendant de l'avion, mais il déglutit beaucoup.

— J'ai entendu dire que la route qui menait à Hana était magnifique. Nous devrions peut-être faire le retour en voiture ?

— Quelle bonne idée ! dit sa mère. Nous demanderons à l'hôtel de nous préparer un pique-nique et nous rentrerons tranquillement.

Tranquillement, ça lui convenait. Au sol et tranquillement, c'était encore mieux.

— Ne parlons pas du retour avant même d'avoir commencé nos vacances, dit son père en lui tapant dans le dos.

— Oui, monsieur.

Ils récupérèrent leurs bagages dans le petit terminal et virent un homme hawaiien costaud qui tenait une pancarte sur laquelle était inscrit « McIntyre ». Le logo du Hana Maui était cousu sur sa chemise. Sa mère lui fit un signe de la main et l'homme les rejoignit.

— Bonjour, êtes-vous la famille McIntyre ?

— Oui.

Il sortit trois colliers de fleurs composés d'orchidées violettes de son sac et les glissa autour de leur cou.

— *Aloha*. Bienvenue à Hana, ainsi qu'au Hana Maui. Je suis George.

Rand sourit.

— Vous pensiez que je m'appellerais Kamehameha ? demanda George en riant.

— Exactement.

— Ne vous inquiétez pas, *brah* [1]. Mon vrai nom est Noelani Uluwehi, à votre service.

— C'est plus chantant.

— Appelez-moi George. Maintenant, laissez-moi vous amener jusqu'à votre maison.

George souleva leurs bagages pour les ranger dans le coffre de la berline comme s'ils étaient remplis de plumes, puis il aida les parents de Rand à s'installer à l'arrière. Rand s'installa sur le siège passager. Il regarda défiler le paysage alors que George conduisait vers le nord ; l'Océan Pacifique étincelait au-delà de la verdure et des petits bâtiments se succédaient sur leur droite. L'idée que s'était faite Rand des fleurs, des chutes d'eau et d'une végétation luxuriante ne devint pas réalité. Hana se déployait en de grandes pâtures, comme à la maison, mais en bien plus verte et avec beaucoup plus d'arbres.

— Ce n'est pas pour rien qu'ils l'appellent Hana Ranch.

— Vous avez raison, *brah*. En 1946, ils ont commencé à cultiver cinq mille sept cents hectares de terres et à élever un troupeau de herefords de Molokai. Ces terres ont connu beaucoup de propriétaires depuis. Si vous cherchez bien, vous trouverez les preuves qu'il s'agit bien d'un ranch, mais c'est en grande partie devenu un hôtel aujourd'hui.

Il ne leur fallut qu'une quinzaine de minutes pour arriver devant l'entrée d'un bâtiment de plain-pied sur le bord de la route, côté océan, avec des parterres sertis de roches. Un panonceau discret indiquait : *Travaasa Hana Maui Hotel*.

Rand resta avec son père le temps que ce dernier donne un pourboire à George et demande au portier de faire porter leurs bagages jusqu'à leur chambre en voiturette. De l'autre côté de la route, en retrait, se trouvait un bâtiment en bois rustique qui était calme et fermé, bien que les affiches

---

1 Terme utilisé par les Hawaiiens pour désigner un ami.

publicitaires pour la bière collées sur les fenêtres promettent un bon moment aux clients.

George suivit le regard de Rand.

— C'est un club pour cowboys, *brah*. Vous vous y plairez. Mais ce n'est ouvert que les weekends. Demain soir.

— Des cowboys hawaiiens ?

— Oui, les tout premiers. Les *paniolos*.

— Sérieusement ?

— Nous avons hérité de la culture cowboy directement des *vaqueros* mexicains. Vous, les gens du continent, l'avez connue plus tard, expliqua-t-il avant de sourire en regardant le club. Il ne reste plus que quelques *paniolos*, mais tout le monde est le bienvenu dans ce club. C'est une bonne manière de voir autre chose que le restaurant plus chic de l'hôtel.

Rand jeta un dernier regard vers le club. *Qui aurait cru ?* Pendant que son père négociait avec le portier, il suivit sa mère dans le hall de l'hôtel, qui était en plein air. Un bel homme asiatique habillé d'un pantalon noir et d'une chemise hawaiienne fit le tour du bureau d'accueil.

— Mme McIntyre, quel plaisir de vous revoir, ainsi que votre mari.

— Je suis ravie de vous revoir aussi, M. Yamata. Je vous présente mon fils, Rand.

Ils se serrèrent la main, sa mère valida leur réservation et son père arriva à temps pour que tout le monde monte à bord de la voiturette qui les emmena vers leur location. *D'accord, je suis clairement à Hawaii.* Il y avait d'élégants petits cottages en bois rassemblés dans un bosquet d'arbres, d'arbustes et de fleurs, faisant face à une grande pelouse menant vers un précipice qui donnait directement sur l'océan. Une piscine se trouvait au centre de la pelouse.

— Pas de plage ? demanda Rand en regardant sa mère, la tête inclinée sur le côté.

Elle fit non de la tête.

— Il faut soit marcher un peu, soit prendre la voiture pour se rendre à la plage, en bas de la route. C'est une plage de sable noir. Tu vas adorer.

Le portier le regarda par-dessus son épaule.

— Si vous voulez vous rendre à la plage la plus proche, vous allez devoir retirer vos vêtements, dit-il en riant et sa mère se joignit à lui.

— Il y a une plage nudiste au pied de cette colline, une jolie crique de sable rouge, expliqua-t-elle en souriant. Tu n'es pas obligé de retirer tes vêtements, mais tu dois accepter que les autres le fassent. Pour ma part, je préfère manger mon sandwich au poisson à l'hôtel tout en gardant mon maillot de bain.

Le portier gara sa voiturette devant un charmant petit cottage perché au bord du précipice, avec une vue magnifique.

— M. et Mme McIntyre, comme ce cottage possède la plus belle vue, M. Yamata souhaite que vous l'occupiez. Le problème est qu'il n'est pas assez grand pour accueillir trois personnes. M. Rand occuperait celui-ci, dit-il en indiquant un cottage plus petit, juste derrière. Si vous préférez être ensemble, nous avons un cottage familial avec deux chambres de l'autre côté de la propriété.

Rand retint son souffle. Sa mère regarda son père.

— Qu'en dis-tu, mon amour ?

— Rand est un grand garçon, répondit son père en haussant les épaules. Il aimerait sûrement avoir un peu d'intimité. En plus, c'est difficile de tourner le dos à une telle vue.

Sa mère hocha la tête.

— Alors nous prenons celui-ci, confirma-t-elle.

Rand expira doucement alors que le portier commençait à décharger les bagages de ses parents. Il approcha du bord de la falaise et fixa l'océan agité. Un bar de cowboys et une plage nudiste – Hana commençait à lui plaire.

II

QUELQUES MINUTES plus tard, il se tenait au centre de son propre cottage – une superbe charpente en bois avec une terrasse en plein air, une douche extérieure, un énorme lit avec des draps en coton biologique et pas de télévision, de radio ou d'ordinateur. Comme il l'avait dit à Manolo, le réseau téléphonique était mauvais. Cela contribuait à la relaxation ou menait à la pure folie, selon la nature de la personne.

Il défit ses valises, rangea ses quelques vêtements inadaptés à ce climat dans les tiroirs, cacha son lubrifiant dans la table de chevet pour l'utiliser dans cette douche très tentante et s'assit sur le lit. Un coup à la porte précéda l'arrivée de sa mère. Il avait peut-être sa propre chambre, mais cela ne lui assurait pas l'intimité.

—Mon chéri, tu es habillé ?

—Oui.

—Tiens, dit-elle en remuant un grand sac en plastique devant lui. Je sais que tu ne dois rien avoir d'autre dans tes valises que des boucles de ceinture en métal décorées et des cravates western. Je t'ai acheté quelques petites choses.

—Maman, je gagne ma vie, tu sais. Et les cravates western ne sont plus vraiment indispensables à l'attirail d'un cowboy.

—Fais-moi plaisir. Enfile une tenue digne des vacances et viens prendre un verre avec ton père et moi avant le dîner.

—J'avais l'intention de tester la piscine.

—Parfait. Va te baigner un peu et viens nous rejoindre au bar, d'accord ?

—D'accord.

Elle retourna rapidement jusqu'à son cottage. Rand sortit la collection de chemises hawaiiennes et de pantalons en soie ou autres matériaux légers du sac. Du lin ? Sérieusement ? Il allait finir par se croire dans une ancienne série de Don Johnson.

Une fois qu'il eut enfilé son short de bain, il traversa la grande pelouse pieds nus pour rejoindre la piscine qui donnait sur l'océan. Une très bonne nageuse se trouvait dans l'eau, ses bras puissants ne faisant pas une éclaboussure. Jamais il ne pourrait rivaliser avec elle. Il ne nageait pas assez souvent pour être très bon nageur, mais il se débrouillait. Il glissa dans l'eau tiède et s'élança à partir du mur, trouvant bientôt son rythme. Après avoir effectué une vingtaine de longueurs, il s'arrêta et essuya son visage.

—Tu relèves trop la tête.

Il leva les yeux vers la femme assise sur le rebord de la piscine. Blonde et jolie, elle semblait intelligente et indépendante.

—Je ne nage pas souvent.

Elle sourit et observa son corps.

—Ça se voit.

—Oh, tu sais comment blesser un homme.

—Non, idiot, tu es en parfaite forme physique. Je parle du visage, du cou et des avant-bras bronzés entourés par une étendue blanche. Ce n'est pas le bronzage d'un nageur.

Il baissa les yeux sur son corps.

—Le bronzage d'un cowboy, dit-il.

—Ce qui explique ces jambes puissantes.

—Ces jambes arquées, tu veux dire.

Elle se mit à rire.

—Tu es déterminé à te faire insulter. Pourquoi ?

—L'enfant qui est en moi n'a pas souvent l'occasion de taquiner les autres.

Elle rit de nouveau.

—Dis-moi, que fait un cowboy au Hana Maui ?

—Vacances familiales. Et toi ?

—Je vis près d'ici. Je donne des cours d'aquafitness au spa de l'hôtel et ils me laissent nager lorsque la piscine n'est pas occupée – ce qui est souvent le cas.

—Tu es très bonne nageuse.

—Merci. J'ai failli participer aux Jeux olympiques, mais il fallait que je commence à gagner ma vie.

—Au fait, je m'appelle Rand.

—Julie. Julie Durst.

—J'assisterais peut-être à l'un de tes cours, dit-il en souriant. Pour apprendre à garder la tête basse.

—Je peux te donner une leçon maintenant, si tu veux.

13

Curieux. Ce qu'elle venait de dire pourrait être interprété comme de la séduction, mais son attitude empêchait cela. Elle voulait vraiment lui apprendre à mieux nager. Il l'aimait bien.

—Désolé. Je dois retrouver mes parents pour le dîner. On remet ça à plus tard ?

—D'accord.

Il sortit de la piscine, commença à marcher vers son cottage puis, il se rappela :

—Au fait, tu connais ce bar pour cowboys de l'autre côté de la rue ?

—Oui, bien sûr. C'est un endroit où se retrouvent les gens d'ici. Les touristes vont parfois y faire un tour. L'ambiance est bonne. Ils ont de la musique sur laquelle danser et de la bonne bière.

—Parfait. Tu veux y aller ? laissa-t-il échapper avant de s'en rendre compte.

—Quoi ?

—J'aimerais que tu m'accompagnes. Je veux y aller demain soir, mais je ne connais personne.

—D'accord. Ça va être amusant.

—Je paierai tes consos, pour te remercier de me tenir compagnie.

—Évidemment que tu paieras, dit-elle avec le sourire. Où veux-tu qu'on se retrouve ?

—Le hall ?

—Le hall n'est peut-être pas une bonne idée. Je t'attendrai à vingt-et-une heures devant le bar, d'accord ? Il n'y a pas beaucoup d'ambiance avant cette heure-ci.

—Parfait. À demain, alors.

Il reprit son chemin vers le cottage. *McIntyre, tu viens de recommencer. Combien de filles et de femmes as-tu séduites en te disant qu'elles plairaient à ta mère ? Comment veux-tu que quelqu'un apprenne à te connaître alors que tu mets ta vie en scène ? Bon sang. Enfin, maintenant, c'est fait. Tu n'as plus qu'à en profiter.*

Alors qu'il traversait la pelouse pour rejoindre sa chambre, quelques chevaux trottèrent le long d'un chemin dans les bois, derrière son cottage. Deux des cavaliers étaient clairement novices et se cramponnaient au pommeau de leur selle, rebondissant tellement qu'ils ne sentiraient bientôt plus leurs fesses. Ils avaient vraiment besoin de cours d'équitation. Derrière eux, un homme portant un Stetson montait son cheval comme s'il était né dessus, tel un centaure. Ses mains légères tenaient à peine les rênes et son assiette contrôlait le moindre mouvement du cheval. L'estomac de Rand se noua face à cette maîtrise naturelle – et tant de beauté. Deux autres touristes le suivaient et un autre cowboy fermait la marche. Il laissa échapper un grand soupir. Parfois, il suffisait de se laisser aller.

APRÈS SON premier jour comme vacancier – passé principalement à manger des sandwichs au saumon sur une plage de sable noir et à barboter dans l'eau entre des siestes –, Rand savoura la dernière bouchée de son pesto au poulet accompagné de purée avant de s'adosser à sa chaise et de respirer l'air doux du soir de Hana. Il avait décidé de mener une vie assez simple et le luxe ne lui manquait pas, mais bon sang, ce plat était succulent.

—Bon choix ? demanda sa mère en souriant, poussant elle aussi son assiette presque vide.

—Très bon choix. Je me demande si je vais d'abord devenir gros ou trop gâté.

Un creux apparut entre les sourcils de sa mère.

—Ça ne te ferait pas de mal de prendre un peu de poids et que l'on prenne soin de toi.

—J'ai entendu dire qu'il y avait des animations ce soir, intervint son père en se tapotant le ventre.

Rand regarda l'heure sur sa montre.

—En fait, j'ai des projets ce soir.

Les sourcils de sa mère montèrent haut sur son front.

—Des projets ? Depuis notre arrivée ici, tu as passé chaque minute avec nous. Où as-tu trouvé le temps de faire des projets ? demanda-t-elle en riant, mais elle semblait vraiment curieuse de connaître la réponse.

—J'ai rencontré une fille à la piscine lorsque je suis allé nager hier soir, expliqua-t-il en haussant les épaules. Elle va m'emmener au bar de cowboys de l'autre côté de la rue.

—Une fille gentille ? demanda sa mère, ses mains se joignant d'elles-mêmes dans un claquement. Pourquoi ne pas l'avoir invitée à dîner ?

Et voilà, la marche nuptiale jouait en arrière-plan et des tas de bambins couraient en rond autour d'elle. *Pauvre Maman*.

—Je pense qu'elle ne veut pas être vue en compagnie d'un client de l'hôtel. Elle donne des cours de natation ici.

—Une nageuse. Comme c'est charmant. Eh bien, va te faire beau pour ton rendez-vous, dit-elle en lui faisant signe de partir.

15

—Ce n'est pas un rendez-vous, mais elle est gentille.

—Peut-être que nous la rencontrerons la prochaine fois.

— S'il y a une prochaine fois, dit-il en se levant de sa chaise.

En marchant vers son cottage, il secoua la tête. Il détestait mentir à ses parents. Parfois, il se rassurait en se disant qu'il ne leur mentait pas vraiment ; il ne leur disait simplement pas toute la vérité. Après tout, il n'avait révélé son homosexualité à personne, sauf à des aventures d'un soir qu'il avait plaquées contre des murs par le passé, mais ces hommes ne connaissaient même pas son nom. Il possédait un ranch. D'accord, ses services étaient surtout destinés aux touristes qui se rendaient dans le nord-est de la Californie, mais il n'empêche qu'il était un cowboy et les cowboys avaient tendance à se murer dans le silence. Le syndrome Brokeback, ou quelque chose de ce genre. Passer sa vie entière à prétendre être une personne que l'on n'est pas et mourir.

Détends-toi, McIntyre.

Sa montre indiquait vingt heures quarante-cinq. *Change-toi.* Pas question qu'il se rende au bar dans un pantalon en lin, même si c'était peut-être la manière que s'habillaient les cowboys hawaiiens. Il jeta le nouveau pantalon sur le lit et enfila son Lévis. Il se sentait déjà plus à l'aise. Après avoir fermé la dernière pression de sa chemise, il s'assit, enfila ses bottes, puis mit son Stetson sur sa tête avant de se précipiter vers la porte. Il ne voulait pas faire attendre son « rendez-vous ».

Dehors, la lune brillait. Bien qu'il vive dans un ranch près de Chico, il n'avait pas l'habitude de voir des ciels si noirs. Chaque étoile avait son propre halo brillant. Il passa la porte d'entrée de l'hôtel et traversa la rue en trottinant – non pas parce qu'il y avait de la circulation, mais parce qu'il était impatient que cette soirée commence. Hana ne comptait que quelques petites entreprises et boutiques qui bordaient une autoroute à deux voies. Apparemment, si l'on ne venait pas en avion, il fallait passer des heures sur cette même route qui traversait la jungle. Il était impossible de le deviner de là où il se tenait, près d'une grande pâture.

À la différence de la veille, le parking qui se trouvait devant le bar était occupé par une douzaine de voitures et une légère musique filtrait par la porte d'entrée. Un couple d'âge mûr, habillé en touristes chics, se dirigea vers cette porte.

—Salut, cowboy, le salua Julie en s'écartant d'une Toyota pour le rejoindre.

Elle portait une robe d'été et des sandales.

— Salut. J'espère que je ne t'ai pas trop fait attendre.

Il baissa les yeux sur ses propres vêtements.

— C'est trop ? lui demanda-t-il.

— Non, tu vas te fondre dans la masse, dit-elle en commençant à marcher avec lui jusqu'à l'entrée. Enfin, du moins, avec quelques-uns d'entre eux.

Lorsqu'il ouvrit la porte, il fut assailli par un : Asleep at the Wheel chantant « *Big Balls in Cowtown* », les odeurs de bière et d'après-rasage bon marché, une légère odeur de transpiration et une viande qui cuisait, mais qui n'était sûrement pas bonne pour la santé. Il prit une grande inspiration.

— Mes semblables, déclara-t-il.

Julie rit, puis ils fendirent la foule qui attendait à la porte d'entrée et approchèrent d'une serveuse qui semblait sur les nerfs. Julie se pencha vers elle.

— Salut, jeune fille. Il n'est que vingt-et-une heures. Sois forte.

La serveuse brune montra les dents.

— Tu es le mal incarné, dit-elle avant de la prendre dans ses bras. Je suppose que tu as besoin d'une table pour toi et cet homme diablement séduisant ? demanda-t-elle avant de tendre la main. Salut, je suis Tiffany. Oui, mes parents me détestaient. Eh oui, je suis née dans les années quatre-vingt. Et si Julie ne te fait pas au moins une fellation ce soir, appelle-moi.

Elle lui fit un clin d'œil et les guida vers une banquette qui était en train de se libérer – et qui était surveillée par chaque client patientant près de la porte, désireux de s'installer. Tiffany partit rapidement, jetant ses cheveux par-dessus son épaule.

— Je vais nous chercher des bières ? demanda-t-il en regardant le grand bar courbé de l'autre côté de la piste de danse.

Pour le moment, personne ne dansait, alors il pouvait voir les barmen servir des verres.

— Non, je pense que Tiffany s'en est chargé.

En effet, un serveur en jean, tee-shirt noir moulant et chemise hawaiienne se dirigeait déjà vers eux avec un plateau rempli de boissons. Il posa deux bouteilles sur leur table en passant, embrassa Julie sur la joue – ce qui demandait l'équilibre d'un jongleur de cirque – et continua son chemin.

Rand prit une gorgée de sa bière.

— Alors on peut vivre ici en donnant des cours de natation ?

— Non. Et on ne peut pas vivre ici en étant artiste non plus. C'est ce que je fais. Je suis peintre. Mais j'ai plusieurs petits boulots pour rester saine de corps et d'esprit face aux ventes et aux commissions.

— Tu veux vivre ici à tout prix ?

— Qui n'en aurait pas envie ? Même les Beatles ont voyagé sur cette longue route sinueuse pour arriver jusqu'ici.

— Qu'est-ce que tu veux dire ?

— Leur chanson, « *The Long and Winding Road* ». C'est la route que tu vois juste ici, dit-elle en indiquant Hana Highway du doigt.

— Je ne comprends pas, dit-il en secouant la tête.

— Leur gourou vivait certainement à Hana à l'époque, ou quelque chose de ce genre, alors ils ont parcouru toute cette route pour le voir.

— Sérieusement ?

— Oui. Nous sommes très connus, dit-elle en riant.

Quelques hommes, qui semblaient être des cowboys si l'on ne faisait pas attention à leurs cheveux noirs comme le jais et leurs traits polynésiens, commencèrent à installer des instruments sur une petite scène improvisée.

— De la vraie musique ?

— Oui. Tout l'attirail de la civilisation.

Le serveur revint enfin à leur table et ils commandèrent plus de bière ainsi que des frites à l'ail, qui étaient terriblement délicieuses selon Julie. Les musiciens accordèrent leurs instruments et après quelques minutes de manipulation, commencèrent à jouer une vieille chanson de Willie Nelson. Désormais, le bar était en effervescence. Depuis leur arrivée, beaucoup de clients s'étaient casés dans tous les recoins du bar et la musique signalait clairement le début de la soirée. Des couples se rassemblèrent sur la piste et commencèrent à danser le *two-step* texan, version hawaiienne.

Rand avala une grande gorgée de sa bière.

— Accepterais-tu d'être ma cavalière ?

— Tu sais danser ? s'exclama-t-elle. Ce serait avec plaisir !

Elle quitta la banquette et rejoignit la piste de danse en un temps record. Apparemment, on ne l'amenait pas danser assez souvent. *Elle a bien choisi son partenaire. La piste est à nous.* Il se plaça à son côté et ils commencèrent à danser.

Après lui avoir fait faire deux tours et avoir dansé en position embrassée, elle lui sourit.

— Tu sais vraiment danser.

— Comme promis.

Cela était peut-être la seule chose qu'il pouvait lui promettre.

III

QUELQUES PERSONNES s'étaient approchées de la piste pour encourager Rand et Julie en tapant dans leurs mains. Il laissa libre cours à l'exhibitionniste qui était en lui et fit le spectacle. Julie n'eut aucun mal à le suivre. Soudain, un sifflement se fit entendre par-dessus la musique et quelqu'un hurla : « *Allez, Kai !* ».

Rand regarda autour de lui et vit un jeune homme danser avec une jolie rousse. *Holà.* Plutôt devrait-il dire un joli jeune homme danser avec une rousse. Il était assez grand, svelte, avec un teint caramel qui brillait sous cette faible lumière et des cheveux noirs qui lui arrivaient en dessous des oreilles et se balançaient sous son chapeau de cowboy alors qu'il dansait. Et bon sang, cet homme savait danser. Élégant, agile et sexy. *Nom de Dieu.*

— Hé, tu as peur de la concurrence ?

— Quoi ?

Julie lui sourit. Mince, il s'était arrêté de danser pour regarder.

— Oh, bien sûr que non, se ressaisit-il.

Le groupe de musiciens enchaîna avec un morceau bien plus rapide dans lequel le violon était l'instrument principal. La plupart des danseurs abandonnèrent, mais pas le bel homme. Celui-ci accéléra la cadence de ses pas, faisant tourner sa partenaire à travers la piste. Rand accepta le défi, ajoutant quelques pas de danse en ligne. Julie assimila rapidement les nouveaux pas et ils tinrent la cadence. Rand jeta un œil à l'autre couple et fut fusillé du regard par M. Charme, qui remplissait parfaitement son jean, son fessier formant une belle courbe et le tissu usé enveloppant joliment son paquet. *Imbécile, arrête de regarder si tu ne veux pas te retrouver avec une érection très gênante.*

Concentre-toi sur la danse. Il fit tourner Julie comme un chef. L'autre homme copia son mouvement et commença à lui tourner autour. Rand rit et lui tint tête, faisant tourner Julie et faisant lui-même deux tours. L'autre homme attrapa la main de Julie. Pendant une seconde, Rand se retira. *Oh, attends. J'ai compris.* Il prit la main de la jeune femme rousse et la fit tourner pendant que l'homme faisait tourner Julie, puis ils commencèrent à échanger leurs partenaires, dansant quelques pas avec une, puis continuant avec l'autre. La foule les encourageait et tapait du pied.

Ils tournèrent l'un autour de l'autre comme des tigres. Julie aurait tout aussi bien pu être un accessoire, puisque Rand ne voyait et ne sentait que l'homme au jean moulant. Leurs regards se rencontrèrent, se soutinrent, puis se décrochèrent lorsqu'ils tournoyèrent. *C'est comme si je pouvais lire en lui, savoir ce qu'il pense, ce qu'il projette de faire ensuite.* Ils ne formaient plus qu'un ; une entité dansant sur la piste.

La verge de Rand durcit. Il ne put l'empêcher. Les gens allaient-ils le remarquer ? *Non.* Il bougeait trop vite et son jean était épais. Seigneur, c'était comme si cet homme se frayait un chemin en lui, devenait lui. Les pas se succédèrent : *twirl, spin, sashay, loop.* Rand était si proche de l'homme qu'il pouvait presque toucher sa magnifique peau. Ses yeux étaient noirs, si noirs. *Je pourrais m'y noyer.*

Le groupe changea soudainement de morceau, cette fois pour ralentir. Des couples revinrent sur la piste, quelques-uns se penchant vers le bel homme pour lui tapoter l'épaule ou les fesses. Rand eut aussi le droit à quelques félicitations.

— C'était amusant, dit Julie en souriant.

— Oui.

Il regarda l'homme aux cheveux noirs, qui le regardait aussi. Rand lui fit un signe de tête. L'homme porta la main à son Stetson, puis esquissa un sourire. Il déglutit difficilement.

— Tu ne l'as jamais rencontré ? demanda Julie.

— Non. Où aurais-je pu faire sa connaissance ?

Il reprit ses esprits et continua à danser sur un rythme plus lent. *Ne t'approche pas trop d'elle ou elle risque de remarquer à quel point tu as pris du plaisir à danser.*

— Il accompagne les clients du Hana Maui en promenade à cheval, alors je me suis dit que tu l'avais peut-être déjà vu.

— Ah, oui. J'ai vu quelques chevaux hier, mais je n'ai pas bien vu les cavaliers.

— En tout cas, vous formez un beau couple, dit-elle en riant.

Il s'immobilisa.

— Quoi ?

— Oh, allez ! dit-elle en lui donnant un coup d'épaule. Ne fais pas ton cowboy. Je veux simplement dire que vous pourriez monter un spectacle

21

et faire une tournée. Vous êtes tous les deux de bons danseurs et vous comprenez le style de l'autre.

— Oui, je suppose que tu as raison.

Il regarda les danseurs par-dessus la tête de Julie, mais le bel homme n'était plus là. *C'est probablement une bonne chose.*

— Connais-tu un bon restaurant en dehors de celui du Hana Maui ? J'ai parlé de toi à mes parents et ils aimeraient te rencontrer.

— Vraiment ? demanda-t-elle, surprise. Il y a des restaurants typiques, mais ils ont tendance à avoir de drôles d'horaires. Je peux vérifier...

Alors qu'elle parlait, Rand balaya une dernière fois la salle du regard pour trouver l'homme aux cheveux noirs. Pas de chance. Mais cela avait été une très belle soirée.

— VEUX-TU NOUS accompagner à la plage, mon chéri ?

Il prit sa dernière bouchée d'œufs et but son café.

— Non, je pense que je vais rester ici cet après-midi.

Sa mère sourit.

— Tu vas rester auprès de la piscine au cas où ta nouvelle petite amie viendrait ?

Il leva un sourcil. *Continue de mentir, menteur.*

— On ne peut pas vraiment dire que c'est ma petite amie après un rendez-vous, mais elle m'a dit qu'elle serait heureuse de vous rencontrer. Elle cherche un bon restaurant dans les environs. Il se peut qu'on soit obligés de manger tôt puisque la plupart d'entre eux ouvrent pour déjeuner et pour dîner, mais les dîners sont servis en fin d'après-midi.

— Formidable. N'est-ce pas formidable, mon amour ? dit-elle en posant une main sur le bras de son père.

Celui-ci leva les yeux du journal local qu'il était en train de lire ; il peinait à se séparer du flux continu d'informations, qui était difficile à obtenir avec une réception si sporadique.

— Oui, c'est super. Je serai ravi de la rencontrer.

Puis il recommença à lire les nouvelles.

Rand se pencha et embrassa la joue de sa mère.

— On se voit plus tard.

— Réfléchis au déjeuner sur la plage. Il n'y a rien de meilleur que ces sandwichs.

— Je vais y réfléchir.

Il descendit les marches de la terrasse et se dirigea vers son cottage. *Vais-je vraiment faire cela ? Allez, on n'a qu'une vie.*

Il s'installa sur sa terrasse quelques minutes, le temps que ses parents partent à la plage, puis il entra dans sa chambre et enfila son plus petit maillot de bain. Pas question qu'il se mette nu, mais peu importait s'il était bien couvert ou non. Il sortit discrètement par la porte d'entrée et resta tapi parmi les arbres, loin de la pelouse, pour attirer le moins d'attention possible.

Si tu as si peur de te faire remarquer, pourquoi te rendre sur une plage nudiste ?

Bonne question. Réponse ? Par pure et simple curiosité. Puis pour éviter de penser à la nuit dernière. Seigneur, même après avoir quitté la piste de danse, il avait ressenti un courant électrique continuel sous sa peau. Il avait essayé d'être de bonne compagnie pour Julie, mais il avait rapidement fini par utiliser l'excuse du décalage horaire et ils s'étaient quittés sur le parking du bar. Il s'était ensuite précipité jusque dans sa douche extérieure privée, qui était en proie aux courants d'air, avec un savon doux et du lubrifiant. Bon sang, il avait joui trois fois avant de finir par s'endormir.

Pourquoi ? Il voyait des hommes attirants tout le temps et n'avait aucun mal à leur résister. Enfin, ils n'étaient pas aussi magnifiques que le cowboy à la chevelure noire, mais quand même. Peut-être que Rand était attiré par le contraste entre le charme exotique et le style cowboy traditionnel de cet homme. Il repoussa les cheveux de ses yeux en soufflant. Peu importe la raison, son corps refusait d'oublier cette danse. Il avait besoin d'une distraction. Peut-être que quelques corps nus arriveraient à lui changer les idées. Par contre, si les baigneurs étaient assez distrayants, le maillot de bain qu'il avait choisi pourrait ne pas suffire à dissimuler son plaisir.

À la limite de la propriété du Hana Maui, un chemin étroit descendait le long d'une pente. Il était manifestement très emprunté. Apparemment, beaucoup de clients ne pouvaient pas résister à l'attrait de l'interdit. Pourtant, la pente raide était plutôt décourageante. Il avança un pied. Des cailloux se détachèrent et glissèrent le long de la pente. Ses grands pieds passaient à peine dans le chemin étroit, mais il réussit tout de même à descendre en marchant et en glissant sur le chemin de terre, jusqu'à ce qu'il entende une ou deux voix camouflées par le bruit des vagues. Lorsqu'il posa les pieds sur le sable, des arbustes lui cachèrent le chemin jusqu'à ce qu'il arrive sur une petite plage courbée dans une jolie crique. Il ravala un rire.

Les voix qu'il avait entendues appartenaient à un homme et une femme qui jouaient au Frisbee sur la plage, fesses à l'air. L'homme jeta le disque et la femme sauta pour le rattraper, sa poitrine énorme se soulevant et touchant presque son menton avant de redescendre. Elle attrapa le Frisbee au vol et le lança avant même que ses pieds aient touché le sol. Son partenaire se jeta brusquement en avant pour l'attraper, sa bedaine dissimulant son pénis. Lorsqu'il l'attrapa, la femme l'applaudit et courut vers lui pour le prendre dans ses bras en s'exclamant : « *Bien joué !* »

Rand sourit et approcha de l'eau. Plusieurs personnes jouaient dans les eaux peu profondes, s'éclaboussant et riant. Contrairement à la plupart, des plages hawaiiennes qu'il avait vues dans les films, où de grandes vagues venaient s'abattre sur le sable, les vagues ne faisaient ici que clapoter, probablement à cause de la forme de la crique ou d'un récif. De plus, le sable était aussi rouge que les coups de soleil d'un touriste. *Incroyable.* Il avait entendu dire qu'il y avait même des plages de sable vert sur l'île.

Il trouva un emplacement légèrement ombragé contre quelques rochers et s'assit. Une ou deux autres personnes portaient un maillot de bain, mais la plupart des gens étaient nus. Il ne reconnut pas plus de deux clients de l'hôtel, alors il s'agissait peut-être de locaux ou de personnes résidant dans la petite chambre d'hôtes qu'il avait aperçue sur la route de l'hôtel.

Une fille dansait sur le sable avec une couronne de fleurs sur la tête, ne portant rien d'autre que cela. Elle aurait pu être agréable à regarder s'il était attiré par les femmes ; aucun homme nu n'attira son attention. Rand ferma les yeux et se laissa réchauffer par le soleil. Non pas qu'il n'y avait pas beaucoup de soleil en Californie durant l'été, mais les hivers étaient froids et parfois pluvieux. De plus, malgré son intensité, ce soleil semblait plus doux, plus chaleureux. *Tu t'attendris, McIntyre.*

Un rire se fit entendre. Il ouvrit doucement les yeux et vit deux femmes : une petite brune, peut-être Hawaiienne ou Asiatique, et une autre… Bon sang, c'était la rousse de la piste de danse. Ces deux femmes auraient pu causer des accidents de voiture s'il y avait eu de la circulation ; quelques hommes sur la plage jetaient des coups d'œil vers elles pendant que leurs femmes ne les regardaient pas.

Elles posèrent leurs serviettes sur le sable et étalèrent chacune de la crème solaire sur le corps de l'autre.

Ne les fixe pas. Rand ferma les yeux et fit semblant de prendre un bain-de-soleil.

— Kai ! Hé, Kai, nous sommes là !

Cette voix était celle de la rousse.

Kai ? Il avait déjà entendu ce nom.

— Ici, bébé ! continua-t-elle.

Il ouvrit légèrement les yeux. La rousse était debout en train de sauter en faisant de grands signes. Une chevelure brillante et noire émergea de l'eau et se rapprocha de la plage. Rand déglutit péniblement. *Eh mince. Ce n'est pas possible. Je devrais partir.* Quelles étaient les chances qu'il arrive à faire fonctionner ses jambes ? Aucune. Quelle était la probabilité qu'il arrive à garder les yeux fermés ? Zéro.

Rand observa l'horizon, le regard fixé sur la chevelure noire surgissait de l'eau. Le dénommé Kai – l'homme superbe qui avait permis à Rand de connaître trois sessions de masturbations brûlantes – sortit de l'eau si graduellement qu'on aurait pu croire que l'action se passait au ralenti. De larges épaules apparurent suivies d'un torse finement dessiné tel un bas-relief, d'une taille mince, de hanches étroites et... Dieu du ciel ! Le froid n'était-il pas censé réduire la taille du sexe ? Si c'était le cas, celui de Kai devait rivaliser avec celui de King Kong lorsqu'il était à taille normale. Sa verge pendait bas, au repos, rebondissant contre ses bourses et le haut de ses cuisses. Pas de poils. Aucun poil, que ce soit au niveau de son torse ou de son aine.

L'homme leva les yeux et Rand referma immédiatement les siens. Bon sang, la verge de Kai était peut-être au repos, mais il ne pouvait pas en dire autant de la sienne et son maillot de bain ne laissait rien à l'imagination. *Respire doucement et tranquillement. Ce sera bientôt passé.* Il se concentra sur le son des vagues et des oiseaux qui criaient.

— Hé !

On inspire par le nez. On expire doucement.

— Hé ! Tu ne serais pas ce très bon danseur ?

Quoi ? Il entrouvrit un œil. Une poitrine ! Et de grands yeux bleus quelque part vers le haut. La rousse était penchée au-dessus de lui et l'observait. Il ouvrit son autre œil, essayant de garder les yeux fixés sur son visage et non pas sur sa poitrine ou sur la verge de l'homme qui se trouvait juste derrière elle.

— Bonjour, dit-il.

Elle se redressa, ce qui permit à sa poitrine de se remettre dans une position plus stable. Près d'elle se tenait la femme brune et mignonne, bras

25

et jambes croisés, position qui dissimulait presque totalement ses parties intimes.

La rousse lui sourit.

— Tu n'es pas cet homme qui dansait au bar, hier soir ?

— J'y ai dansé, oui.

Son regard dévia vers l'homme, mais il le décrocha rapidement.

— Tu es vraiment doué. Où as-tu appris à danser comme ça ?

— Euh, je… euh… Je suis propriétaire d'un ranch. Enfin, j'élève des chevaux et…

— Tu es un cowboy !

Elle se mit à sautiller, ce qui se révéla perturbant, bien qu'il n'éprouve aucun intérêt pour ses charmes. Elle regarda par-dessus son épaule.

— Kai ! Un autre cowboy !

Elle tendit le poing. Rand hésita un instant, puis il frappa son poing contre le sien.

— Au fait, je m'appelle Audrey. Et voici Moke, dit-elle en indiquant l'autre femme.

Cette dernière lui adressa un hochement de tête. Puis Audrey se tourna.

— Et voici Kai. C'est un *paniolo*.

Kai lui adressa aussi un signe de tête, mais ne s'approcha pas de lui pour lui offrir une poignée de main. L'expression de son visage ? Méfiante, peut-être. Neutre, au mieux.

Audrey était clairement la porte-parole de leur groupe.

— Est-ce que tu vas revenir au club ?

— Ça me plairait, oui. Même si je ne sais pas encore quand.

— Pourquoi ne viendrais-tu pas avec nous ce soir ? Moke est une très bonne danseuse et nous pourrions danser à trois. Enfin, si ça ne dérange pas ta petite amie.

Elle battit des cils. *Mmh.* Il avait cru qu'elle était en couple avec Kai. Peut-être que Moke était en couple avec lui ?

Moke semblait d'accord, mais Kai n'avait pas l'air particulièrement ravi à cette idée.

— Ce n'était pas ma petite amie. Nous nous sommes rencontrés hier à l'hôtel.

Le sourire d'Audrey s'agrandit.

— Mais je ne veux pas m'imposer, dit-il en haussant les épaules.

— Ce n'est pas le cas. Nous serions ravis de t'accueillir parmi nous. Tu sais, c'est une petite ville, *brah*. Ce n'est pas souvent que nous rencontrons des cowboys du continent, dit-elle en riant. N'est-ce pas, Kai ?

Ce dernier regarda Rand sans que ses yeux sombres clignent.

— Oui. Viens si tu en as envie.

Sans un autre mot, il se retourna et contracta l'un des plus beaux fessiers créés par Dieu jusqu'à ce qu'il soit à nouveau dissimulé par la mer.

— Ne fais pas attention à lui, dit Audrey en soupirant. Il a regardé *L'Homme des Hautes Plaines* un peu trop souvent.

— Un homme taciturne, dit-il en riant doucement. Quelle est son histoire ?

Elle s'installa sur le sable, ce qui chassa du champ de vision de Rand cette toison pubienne bien entretenue. Elle tapota le sable près d'elle pour dire à Moke de faire de même.

— Kai est un véritable *paniolo*, descendant de générations de *paniolos*.

Elle regarda Moke. Cette dernière acquiesça et, pour la première fois, Rand entendit sa voix – douce et grave.

— Son père descend de la lignée des premiers *vaqueros*.

— *Vaqueros*… Espagnols ?

— Mexicains. Le roi Kamehameha a invité quelques *vaqueros* mexicains à Hawaii pour gérer le bétail. C'est ainsi que la tradition a débuté. Bien entendu, la plupart des *paniolos* sont désormais hawaiiens.

— Moke a vécu à Makawao, alors elle connaît tout plein de trucs historiques, expliqua Audrey avec un sourire.

— Eh bien, je ne savais rien de tout cela, dit Rand en haussant les épaules. Quand je pense à Hawaii, je ne pense certainement pas aux cowboys.

Cela lui valut un regard froid de Moke.

— Et pourtant, nous avions des cowboys bien avant la Californie.

— Vous avez besoin de votre propre John Wayne, dit-il en souriant. Discutez-en avec les responsables des relations publiques de l'île.

Cela fit rire Audrey.

— Ou bien d'un Clint Eastwood hawaiien, ajouta-t-elle.

— Tu ne viens pas de dire qu'il se trouvait juste devant nous ?

Cela la fit rire de plus belle. Même Moke esquissa un sourire.

27

Il vérifia l'état de la partie inférieure de son corps et jugea qu'il ne risquait plus rien en se mettant debout – maintenant que Kai n'était plus dans les parages. Il s'accroupit et essuya le sable qu'il avait sur les fesses.

— Je ferais mieux de rentrer à l'hôtel.

— Alors tu séjournes vraiment ici ?

— Oui. Mes parents adorent cet endroit et j'ai décidé de les accompagner après avoir refusé pendant des années.

— Mais tu t'échapperas ce soir pour venir nous rejoindre au bar ?

— Je vais essayer.

— Tu peux emmener ton amie si tu veux, proposa-t-elle avant de rigoler. Mais ce serait amusant si tu pouvais venir seul et danser avec nous deux, ajouta-t-elle en agitant un doigt entre elle et Moke.

— En même temps ?

— Si tu veux.

S'approcher à moins de cent kilomètres de Kai Eastwood revenait à jouer avec le feu.

— Je suis un peu à la merci de mes parents, mais j'essayerai de me libérer.

Il se mit debout.

— Tu es super grand, dit Audrey en agitant une main.

Il poussa les mèches de cheveux qui avaient tendance à retomber sur son front.

— En effet, madame.

Elle se laissa tomber de rire sur le sable, faisant réapparaître tous ses attributs féminins, ce dont elle était merveilleusement inconsciente.

Moke leva ses grands yeux noirs vers lui.

— Combien mesures-tu ?

— Un mètre quatre-vingt-dix.

Elle hocha la tête comme si elle enregistrait cette information dans un coin de sa mémoire pour s'en servir plus tard.

— J'espère que tu vas pouvoir venir danser ce soir.

— Je l'espère aussi.

C'était vrai, mais pas pour les raisons qu'il était en train de sous-entendre.

— Peut-être, à plus tard.

IV

Sa mère se pencha par-dessus son dîner pas tout à fait terminé. Ils avaient tellement bien mangé ces deux derniers jours qu'ils levaient un peu le pied.

— Alors nous allons rencontrer Julie demain ?

— Oui. Il y a un restaurant thaï qu'elle apprécie beaucoup, mais qui ferme tôt, alors si vous pouviez vous retenir de manger cet énorme sandwich au poisson à midi, nous pourrions combiner le déjeuner et le dîner.

— Mmh. Peut-être que je pourrais prendre un sandwich au poisson au petit déjeuner, dit-elle en riant.

Il jeta un œil à sa montre. *Détends-toi. Ça se trouve, il ne va même pas venir.*

— Tu as quelque chose de prévu ?

— Oui. Quelques personnes m'ont invité à les rejoindre dans ce bar pour cowboys.

— Quelques personnes ?

— Oui. Hier soir, j'ai terminé dans une sorte de duel de danse avec un couple. Je les ai vus aujourd'hui…

Oh, mince, réfléchis vite.

—… quand je me promenais dans les environs. Ils m'ont invité à venir danser ce soir.

— Oh, dit-elle en inclinant la tête. Tu emmènes Julie ?

— Euh, non. Cette femme a une amie qui veut danser avec moi, alors j'y vais seul.

— Et Julie ?

— Maman, je la connais à peine. Je t'en prie. Tu sais que j'adore danser.

— Julie est une mauvaise partenaire de danse ?

Il s'adossa lourdement à sa chaise.

— Non. Elle danse très bien, mais je ne suis pas marié avec elle.

Un creux se forma entre les sourcils de sa mère et les yeux de son père s'élargirent comme pour dire : « *Oh, non. Tu viens d'ouvrir la boîte de Pandore.* »

— Et c'est là tout le problème, non ? Pour l'amour du ciel, Rand, tu as terminé tes études depuis cinq ans et tu as travaillé dur pour monter ton entreprise. Maintenant, tu dois réfléchir sérieusement à fonder une famille.

Comme si elle savait quelque chose de ses projets familiaux.

— Qu'est-ce que ça a à voir avec Julie ? Je suis en vacances. Je vis très loin d'ici. Je ne la connais même pas.

Les clients du restaurant lançaient des regards dans leur direction ; il baissa la voix.

— Je suis sérieux, ajouta-t-il.

Elle se pencha en avant et posa une main sur son bras.

— Comme le disait un grand homme : dans la plupart des endroits, tu ne trouveras jamais d'eau en creusant des trous peu profonds. Tu dois creuser un grand trou et le creuser profondément.

Rand esquissa un sourire.

— Ton analogie est indéniablement pornographique.

Elle lui tapa le bras.

— Tu sais ce que j'ai voulu dire.

— Il faut d'abord trouver le bon endroit pour creuser ce satané trou et je ne l'ai pas encore trouvé. Je suis très bien tout seul.

Bon sang, quel mensonge.

— Oh, mon bébé.

Elle s'adossa de nouveau à sa chaise et secoua la tête. Le pire, c'est qu'elle semblait sincèrement triste. Il devrait simplement lui dire qu'il était homosexuel, mais alors tout l'État de Californie serait au courant. Il perdrait des employés, des clients, peut-être même des amis. Encore plus d'amis. Non. Trop tard. Il avait appris sa leçon des années plus tôt.

— Je suis désolé, Maman. Je sais que je te déçois.

La flamme se raviva dans le regard de sa mère ; elle se pencha en avant et attrapa brusquement son bras.

— Ne dis jamais ça. Quoi qu'il arrive, je suis la plus fière des mamans.

Seigneur, il aimait sa mère et son père, mais il n'avait jamais voulu faire ce que sa mère avait imaginé pour lui : pas de Mickey, pas d'études de droit comme son père ni de formation de courtier comme elle, pas de vie chic dans le Comté d'Orange où elle pourrait le présenter à ses amis.

— Je vais juste danser. Pas de cloches pour annoncer le mariage. Rien de romantique.

Et c'était bien dommage.

— C'est peut-être le problème, dit-elle en soupirant. Tu devrais coucher plus souvent.

Rand éclata de rire.

— Et tu devrais décider une bonne fois pour toutes ce que tu attends de moi, dit-il avant de se pencher pour embrasser sa joue. J'adore danser. C'est quelque chose qui m'amuse, d'accord ? C'est ce que tu as dit attendre de moi pendant ces vacances : que je m'amuse.

— Tu as gagné. Va danser.

Mais alors qu'il s'éloignait, il l'entendit dire à son père : « *Je m'inquiète tellement pour lui.* »

Bon sang.

Il réussit à atteindre le parking du bar avant que l'inquiétude le gagne. *Sérieusement ? Tu comptes vraiment retourner à l'endroit où se trouve ce cowboy ?* Oh, et puis mince, quelle différence cela pouvait-il bien faire ? Même s'il regardait cet homme avec adoration, *Pendez-les haut et court* ne le remarquerait même pas. Il eut un sourire en coin. Dans le cas de Kai, ce serait plutôt *Pendez-les bas et long.*

Il poussa la porte en bois et entra. *Waouh ! Il y a deux fois plus de monde qu'hier.* Il se fraya un chemin à travers la foule et balaya la salle du regard.

— Rand ! Ici !

Audrey lui faisait signe, installée sur une petite table près de la piste de danse. Moke était assise en face d'elle. Pas de Kai. Bien. *Alors pourquoi suis-je si déçu ?*

Comme il n'y avait que quelques personnes qui dansaient – le groupe de musiciens devait être en pause –, il traversa la piste pour rejoindre les deux jeunes femmes.

— Salut. J'ai réussi à me libérer.

Sans blague ?

— Génial, dit Audrey en poussant une des chaises libres de leur table. Assieds-toi.

— Vous voulez que j'aille vous chercher à boire ?

— Ce serait gentil. On va prendre de la bière.

Il regarda Moke, qui ne parlait pas beaucoup. Elle hocha la tête, alors il se rendit au bar, se pencha par-dessus, commanda trois bouteilles de ce qu'il avait bu la nuit précédente et les ramena jusqu'à leur table.

— Bon choix, dit Moke en souriant enfin.

— J'ai découvert ça seulement la nuit dernière, mais j'aime beaucoup.

31

Les musiciens reprirent place sur scène et Rand balaya brièvement la pièce du regard.

— Alors je vous ai pour moi tout seul ?

— Pour l'instant, répondit Audrey en haussant les épaules.

Les musiciens se la racontèrent en jouant « *The Devil Went Down to Georgia* » et les clients du bar frappèrent en rythme dans leurs mains, mais personne ne se leva pour danser. Finalement, Rand lança : « *Bon Dieu, les filles, montrons-leur que ce rythme ne nous fait pas peur* ». Il bondit sur ses pieds, prit Audrey et Moke par la main et les entraîna sur la piste de danse où il commença à les faire tourner comme des pros. Moke était plus discrète sur la piste, mais elle était meilleure danseuse qu'Audrey. Il commença à adopter la position de l'ombre, avec une fille derrière et une fille devant lui. Ils établirent ensuite une cadence selon laquelle il dansait avec Audrey pendant que Moke frappait dans ses mains, puis changeait de partenaire pour faire le contraire. Il les faisait danser chacune leur tour en se plaçant derrière elles sous les applaudissements des clients lorsque, soudain, un corps se glissa près de celui d'Audrey et lui attrapa la taille. Pendant une seconde, Rand voulut empêcher cette personne de s'immiscer entre eux, puis il rencontra un regard noir et brûlant. Kai.

Un sentiment étrange de bonheur envahit son cœur et Rand sourit lorsqu'ils formèrent tous les quatre une toupie, dansant en un grand cercle, de plus en plus rapidement. Le diable est dans la place ! Les musiciens finirent par se fatiguer et s'effondrer sur leurs instruments, en pleine crise de rires. Leur leader annonça :

— Mesdames et messieurs, je vous présente Kai, Audrey, Moke et qui êtes-vous, cowboy ?

— Rand ! cria Audrey. N'est-il pas mignon ?

Les femmes sifflèrent et hurlèrent ; certains touristes semblèrent un peu surpris. Les quatre danseurs retournèrent à leur table et un Hawaiien baraqué poussa une chaise vers Kai avec son pied. Ils s'assirent. Rand essuya son front de sa main.

— Je ne suis pas habitué à cette humidité.

Audrey but une grande gorgée de sa bière.

— Horrible, n'est-ce pas ? Tu devrais aller à Kauai ou Hilo sur la grande île. Là-bas, tu pourrais presque nager dans l'air.

Rand jeta un œil vers Kai.

— Tu veux une bière ?

— Pourquoi pas ? Tu paies ?

— Si tu me laisses faire.

— La même chose qu'elles, répondit Kai en indiquant les bouteilles de la tête.

Rand prit une grande inspiration en se rendant jusqu'au bar. Bon sang, pourquoi son sexe réagissait-il comme si cet homme avait le plus beau fessier d'Amérique ? *J'ai mis trop de temps à me remettre en selle. J'irai chercher un homme avec qui coucher dès que je rentrerai à la maison. Je te le promets copain.*

Il attrapa la bouteille froide que le barman lui glissa et la pressa contre son poignet. Il aurait sûrement des ennuis s'il la posait contre sa verge enthousiaste. Il retourna vers la table en marchant doucement – d'accord, avec une légère nonchalance – et tendit la bouteille à Kai.

— Merci, dit-il, ses doigts effleurant la main de Rand.

Ce dernier retira sa main comme s'il avait été brûlé. Les yeux de Kai s'élargirent, mais il but calmement sa bière.

— Dis-moi, y a-t-il beaucoup d'endroits où danser là où tu vis ? demanda Audrey, sa poitrine bien en évidence au-dessus de la table.

— Oui, même si ce ne sont pas tous des endroits réservés aux danses de cowboys. Chico bénéficie d'un mélange d'influences. C'est une ville universitaire, donc il y a beaucoup d'étudiants, beaucoup d'endroits qui leur sont destinés et une forte culture hippique ; nous avons même des élevages de bétail en périphérie de la ville.

— Pourquoi tu ne vis pas au Texas ? demanda Moke très sérieusement.

Il sourit.

— Je tiens un ranch, j'accueille des visiteurs et j'enseigne l'équitation, alors il vaut mieux que je vive dans une ville touristique, expliqua-t-il en haussant les épaules. L'endroit où je vis me convient très bien. J'ai toujours vécu en Californie.

— Selon moi, c'est une chambre d'hôtes que tu tiens, *brah*, intervint Kai en levant les yeux vers lui, les sourcils haussés sous son Stetson décoré d'une couronne en fleurs.

Rand prit une vive inspiration, mais essaya de ne pas le montrer.

— Je le suppose, oui. Pour un *véritable* cowboy comme toi.

Kai se pinça les lèvres comme pour ne pas sourire – ou de ne pas montrer les dents.

— Tu as plein de napperons et de trucs de ce genre chez toi ?

Les filles se tinrent immobiles pendant que Rand fixait Kai.

— Au moins, je ne les porte pas sur mon chapeau, répondit-il.

33

Kai resta bouche bée. Son chapeau s'envola lorsqu'il rejeta la tête en arrière et laissa échapper le premier son sincère et sans retenue que Rand entendait chez lui. Les filles se joignirent à lui. *Je ne sais pas ce qui vient de se passer.* Mais il commença à rire aussi.

— Tu es génial, dit Audrey en lui tapant le bras.

— Merci. Je ne sais pas pourquoi, mais je suis ravi que tu le penses.

— C'est un jeu, intervint Moke. Nous passons tellement de temps à devoir être agréables avec les touristes que nous nous insultons entre nous. En général, les *haoles* [2] ne sont pas très réceptifs à notre humour.

— Sauf moi ! s'exclama Audrey.

— Et lui, ajouta Kai en fixant Rand.

Aussi bête que cela puisse paraître, ces deux mots lui réchauffèrent le cœur.

— Dans ma chambre d'hôtes, je dois me montrer agréable avec bien plus de touristes que vous ne pouvez l'imaginer. Tout le monde trouve toujours de quoi se plaindre.

— Alors c'est comme un ranch éducatif ? demanda Kai en buvant sa bière.

— En quelque sorte, oui. À petite échelle. J'ai un dortoir dans lequel j'installe mes visiteurs et je leur apprends à monter à cheval, à se servir d'un lasso, ce genre de choses.

— Ça doit être passionnant.

Rand le regarda, étonné.

— Euh… Oui, ça l'est. C'est un moyen de financer ce que j'aime faire, c'est-à-dire élever des chevaux.

— Tu pourrais faire quelque chose comme ça, Kai, intervint Audrey.

Il secoua la tête, mais il semblait un peu triste.

— Il me faudrait de l'argent et je serais obligé de déménager de l'autre côté de l'île pour attirer assez de touristes. Notre partie de l'île est trop difficile d'accès. En plus, Hawaii n'est pas connue pour son histoire des cowboys.

— Elle devrait l'être, dit Rand. Du moins, c'est ce que j'ai cru comprendre.

Leurs regards se rencontrèrent et Kai esquissa un sourire. Dieu du ciel, comment un être humain pouvait-il être aussi sexy ?

2 *Haoles* est un mot utilisé par les Hawaiiens pour désigner les Blancs.

La musique reprit. Kai attrapa Audrey et Rand entraîna Moke sur la piste de danse. Au milieu du morceau, deux hommes leur prirent leurs cavalières, alors Rand et Kai retournèrent boire leur bière à leur table.

Rand se percha sur le rebord d'une chaise, pour décourager les trois femmes qui lui faisaient signe d'approcher pour aller danser.

— Tu travailles dans un ranch ? demanda-t-il à Kai.

— Une partie de la journée, oui. J'accompagne aussi les clients du Hana Maui lors de promenades à cheval.

— Peut-être que je devrais m'inscrire à une promenade, dit Rand en souriant.

— Peut-être que tu devrais m'aider à en conduire une.

— J'en serai ravi, laissa-t-il échapper.

— Rand ?

Il se tourna vers la voix qui venait de l'appeler. *Julie.* Un sentiment de culpabilité l'envahit. *Je t'en prie, crois en ta propre histoire. Tu n'es pas son petit ami.*

— Salut, Julie. Tu es venue danser ?

— En quelque sorte. Je voulais surtout prendre une bière après une longue journée.

— Tu connais Kai ?

Elle hocha la tête, semblant un peu… perplexe ?

— Oui, un peu. Salut, Kai. Je m'appelle Julie.

Il lui adressa un hochement de tête désinvolte, comme lui seul en avait le secret.

— Si tu veux, je te paie une bière, proposa Rand. On peut se rendre jusqu'au bar en dansant pour aller la chercher ?

— D'accord, ton idée me plaît, répondit-elle avec un sourire sincère.

Rand se pencha vers Kai.

— Quand pourrions-nous faire cette promenade à cheval ?

— Demain ?

— À quelle heure ?

— La première promenade commence à huit heures. Demande à l'accueil comment te rendre jusqu'aux écuries.

— Parfait.

Il sentit le sourire se dessiner sur son visage. Inutile de mentionner qu'il était impatient d'y être. Il attrapa Julie et dansa avec elle jusqu'à ce qu'ils atteignent le bar. Il jeta un œil vers Moke qui le regardait avec les

35

sourcils légèrement froncés. Seigneur, comment un homme gay pouvait-il avoir autant de problèmes avec les filles ?

Le barman se pencha vers eux alors qu'il allait servir un groupe d'autres personnes et Rand commanda deux bières pour eux et trois pour la table. *Eh bien, on pourrait croire que tu es plein aux as.* Mais comme ses parents finançaient une semaine entière de sa vie ce mois-ci, cela lui permettait de faire des économies.

Leurs bières furent immédiatement servies, lancées de quelques mètres plus loin sur le bar. Rand trinqua avec Julie. Elle but une gorgée et regarda la table sur laquelle elle l'avait trouvé.

— Tu as dit que tu ne les connaissais pas.

— Je ne les connaissais pas. Je les ai croisés à l'hôtel et ils m'ont invité à revenir. Ça s'est fait sur un coup de tête.

— Mmh. C'est un trio intrigant.

— Vraiment ? Je n'ai fait que danser avec eux.

Essaye de ne pas sembler trop impatient d'entendre ce qu'elle a à dire sur eux.

— Oui. Kai est un pur Hawaiien. La femme brune…

— Moke ?

— Oui. Elle est aussi née sur l'île, mais ce n'est pas comme Kai. Il vient d'une très longue lignée hawaiienne. Il est très respecté pour son héritage, mais il est… je ne sais pas, un peu mystérieux, dit-elle avant de hausser les épaules. Enfin, je ne fais pas partie des leurs, alors je ne connais pas l'histoire de chacun.

— Il est mystérieux de quelle façon ?

— C'est un ressenti. Comme si personne ne le connaissait vraiment, même son frère et sa sœur.

— Oh, il a des frères et sœurs ?

— Oui. Parfois, je les vois lorsqu'il les amène à l'école.

— Où sont ses parents ?

— Je crois qu'ils vivent tous les trois avec leur mère. Mais je ne sais pas où. Comme je te l'ai dit, je ne sais pas grand-chose, mais les Hawaiiens sont très communautaires, alors dès qu'une personne se montre discrète, elle sort du lot.

— En tout cas, c'est un danseur incroyable.

Kai dansait avec Audrey et Moke. Audrey adressa un léger signe de la main à Rand.

— Audrey est sa petite amie ?

Julie but une gorgée de sa bière et fit non de la tête.

— Parfois, ils donnent cette impression, mais pas tout le temps. Comme je viens de te le dire, il est mystérieux, dit-elle en levant les yeux vers lui. Tu t'intéresses beaucoup à lui.

— Je n'ai jamais entendu parler de ces cowboys hawaiiens, alors je suis fasciné par leur tradition.

Il but une gorgée de bière à son tour.

— Compréhensible.

— Au fait, où se retrouve-t-on demain et à quelle heure ?

Belle esquive, McIntyre. Pendant que Julie dessinait une carte sur une serviette en papier, Rand jeta un œil vers la piste de danse. Découvrir que les yeux de Kai étaient rivés sur lui fit démarrer sa verge délaissée au quart de tour.

V

Sourire permanent. Rand regarda dans le miroir de la salle de bain pendant qu'il se rasait et grimaça en observant le sourire qu'il ne pouvait pas effacer de son visage. Mais bon sang, il allait monter à cheval toute la matinée ! Voir Kai ? C'était secondaire. Il rinça la mousse à raser. *Continue de te mentir à toi-même, bébé.*

Après avoir enfilé les vêtements les plus confortables qu'il avait emportés, Rand se rendit à l'accueil, obtint les informations pour se rendre aux écuries, prit deux pommes à la cafétéria et monta dans une voiture de l'hôtel pour se faire conduire jusqu'à sa destination. Il n'expliqua pas qu'il n'était pas vraiment un simple client qui allait faire une balade à cheval. Ou bien peut-être qu'il l'était. Il ne savait pas à quoi s'attendre de la part de Kai.

Comme la plupart des endroits à Hana, les écuries se trouvaient sur le bord de l'autoroute. Le chauffeur se gara sur un parking en gravier.

— Vous arrivez un peu trop tôt pour la première balade, monsieur.

— Oui, je sais. Comme je travaille dans le milieu équestre, j'ai été invité à venir visiter les écuries.

Si l'on veut.

— Parfait, dit le chauffeur hawaiien avec un hochement de tête. Amusez-vous bien. Si vous avez besoin que je revienne vous chercher, demandez à quelqu'un de prévenir l'accueil de l'hôtel.

— D'accord.

Il donna un pourboire au chauffeur et sortit dans la lumière du petit matin, des brins de brume survolant toujours la plage au loin. Il vit deux personnes entrer et sortir de ce qui devait être l'écurie principale et avança vers elles. Alors qu'il approchait, Kai sortit du bâtiment avec un grand cheval gris qui remuait la tête et gigotait.

— C'est une vraie beauté, déclara Rand en s'approchant.

Ce qui faisait deux beautés.

— Je me suis dit que tu aimerais la monter, dit Kai en souriant. Elle s'appelle Misty.

— Magnifique, dit-il en sortant une pomme de la poche de sa veste.

— La corruption marche à tous les coups avec Misty, dit Kai en tapotant le nez de la grande jument.

Rand tendit la main avec la pomme au creux de sa paume, puis il se mit à rire.

— Appelle-la Magicienne. Elle n'a aucun mal à faire disparaître des pommes.

Deux autres hommes, un Hawaiien et un – quel était le mot ? – *haole*, menèrent deux chevaux chacun hors de l'écurie, déjà sellés et bridés.

— Ce sont les montures pour aujourd'hui ? demanda Rand.

— Oui. Nous avons quatre cavaliers pour la promenade de ce matin. Nous aurons un plus grand groupe cet après-midi, étant donné que les gens aiment faire la grasse matinée, mais la promenade du matin est ma préférée. En plus, je dois retourner au ranch aujourd'hui.

— Ton travail semble plaisant.

Kai leva les yeux pour le regarder ; il était plutôt grand, mais Rand faisait quand même six ou sept centimètres de plus que lui.

— Merci. Il l'est.

— Et il semble aussi te prendre beaucoup de temps et d'énergie.

— C'est exact.

Un van appartenant à l'hôtel tourna sur l'aire de stationnement.

— Voilà nos invités.

— Dois-je me comporter comme un client ? Je n'ai encore payé personne pour cette promenade – pour le moment.

— Non, répondit-il en souriant. Tu seras notre spécialiste. Qu'en dis-tu ?

— Ça me va très bien.

Un homme et une jolie femme d'une cinquantaine d'années, ainsi que deux enfants – une fille d'une douzaine d'années et un jeune adolescent – sortirent du van et marchèrent dans leur direction. Le garçon frappait les fesses de sa sœur.

— Tu vas avoir tellement mal aux fesses que tu ne pourras plus t'asseoir pendant une semaine !

— Laisse-moi tranquille, Simon, répliqua-t-elle en le frappant à son tour.

Oh-oh, les enfants turbulents et les chevaux ne faisaient pas bon ménage.

Kai regarda Rand avec un léger froncement de sourcils – il avait dû penser à la même chose – et les accueillit en leur souriant.

— Bienvenue, M. et Mme Axelrod, les salua-t-il avant de se pencher vers les enfants. Et vous devez être Molly et Simon, n'est-ce pas ?

— Oui, répondit Mme Axelrod. Nous faisons cette promenade principalement pour Molly. Elle est folle des chevaux.

Kai lui adressa un sourire spécial qui pourrait faire fondre le cœur de n'importe quelle jeune fille ; elle rigola.

— Je suis Kai Kealoha. Je serai votre guide. Et voici Rand McIntyre. C'est un cowboy et un spécialiste des chevaux, alors il va apporter une touche particulière à notre promenade.

Oh, vraiment ? Il regarda Kai qui lui offrit son plus beau sourire.

— Nous allons commencer par vous mettre une bombe.

— Jamais de la vie ! grogna Simon.

— Simon ! le réprimanda Mme Axelrod en lui mettant une tape sur le bras.

Kai se dirigea vers l'un des employés et lui prit deux bombes. Rand en prit aussi deux et se tourna vers la famille pour leur expliquer les risques.

— Monter à cheval est vraiment amusant, mais un cheval peut peser plus de mille kilos. Ils sont intelligents, mais des choses inattendues peuvent se produire.

Rand observa les montures qui avaient été préparées. Aussi douces que des agneaux, et pourtant...

— Ces chevaux sont dociles et habitués à être montés par des cavaliers novices, mais il est tout de même bon de savoir qu'il y a plus de personnes qui se blessent chaque année en montant à cheval qu'en faisant de la moto.

Simon soupira.

— Alors, ne faites rien de stupide, termina Rand.

Kai hocha la tête avec une lueur de reconnaissance dans les yeux.

— Vous avez tous signé une autorisation, mais j'ai bien peur de ne pas pouvoir vous faire monter tant que vous n'aurez pas une bombe sur la tête.

Simon fit une grimace et Rand lui tendit la bombe.

— Tu veux venir avec nous ou pas ?

L'enfant parut enfin un peu intimidé.

— Bon, d'accord, dit-il en le prenant.

Rand tendit l'autre bombe à Molly, qui la mit avec empressement.

Ils firent monter tout le monde en selle. Kai leur expliqua les bases : comment tenir les rênes, comment garder les talons baissés et quelques sons pour demander aux chevaux d'avancer ou de s'arrêter. Enfin, ils partirent les uns à la suite des autres, Kai, à l'avant et Rand à l'arrière. C'était une bonne chose. S'il fixait le fessier de Kai pendant un long moment, il ne serait plus en condition pour accompagner des enfants.

Kai les guida le long de chemins souvent empruntés, avec aucune difficulté si ce n'est une ou deux branches basses à passer. Il leur parlait du territoire et indiqua une route.

— Si vous prenez cette route, vous arriverez à Pi'ilanihale Heiau, qui serait l'un des temples en ruines les plus grands de Polynésie. Ça vaut vraiment le détour.

— Peut-on y aller maintenant ? demanda Mme Axelrod.

— Non. C'est un site assez grand et la visite prend plus de temps que nous en avons. Mais pensez à aller y faire un tour tant que vous êtes dans le coin.

Soudain, Simon indiqua une colline sur leur droite et cria :

— Qu'est-ce qu'il y a là-haut ?

Il donna un fort coup de pied à sa monture et siffla, faisant partir le cheval au petit galop, ce qui aurait pu ne pas poser de problème si le terrain ne montait pas subitement. Entre la pente et la vitesse, Simon bondit en l'air, glissa le long du dos de sa monture, chuta, se cogna la tête et termina sur le dos dans un tas d'arbustes.

— Merde ! Aïe…, dit le garçon avant de se mettre à pleurer.

— Simon, c'est ta bêtise qui t'a fait chuter ! cria son père.

Rand descendit de son cheval et se retrouva près du garçon en deux enjambées. Il leva une main pour interrompre M. Axelrod, puis il se concentra sur Simon.

— Vas-y doucement. N'essaye pas de bouger pour le moment.

Il rallongea le garçon sur les arbustes relativement mous. Il se pencha au-dessus de lui, sourit et approcha un doigt devant ses yeux.

— Suis le mouvement de mon doigt.

Simon obéit sans se plaindre.

Rand souleva ensuite les bras du garçon doucement, l'un après l'autre.

— Ça te fait mal ?

— Non.

— Où as-tu mal ?

— Mes fesses et ma tête.

Ses fesses vont probablement bien. Sa tête ? Peut-être pas.

— D'accord. Je vais t'aider à t'asseoir, doucement.

41

Il plaça un bras sous les épaules de Simon, une main sous sa tête et le redressa.

— Aucune douleur ?

— Non.

— Comment va ton dos ?

— Plutôt bien.

— Des étourdissements ?

— Non.

Il retira délicatement la bombe. Il leva les yeux et il vit Kai qui le fixait avec de grands yeux, les lèvres entrouvertes. Pendant une seconde, ce fut la seule chose qu'il voulait voir. *Continue à faire ce que tu dois faire.* Il glissa ses doigts dans les cheveux bruns de Simon.

— Des douleurs ?

— Nan.

Retour de l'impudence.

— Alors, sois heureux d'avoir eu une bombe sur la tête. Si ça n'avait pas été le cas, tu serais peut-être en route pour l'hôpital au lieu de pouvoir retourner à la plage.

Simon soupira et haussa les épaules.

— Vous êtes sûr qu'il va bien ? demanda la mère, légèrement paniquée.

Kai leva son téléphone portable.

— J'ai appelé le médecin de l'hôtel pour qu'il vienne l'ausculter avant qu'il ne bouge, pour ne pas prendre de risques.

— Bien, dit-elle en s'accroupissant près de son fils. Comme l'a dit ton père, tu as fait une chose stupide. En plus, Rand t'avait prévenu qu'il pouvait y avoir des risques. Nous ne ferons plus de balades à cheval.

— Maman ! geignit la petite fille. Tu m'as promis que je pourrais apprendre à monter.

— Je suis désolée, ma chérie, mais tu ne peux pas participer à des balades à cheval sans être accompagnée et Simon est puni.

— Je ne peux pas suivre des cours privés ? demanda-t-elle en implorant Kai.

— Nous n'offrons pas ce type de service, mademoiselle, répondit-il avant de porter son regard sur Rand.

Molly se retourna pour le fixer elle aussi.

Rand se mit à rire.

— Eh bien, si Kai peut me fournir des montures, je peux organiser un ou deux cours, proposa-t-il avant de se tourner vers Mme Axelrod. Je tiens une écurie en Californie dans laquelle je donne des cours d'équitation.

— Oh, ce serait merveilleux ! Nous vous paierons ce que vous demanderez. Molly attendait ce voyage avec impatience pour pouvoir monter à cheval.

— J'adore les chevaux, alors ça ne me dérange pas de passer un peu de temps avec eux durant mes vacances.

Elle plaqua une main contre sa bouche.

— Vacances ? Oh, non ! Je n'avais pas réalisé que...

— Il n'y a pas de mal. Je serai heureux de le faire. L'écurie fixera elle-même son prix.

Il regarda Kai. Les yeux de ce dernier brillaient.

— Si c'est d'accord ? demanda Rand.

— Oh, fit Kai en sursautant. Oui, bien entendu. Nous serions ravis de donner un ou deux cours à Molly.

Le docteur arriva dans un van de l'hôtel et ausculta Simon. Comme on pouvait s'y attendre, le garçon s'en sortit indemne – si ce n'est son fessier légèrement contusionné. Le docteur rassembla les Axelrod et les mena jusqu'au van.

— Kai, nous vous appellerons pour connaître l'heure fixée pour le cours de Molly, dit Mme Axelrod en leur disant au revoir d'un signe de main.

Kai hocha la tête, mais regarda Rand.

— Tu es sûr de vouloir faire ça ? Travailler pendant des vacances si onéreuses ?

— Bien sûr. J'adore les chevaux.

Évidemment, les chevaux avaient peu à voir avec sa décision.

KAI ACCROCHA les rênes de deux des chevaux à sa propre selle. À quelques mètres de lui, Rand fit de même. *Prends une profonde inspiration.* Il ne pouvait s'empêcher de trembler. Si cet enfant avait été gravement blessé, l'écurie aurait pu avoir de graves ennuis, autorisation signée ou pas. *Rand.* Il pouvait presque sentir les mains délicates, le toucher, le réconfort de Rand. *Pourquoi ai-je envie de m'effondrer ?* C'était simple. Il voulait se recroqueviller sur le sol et pleurer pour recevoir ne serait-ce qu'un geste de cet homme. *Tu perds la tête, mon ami.* Il se secoua comme le ferait un

43

chien en sortant de l'eau. Mais il ne pouvait s'empêcher de fixer ces mains compétentes et expertes. *Je devrais garder mes distances avec cet homme.* Rand monta Misty et se pencha sur le pommeau de sa selle.

— Le retour va être long.

— Je peux demander à un de mes collègues de me rejoindre pour ramener les chevaux si tu as besoin d'être autre part. Il n'y a pas de problème.

— Non, répondit-il en touchant son chapeau. C'est un plaisir. J'ai des projets cet après-midi, mais nous devrions être rentrés d'ici là.

Kai laissa échapper un soupir discret. Il se força à garder les yeux fixés sur le chemin. *Rand ressemble à une star de cinéma lorsqu'il est en selle. Imposant et puissant, mais délicat. Oui, continue à penser à lui comme à une personne inatteignable, idiot.* Il claqua de la langue pour demander à April d'avancer et mena les chevaux le long du chemin par lequel ils étaient venus. Rand se mit à sa hauteur, ce qui n'allait pas poser de problème sur une grande partie du chemin. *Ce serait mieux si je trouvais quelque chose à dire.*

— J'ai entendu dire que tu vivais avec ta famille, lança Rand.

Bon sang !

— Qui t'a dit ça ?

— Mmh, je ne suis plus trop sûr. Une de tes admiratrices, répondit-il en le regardant, le sourire aux lèvres.

— En quelque sorte. Mon père n'a jamais fait partie de la famille. Il y a juste ma mère, mon frère et ma sœur.

— Oh, désolé. Ils doivent être heureux que tu sois là pour leur donner un coup de main.

— Oui. Ils le sont.

Dépêche-toi de changer de sujet !

— Parle-moi de ton ranch.

— Il n'y a pas grand-chose à en dire.

Kai fronça les sourcils et tourna les yeux vers lui, mais Rand semblait tout à fait sincère. Ce n'était pas du sarcasme. Il regardait au loin avec un petit sourire. *D'accord.*

Rand plaça son Stetson un peu plus bas sur sa tête.

— Je ne descends pas d'une lignée de cowboys. Mon père est un grand avocat et ma mère est courtière. Mais comme la plupart des enfants, je voulais être un cowboy. Je n'ai simplement jamais abandonné l'idée, dit-il en riant.

— Ta décision a dû frustrer tes parents.

44

— Curieusement, non. Ils m'ont soutenu alors que tout ce dont je rêvais se trouvait à l'opposé de leur propre monde. J'ai fait des études agricoles, en me spécialisant dans l'élevage animal. J'ai travaillé dans des fermes et des ranchs pour apprendre les ficelles du métier et ensuite, grâce aux quelques talents que j'ai hérités de ma mère, j'ai investi les maigres bénéfices de mes actions financières dans ce petit ranch en périphérie de Chico. J'accueille des visiteurs qui rêvent de l'Ouest américain, je donne des cours d'équitation et j'élève un nombre restreint de chevaux pour les revendre à des acheteurs privés. Comme je le disais, je suis un aspirant cowboy.

— Mais tu adores cette vie.

— Oui. C'est une vie simple, mais pas difficile. Ce n'est pas comme travailler dur sur un ranch.

— Je ne travaille pas au ranch tout le temps. Je me fais plus d'argent en faisant autre chose et j'ai besoin de… donner un coup de main pour subvenir aux besoins de ma famille.

— Autre chose, comme les promenades à cheval ?

— Oui. L'hôtel est l'un des principaux employeurs à Hana. Ils nous payent assez bien.

— Vous devriez ajouter des cours d'équitation à vos services.

— Aucun de nous n'a vraiment les compétences pour le faire. Je te regarderai faire.

— Quel âge ont ton frère et ta sœur ?

— Ma sœur a douze ans. Mon frère en a dix.

— Grande différence d'âge. Ça doit être comme si tu avais toi-même des enfants.

S'il savait.

— Nous n'avons pas le même père.

— Je parie qu'ils sont d'incroyables cavaliers.

— Non. Mon père était le *paniolo*. Je ne le connaissais pas bien, mais avoir son sang m'a inspiré. Eux n'ont jamais appris à monter.

Entre autres choses.

— Tu devrais les amener pendant les cours de Molly. Je suis sûre qu'elle serait ravie d'avoir de la compagnie et ils seraient peut-être heureux d'apprendre.

Bon sang, il n'aimait pas demander aux enfants de mentir à davantage de personnes, mais ils devaient vivre leur vie et ils adoreraient monter à cheval avec quelqu'un comme Rand. Et puis c'était bientôt Noël.

— Oui. Ça pourrait se faire.

Ils avancèrent dans le calme. Curieusement, il ne ressentait pas la nécessité de discuter de choses inutiles comme il le faisait avec la plupart des *haoles*. Rand était reposant – d'une certaine manière.

— Audrey est ta petite amie ?

Oh, je retire ce que je viens de dire ! Cet individu savait comment prendre une personne de court.

— C'est une amie. C'est une fille, dit-il en souriant à Rand.

— Évasif, répliqua-t-il en lui rendant son sourire.

Cela fit court-circuiter le cerveau de Kai.

— Et toi ? Cette fille, quel est son nom ?

— Julie ?

— Oui. C'est ta petite amie ?

— Je viens de la rencontrer.

— Tu es à la recherche d'une gentille hôtesse pour ta chambre d'hôtes ? demanda-t-il en déglutissant difficilement.

Rand laissa échapper un grand soupir, faisant voler les cheveux couleur sable qui lui tombaient sur le front.

— Ma mère attend désespérément que je me marie. Elle veut des petits-enfants et elle se fiche du fait que je n'ai que vingt-six ans. En ce qui la concerne, chaque année est un petit-fils ou une petite-fille de perdus, expliqua-t-il avant de secouer la tête. Je lui ai donné un os à ronger. Julie est le genre de femmes qu'elle apprécie.

— Tu es dans une situation compliquée. Alors, tu ne cherches pas à te marier ?

— Non. Je me fiche de savoir si ça arrivera un jour.

— Pourquoi ? demanda Kai en se retenant de sourire.

— Ma vie me convient parfaitement telle qu'elle est, répondit Rand en fixant l'océan.

— Tant mieux.

N'est-ce pas ?

VI

Rand laissa Misty s'arrêter sur le bord du chemin qui donnait sur la plage.

— On dirait qu'elle apprécie la vue. Elle veut capter ce moment.

Kai pouffa de rire.

— Elle est juste fainéante. Elle fait semblant de méditer.

— Je suis partant pour prendre un peu le soleil avant de retourner voir mes parents.

— D'accord.

Kai descendit de sa monture. Cet homme redéfinissait la masculinité – la manière élégante, mais toujours séduisante dont il bougeait, ses muscles qui roulaient au lieu de gonfler.

Rand se laissa glisser de sa selle et relâcha les rênes pour laisser Misty et les autres chevaux brouter. Il avança d'un pas nonchalant vers le sable et se laissa tomber à l'endroit où la plage commençait. Il attrapa une tige dans un buisson et la plaça entre ses dents. Cela lui rappela Danny.

Kai se promena un instant avant de s'asseoir à proximité.

Broute, broute. Les chevaux mâchaient tranquillement pendant qu'une question tournait en boucle dans l'esprit de Rand.

— Pourquoi ne te maries-tu pas ? Avoir une femme n'aiderait pas ta mère ?

Mmh. Kai venait-il de se crisper en entendant cette question ?

— Pour être honnête, m'occuper de ma famille est déjà assez compliqué, dit-il avant de jeter une poignée d'herbe sur le sable.

— Puis-je savoir quel âge tu as ?

Venait-il de se crisper à nouveau ? Pourtant, c'était une question facile.

— Euh, vingt-trois ans, répondit-il avant de le regarder. Tu as dit que tu en avais vingt-six, n'est-ce pas ?

— Oui. Attends de voir. Encore deux ans et plus personne ne te laissera vivre ta vie comme tu l'entends. Ils vont tous être sur ton dos parce que tu te fais vieux et que tu n'as pas encore répondu aux attentes de la société, dit-il avant de rire ; mais ses propos n'étaient pas marrants. Désolé. J'ai dit ça avec plus d'amertume que prévu.

— J'allai te le faire remarquer, répliqua-t-il en riant.

Silence. Plutôt agréable.

— Quel genre de vie mènerais-tu si tu avais le choix ? demanda Kai. Tu m'as dit que tu étais heureux. Changerais-tu quelque chose ? Je dois prendre des notes pour me préparer.

Rand laissa doucement échapper un long soupir. Qu'allait-il oser répondre ?

— J'aimerais avoir une personne avec qui partager cette vie.

— Hé, tu viens de dire que tu ne voulais pas te marier.

— Je sais. C'est curieux, hein ? Mais c'est comme un puzzle. Tu tournes et retournes chaque pièce, tu as presque terminé, mais pour finir le puzzle, tu dois faire un changement qui pourrait tout mettre en l'air, dit-il en se pinçant l'arête du nez.

Silence.

Rand leva les yeux. Kai le fixait de ses yeux noirs et brillants.

— Nous devrions ramener ces chevaux ou tu vas être en retard pour ton rendez-vous.

— Ce n'est pas un rendez-vous.

— Oh, vraiment ?

Kai ENTRA sur le parking de l'école à une telle vitesse qu'il était heureux de connaître les policiers locaux. *Encore en retard.* Lani était assise sur les marches, patiente, mais contrariée, pendant qu'Aliki courait autour du parking, sautant sur des branches d'arbres. Heureusement, les enfants étaient scolarisés dans la même école ou bien son timing serait encore plus terrible.

Il se pencha et ouvrit la portière côté passager. Son frère et sa sœur montèrent à bord du véhicule, Lani s'installant au milieu afin que Kai n'ait pas à supporter les gesticulations de son frère. Par contre, il dut supporter les accusations silencieuses de celle qui était sa mère de douze ans. Seraient-ils heureux de suivre des cours d'équitation avec Rand ? Bon sang, qui ne le serait pas ? Il s'éclaircit la gorge, sortit du parking et s'inséra sur la longue route sinueuse.

— Avons-nous de quoi préparer le dîner à la maison ?

— KFC ! cria Aliki en se jetant contre le siège.

— Je voulais parler de vraie nourriture.

— Tata a fait quelques courses hier, répondit Lani avant de le regarder. Tu vas bien ?

— Bien entendu. Pourquoi ?

— Tu souris.

— Ça m'arrive.

— Ah oui ? Quand ? demanda-t-elle, mais ses fossettes firent une légère apparition.

Elle non plus ne souriait pas souvent. C'était triste qu'une enfant doive se montrer si sérieuse à douze ans. Il était bien placé pour le savoir.

— Pour être honnête, j'ai une petite surprise.

Plus ils approchaient de Kaupo, plus les paysages qui défilaient étaient ruraux.

— Quelle surprise ? Dis-le-moi, dis-le-moi ! s'exclama Aliki en manquant de sauter par-dessus la tête de Lani.

— Aimeriez-vous apprendre à monter à cheval ?

Les grands yeux marron d'Aliki sortirent de leurs orbites.

— Tu es sérieux, *brah* ? Monter à cheval ?

— Je ne suis pas ton *brah*, le reprit Kai en fronçant les sourcils.

Un sourire malicieux se dessina sur le visage de son petit frère, mais il hocha la tête avec fausse modestie.

— Pardon, *kaikua'ana*.

Kai n'était pas un bon modèle parental. Il se rassura en se disant qu'il arrivait tout de même à faire dire correctement « frère » à ce jeune garçon.

— C'est mieux. Et pour répondre à ta question : oui, je suis sérieux. Tu aimerais suivre un ou deux cours d'équitation ?

— Oui ! répondit-il en levant le poing en l'air.

— Et toi, Lani ?

Elle le regarda du coin de l'œil.

— Tu vas enfin nous apprendre ?

— Non. Je t'ai déjà dit que je ne pouvais pas vous apprendre à monter.

C'était ce que sa mère et son beau-père lui avaient répété sans cesse – juste avant de lui mettre une gifle.

— Mais j'ai rencontré un homme qui est moniteur d'équitation et il va donner des cours à une jeune fille qui s'appelle Molly ; elle séjourne à l'hôtel. Il voulait savoir si vous aimeriez vous joindre à eux.

Aliki fit la grimace.

— Nous allons monter avec un touriste ? Beurk.

49

— Excusez-moi, monsieur, mais les touristes sont les personnes grâce auxquelles nous pouvons acheter la nourriture que nous mangeons et payer le logement dans lequel nous vivons, alors ne leur manquons pas de respect, d'accord ?

— D'accord. Mais il se passera quoi si cette fille est nulle en équitation ? Serons-nous obligés de l'attendre ?

— Et il se passera quoi si tu es nul en équitation ? Et ne dis pas « nul ».

Lani regarda par la fenêtre.

— Qui est le moniteur ? demanda-t-elle.

Aliki se pencha en avant pour pouvoir le regarder.

— Oui. C'est toi le cowboy. Pourquoi devons-nous apprendre avec un moniteur ?

— C'est aussi un cowboy.

— Un *paniolo* ? demanda Lani en le regardant avec attention.

— Non. Un cowboy du continent.

— Waouh, il vient du Texas ? s'exclama Aliki, dont seule la ceinture permettait de le retenir de sauter au plafond.

— Non. Californie.

Lani lui lança un regard.

— Comment l'as-tu rencontré ?

Bon sang, elle allait droit au but.

— Il séjourne aussi à l'hôtel. Il a participé à une promenade.

Quelle jolie esquive !

— Quand allons-nous y aller ?

— Demain. Après l'école. D'accord ?

— Il n'y a pas école demain. C'est les vacances de Noël.

— Ah, c'est vrai. Encore mieux.

Il sortit de l'autoroute, qui se résumait désormais à une route goudronnée et étroite, puis il entra sur un chemin. Après quelques virages, il s'arrêta devant leur maison. Dire « maison » était encore plus exagéré que dire « autoroute ». Leur logement se rapprochait plus d'une cabane qui tenait encore debout à force de volonté et de beaucoup de réparations qu'il avait lui-même effectuées. Mais il y avait trois chambres, ce qui leur permettait de donner l'illusion souhaitée ; Kai ne pouvait pas se permettre de louer un logement avec trois chambres en meilleur état que celui-ci.

Les enfants descendirent de voiture et coururent vers la porte d'entrée. Quand Aliki ouvrit la porte, il dit machinalement « *Maman, je suis rentré !* » assez fort pour que les voisins l'entendent. *Entraînement.*

Lani entra plus lentement, le poids de sa vie pesant sur ses épaules fragiles.

Kai suivit.

Une fois dans la maison, Aliki regarda furtivement les quelques paquets sous le petit sapin de Noël, puis il courut jusqu'à la chambre qu'il partageait avec sa sœur, la plus grande de la maison. Kai avait séparé la chambre en deux en plaçant un double rideau au centre : des fleurs et des licornes d'un côté et Batman et Transformers de l'autre. Lani était peut-être trop grande pour les licornes, mais elle ne s'était pas plainte. Elle ne se plaignait pratiquement jamais.

Kai regarda Lani naviguer jusqu'au côté de la chambre qui se trouvait le plus éloigné de la porte et le plus proche de la fenêtre – toujours propre. Bien entendu, elle devait traverser le côté de la chambre appartenant à Aliki – pas aussi satisfaisant niveau propreté.

Kai tapa doucement sur la porte.

— Aliki, range tes Legos si tu n'y joues pas. Commencez tous les deux vos devoirs pendant que je prépare le dîner, d'accord ?

— Mais c'est les vacances de Noël ! s'exclama Aliki en se jetant sur son lit.

— Et tu n'as pas de devoirs ?

— Si, un peu.

— Alors, fais-les, comme ça tu auras tout le temps de profiter de tes cours d'équitation.

— D'accord, répondit-il en allongeant les voyelles pour montrer qu'il ne le faisait pas par plaisir – mais il semblait impatient d'apprendre à monter à cheval.

Au moins, son petit frère ferait quelque chose de spécial durant les vacances. Kai ne pouvait pas se permettre de leur offrir beaucoup de cadeaux.

Kai se rendit dans sa chambre, de l'autre côté de la suite parentale. Il devrait bientôt trouver un moyen pour que Lani utilise cette chambre, au moins pour y dormir et y ranger ses affaires de fille. À douze ans, elle n'avait pas besoin qu'un frère de dix ans soit témoin de chacun de ses faits et gestes. Elle allait commencer à sortir avec des garçons et… *oh, mince.* Il se laissa tomber sur son lit d'une personne et retira ses bottes. Comment allait-il élever une adolescente ?

Il expira. La réponse était toujours la même. Il allait élever une adolescente comme il avait élevé une préadolescente et un garçon surexcité :

51

un jour à la fois. Il avait réussi à prendre soin d'eux jusqu'à maintenant. Il réussirait à continuer à le faire.

Il enfila ses tongs et se rendit dans la cuisine.

Une demi-heure plus tard, Kai finissait de préparer une salade ainsi qu'une omelette aux épinards et au fromage lorsque Lani sortit de sa chambre. Elle posa quelques papiers sur la petite table sur laquelle ils mangeaient, étudiaient et faisaient toute sorte de choses, puis elle s'approcha pour prendre les assiettes et les couverts afin de mettre la table.

— C'est quoi ? demanda Kai en regardant les papiers.

Elle fronça les sourcils.

— Aliki a une nouvelle enseignante.

— Si tard dans l'année ?

— Oui. Son autre enseignante a sûrement dû déménager. La nouvelle veut rencontrer sa mère – évidemment.

— Tu lui as expliqué la situation ?

Son froncement de sourcils se marqua davantage. Elle détestait tellement mentir ; Kai en avait mal au cœur.

— Bien sûr. Je lui ai dit que notre mère était trop mal en point pour venir à l'école, mais que mon frère viendrait à sa place.

— Bien, dit-il en s'efforçant de sourire. C'est du pareil au même, hein ? ajouta-t-il en la chatouillant gentiment.

— Elle n'était pas enchantée par ma réponse. Elle m'a demandé où je vivais. Elle est… Disons qu'elle est un peu intense.

Mince. Il lui tendit deux assiettes à placer sur la table.

— Elle ne viendra pas, dit-il. Ils ne viennent jamais.

— Espérons, dit-elle en soupirant.

— Hé, c'est les vacances de Noël, alors je suis sûr qu'elle ne viendra pas. Profitons-en pour nous amuser !

Cette enfant de douze ans au joli visage le fixa de son regard habité.

— D'accord, finit-elle par dire.

Aliki entra dans la pièce en sautillant et plaqua ses devoirs sur la table, manquant de peu le beurrier.

— J'ai terminé !

— Bien. Alors, tu ne te sens pas plus léger ? Plus rien ne pend au-dessus de ta tête.

Sa propre remarque faillit le faire rire. Ces pauvres enfants n'avaient pas connu une seule minute de leur vie durant laquelle rien ne pendait au-dessus de leur tête. Seule une baby-sitter ponctuelle qui se faisait passer pour leur tante et une sorte de demi-frère se tenaient entre eux et un placement en foyer.

Ils mangèrent et Aliki sortit ensuite jouer dehors durant les dernières heures du jour. Lani aida Kai à laver la vaisselle. Elle rangea soigneusement leurs assiettes dans le placard.

— Tu sors ? demanda-t-elle.

— Je pensais aller nager un peu, si tu es d'accord. Je ne reviendrai pas tard.

— Pas de problème. Tu as besoin de te détendre aussi, dit-elle en souriant, ce qui fit briller ses yeux noirs. Je te promets qu'il est obéissant lorsque nous sommes tous les deux.

Kai sourit.

— Sa nature diabolique ne ressort que quand je suis dans les parages, hein ?

— On dirait, oui, répondit-elle, ses fossettes apparaissant sur ses fines joues.

Kai lui toucha le bras.

— Je suis fier de vous deux. Tu le sais, hein ?

Le sourire que lui adressa sa sœur était teinté de tristesse.

— QUAND POURRONS-NOUS voir vos peintures, Julie ? demanda la mère de Rand avant de commencer à manger son *pad thaï* avec enthousiasme.

Rand jouait avec le riz frit dans son assiette. Il était bon, mais il n'avait pas très faim.

— Je suis exposée dans plusieurs galeries à Lahaina, si vous prévoyez d'y passer avant de partir.

Julie mangea son propre *pad thaï* et réussit à se comporter comme la femme parfaite dont sa mère rêvait pour lui. Cette situation n'était que le résultat de sa mauvaise idée. Sa mère ne ferait qu'insister encore plus pour qu'il se marie. Les yeux noirs de Kai apparurent dans son esprit. Mystérieux, comme l'avait décrit Julie.

— Malheureusement, non, répondit sa mère en se redressant sur sa chaise. Nous allons nous rendre directement à l'aéroport à partir de Hana. Exposez-vous dans une galerie locale ?

— Seulement dans mon studio. Ça fait une éternité que j'essaye d'être exposée au Hana Maui, mais c'est difficile d'être pris au sérieux en tant qu'artiste lorsqu'on enseigne la natation dans leur établissement. En plus, je ne suis pas Hawaiienne et ils essayent de mettre en avant la culture locale, ce que je comprends parfaitement.

— Peut-être que nous pourrions plaider en votre faveur ? proposa sa mère en souriant.

— Je vous en serais très reconnaissante, répondit Julie en riant.

— Rand, as-tu vu les peintures de Julie ?

Cette question le sortit de ses pensées.

— Euh, non.

— Pour l'amour du ciel, il faut t'y mettre.

Pourquoi avait-il l'impression qu'elle parlait d'autre chose que de la peinture ?

Soudain, il se sentit à l'étroit et mal à l'aise. Il s'était changé pour mettre les vêtements que sa mère lui avait achetés et quand bien même ils étaient amples et ne collaient pas à son corps, ils le faisaient suffoquer. *Quel genre de crétin suis-je pour mentir à mes parents et utiliser Julie pour rendre mon mensonge plus crédible ? Bon Dieu.*

Sans s'en rendre compte, il fit reculer sa chaise dans un crissement. Sa mère parut surprise et son père cessa de regarder son téléphone.

— Désolé. Je dois aller aux toilettes.

Il se leva et marcha sans vraiment savoir où il allait. Lorsqu'il vit un serveur – ce petit restaurant n'en comptait que deux –, il lui demanda où se trouvaient les toilettes et le serveur lui indiqua l'arrière du petit établissement. Rand se faufila rapidement entre les quelques tables, se précipita dans les toilettes pour hommes, se glissa dans un cabinet et s'assit sur l'abattant. *Classique. Se cacher dans les toilettes pour hommes.* Il devrait sortir une cigarette – sauf qu'il détestait cela. Combien de fois avait-il fui les filles en allant se cacher dans les toilettes de ses différents établissements scolaires ? Bien entendu, au lycée, il avait également fui les garçons. Il avait été prêt à tout pour arrêter une minute de se faire passer pour le mâle dominant parmi les élèves.

Fais gagner l'équipe, Rand !

Puis-je porter ton jersey, bébé ?

Hé, mon pote, tu veux jouer à la console ?

Il prit sa tête entre ses mains. *Ce qui nous amène à aujourd'hui. Rand McIntyre. Propriétaire d'un ranch. Patron. Et avant tout, cowboy. Conneries. Prétendre être attiré par Julie n'est qu'une goutte d'eau en plus dans un vase prêt à déborder, idiot.*

Que vais-je bien pouvoir faire ?

Il soupira et se leva, fit ses besoins, lava ses mains et quitta l'espace confiné des toilettes qui était plus accommodantes que le monde extérieur. Julie l'attendait, appuyée contre le mur. Il réussit à lui adresser un léger sourire.

— Désolé. Tu as cru que j'étais tombé dedans ?

Elle s'écarta du mur pour le rejoindre.

— Non, mais tes parents, si. Ils sont retournés à l'hôtel et m'ont suggéré de t'attendre. Je n'étais pas sûre que tu ne sois pas déjà parti.

— Désolé.

— Ne le sois pas. Tes parents sont géniaux, mais je comprends tout à fait les tensions familiales. C'est la raison pour laquelle je vis ici et mes parents dans le Minnesota. Enfin, sans compter la légère différence de climat.

— Merci.

Ils sortirent par une porte latérale du restaurant ; c'était le début de soirée.

— Mes parents m'ont abandonné ici. Ça t'embêterait de me ramener ? Sinon, je peux appeler l'hôtel.

— Non, pas de problème. Je vais te reconduire là-bas.

Ils se dirigèrent vers le parking qui se trouvait entre le restaurant et l'autoroute. Quand ils arrivèrent près de sa Toyota, elle le regarda en penchant la tête sur le côté.

— J'imagine que tu ne veux pas aller chez moi, hein ?

Son cœur fit un bond dans sa cage thoracique. Il se força à sourire.

— Pourquoi dis-tu ça ?

— Tu es trop perdu. Je pense que tu es en train de faire face aux difficultés de ta vie. Hana a ce pouvoir sur les gens.

— C'est peut-être Hana. Ou c'est peut-être la première fois depuis des années que je me pose assez longtemps pour réfléchir.

— La condition humaine, dit-elle en levant les yeux vers lui. Tu veux en discuter ?

Il fit non de la tête.

— Un homme discret.

— Je pense que tu as remarqué que je pouvais être très bavard.

— Seulement quand tu en as envie, dit-elle en ouvrant sa portière. Et ça dépend de la personne avec qui tu te trouves.

Son cœur bondit à nouveau.

Il fit le tour de la voiture et s'installa sur le siège passager.

Elle jeta un coup d'œil vers lui en faisant marche arrière.

— Kai n'est pas le seul à jouer les hommes mystérieux, dit-elle.

Il prit une vive inspiration, mais réussit à sourire.

Le trajet du retour jusqu'à l'hôtel sembla durer une éternité. Elle s'arrêta non loin de l'entrée et se pencha pour déposer un baiser sur sa joue.

— Puissent tes difficultés se révéler fructueuses.

— Merci, Julie. Tu es une bonne personne.

— Tout comme toi.

Elle le regarda et secoua légèrement la tête avec un sourire triste. Il prit cela comme un signal pour descendre de voiture.

— À bientôt, dit-il avant de fermer la portière.

— Sûrement, oui, dit-elle par la fenêtre ouverte.

Et elle s'en alla.

Bon sang, j'ai mal au ventre. Il se faufila à travers les arbres pour rejoindre son cottage, marchant doucement pour que ses parents ne l'entendent pas. Oui, c'était gênant. Non, cela ne fonctionna pas du tout.

Il avança jusqu'au centre du salon avant d'entendre frapper à la porte.

— Salut, Maman, dit-il en se retournant.

Le son de sa voix transmettait-il la lassitude qu'il ressentait ?

Elle fronça les sourcils – visage de la mère effrayante.

— Julie t'a retrouvé ? Qu'est-ce qui t'a pris ? C'était très impoli, Rand.

— Oui, elle m'a retrouvé.

Veuillez noter que je n'ai répondu qu'à la question facile.

— Alors pourquoi es-tu là ?

Il se rendit jusqu'au canapé et s'assit sur le rebord. *Notez aussi que je n'ai pas proposé à ma mère de s'asseoir.*

— Parce qu'elle m'a déposé, puis elle est rentrée chez elle.

— Pour l'amour du ciel, le moins que tu puisses faire est de la raccompagner chez elle et de t'assurer qu'elle arrive à bon port.

Il explosa de rire.

— Maman, elle vit ici. Si quelqu'un doit tomber dans un gouffre ou être attaqué par des corbeaux, c'est moi.

Elle croisa les bras – posture de la mère effrayante.

Il soupira.

— Écoute, je vais te parler franchement. Je t'ai présenté Julie parce que c'est une femme agréable et qu'elle correspond aux critères de la femme avec laquelle tu aimerais que je sorte. Je l'aime bien. C'est tout. Je ne suis pas intéressé par elle. C'est la raison pour laquelle je ne suis pas rentré avec elle. Je n'ai aucune intention de coucher avec elle, de me marier avec elle, ou de la ramener avec moi en Californie, même si elle était prête à me suivre, alors je t'en supplie, lâche-moi avec ça !

Les yeux de sa mère s'écarquillèrent et elle éclata en sanglots. Les sanglots d'une mère dont vous veniez de briser le cœur.

Il se mit debout, s'approcha d'elle et glissa un bras autour de ses épaules.

— Maman, je t'aime, mais je ne peux pas vivre ma vie pour toi. J'ai besoin de savoir que tu m'acceptes tel que je suis.

Bien entendu, elle n'avait aucune idée de ce que cela impliquait.

— Randall, bien sûr que je t'accepte tel que tu es. Je t'aime. Je suis ta mère, pour l'amour du ciel. Mais ce que je vois, c'est un jeune homme qui se contente d'une situation satisfaisante. Tu es coincé dans une routine et tu n'es pas vraiment heureux. Tu as besoin d'une personne qui te secoue, qui te fait sortir de ton train-train quotidien et je pense qu'une femme pourrait t'aider à le faire. En plus, tu adores les enfants et tu es génial avec eux. C'est dommage que tu ne sois pas père.

Elle croisa les bras sur sa poitrine.

Doux Jésus. Je ne peux plus respirer. Comment une femme à laquelle il mentait sans cesse pour être certain de la satisfaire pouvait-elle avoir raison à ce point ?

— Je suis heureux, dit-il d'une voix à peine audible.

Elle le regarda avec intensité.

— Mon Dieu, Rand, tu n'arrives même pas à te convaincre toi-même.

Elle sortit du cottage et disparut dans la nuit.

VII

Rand se laissa tomber sur le bord de son lit. Si l'on devait parler des résumés de vie, celui qui venait d'être fait était excellent. Il avait travaillé dur pour obtenir son diplôme, acheter son ranch, acquérir quelques pur-sang arabes pour la reproduction et faire tourner son affaire. Il ne s'était pas reposé pendant toutes ces années. Et quand avait-il enfin levé le pied ? Tout semblait parfait, si l'on ne faisait pas attention au vide dans son cœur.

Bon sang, ça mériterait le prix du mélodrame.

Il se débarrassa de son pantalon, enfila un short et des tongs, attrapa la lampe torche que l'hôtel mettait à leur disposition et se précipita dehors. Il ne passerait pas près du cottage de ses parents. Il tourna à droite, entra dans les bois et se faufila vers l'océan. *De l'eau. Fais juste en sorte d'arriver jusqu'à l'eau.*

La pente raide qui menait à la plage glissa sous ses chaussures souples. À deux reprises, un de ses grands pieds dérapa sur le côté, ce qui lui fit prendre de vives inspirations. Il fallait passer beaucoup de broussailles et de rochers pour atteindre la plage – même s'il y avait du sable sur le chemin. Comme c'était le cas lorsqu'on volait, la mort était tolérable, mais la chute était inconcevable. Il frissonna. Enfin, il atteint le sable et braqua sa lampe vers ses pieds pour s'assurer qu'il s'agissait bien de la plage. *Peut-être que je vais dormir ici. Je n'ai pas envie de remonter cette pente.*

Éclairant devant lui, il marcha avec difficulté. Après avoir fait six pas, il jura et balança ses tongs en l'air. Il fut alors plus simple de marcher dans le sable, mais il n'avait aucune idée de l'endroit où avaient atterri ses chaussures. Ce n'était pas très malin s'il avait l'intention de retourner à l'hôtel.

Il s'arrêta et écouta ce qui se passait alentour malgré le bruit des vagues, pour voir si une autre personne se cachait dans l'obscurité. Aucun bruit. Heureusement, cette plage n'était pas sujette aux grandes vagues, alors il n'avait pas à s'inquiéter des risques de noyade. D'ailleurs, entre le clapotement des vagues et le magnifique clair de lune, on se serait cru dans une romance de conte de fées. *Sottises.*

À l'endroit précis où le sable sec rencontrait le sable mouillé, il se laissa tomber sur les fesses. Il se rappela ce que sa mère avait dit – qu'il s'était contenté d'une vie satisfaisante. Qu'il n'était pas heureux. *N'est-ce pas à moi de décider de ces choses ?*

Il s'allongea sur la plage, sur ses coudes. *Oui, mais elle a raison. Je me suis créé toute une vie comme si j'étais quelqu'un d'autre. En général, on trouve la personne qui est faite pour nous et on construit un avenir à deux. Je me suis imaginé un cowboy et je me suis glissé dans ses bottes – Rand McIntyre. Dis-le avec l'accent du sud, fils. Il y a juste un problème. Je suis gay – je l'ai toujours été – et les cowboys se murent dans le silence. Et moi dans cette histoire ? Je suis terriblement seul, partenaire. Je le serai toujours.*

Tu n'es pas le seul cowboy gay.

As-tu vu Brokeback Mountain*? Bon Dieu.*

La phosphorescence étincela au-dessus des vagues. *Joli. Il pourrait y avoir beaucoup d'espèces animales bizarres et mangeuses d'hommes dans cette eau.*

Penses-tu qu'il y a davantage de requins et de barracudas qui nagent la nuit que durant la journée ?

Mais oui, bien sûr.

Il se leva d'un bond, retira sa chemise hawaiienne et la jeta sur le sable, puis il retira le short que sa mère lui avait acheté. Complètement nu. Que ressentirait-il si des poissons venaient mordiller ses bourses ? Ce n'était pas comme si quelqu'un d'autre y touchait. Il avança dans l'eau. *Oh ! Elle n'était pas froide, c'était seulement surprenant.*

Quand l'eau lui arriva au-dessus des cuisses, son pénis et ses bourses commencèrent à flotter. Il rigola. C'était comme être un enfant dans un bain ; des heures entières de rire à jouer avec ce qui se trouvait entre ses jambes. Quelques pas de plus et l'eau lui arriva au niveau des épaules. Il ressentit un léger frisson. C'était étrange d'être enveloppé par un liquide noir comme de l'encre. Cependant, l'eau était bonne. Il poussa sur ses pieds et nagea quelques mètres, avant de se retourner et de nager vers la plage. Il n'était pas assez bon nageur pour prendre des risques, seul, en pleine nuit.

Après avoir nagé pendant quelques minutes, il revint à l'endroit où il avait pied et avança vers la plage de sable mouillé pour s'y asseoir. Il baissa les yeux sur lui. Son membre avait un peu réduit de taille, mais ses bourses reposaient encore sur le sable. *Rappelle-toi de les rincer en rentrant ou ça va finir par te démanger.* Il expira lentement. Qu'allait-il faire ? Réponse ?

Comme toujours. Rien. Il ne pouvait pas risquer de perdre la vie qu'il s'était construite pour essayer de la rendre meilleure.

Qu'est-ce que c'est ? Un *plouf* lui fit lever les yeux. Il les plissa pour mieux voir la surface de l'eau. Sûrement un poisson. Peut-être un dauphin qui le surveillait. Il tâta le sol pour trouver sa lampe torche, la ramassa et l'alluma. Face à l'immensité de la mer, même dans cette petite crique, son petit faisceau de lumière ne lui permit pas de voir grand-chose. Il l'agita dans toutes les directions pendant une minute.

Plouf.

— Il y a quelqu'un ?

Génial, McIntyre ! Parle aux poissons. Mais il n'était pas rassuré et se leva pour s'éloigner de la mer, agitant sa lampe torche.

Attends. C'est une personne ? Il essaya de stabiliser son faisceau de lumière pendant qu'un frisson remontait le long de sa colonne vertébrale. Devait-il rester pour se défendre ou s'enfuir ? *Ce n'est peut-être qu'un phoque.*

KAI NAGEA sur place et observa la plage, mettant une main devant ses yeux pour se protéger de cette satanée lumière. Il s'était attendu à être seul. Cependant, les gens venaient nager sur cette plage à toute heure et, peu importe qui se trouvait, sur cette plage à cet instant, cette personne se trouvait entre lui et ses vêtements. Il gardait un short caché dans un tronc d'arbre pour pouvoir nager nu d'une crique, qui se trouvait au sud de la côte, jusqu'à celle-ci, où personne ne serait surpris de le trouver nu. Mais il avait besoin de son short pour retourner jusqu'à son pick-up.

Bon, peu importe. Il commença à nager vers la plage.

Quelques mètres plus loin, il ressortit la tête de l'eau. Le faisceau lumineux continuait d'éclairer de droite à gauche et Kai ne discernait pas la silhouette de la personne qui tenait la lampe torche. Ses pieds touchèrent le sol et il se redressa, soulevant ses épaules et son torse au-dessus de l'eau, puis il avança petit à petit vers la plage. La lumière éclaira l'autre côté de la crique. Étaient-ce les policiers ? Ils avaient pourtant tendance à ne pas s'aventurer sur la plage nudiste. De toute manière, Kai les connaissait tous.

Lorsqu'il atteignit enfin le sable sec, il essuya l'eau qui ruisselait sur ses jambes d'un revers de main et se dirigea vers l'arbre où il cachait son short. Soudain, son corps fut illuminé comme s'il se trouvait sur scène. Une scène de nu.

— Hé, arrête ça ! dit-il en levant les mains devant ses yeux.

Le faisceau de lumière vacilla, puis termina sur le sable, devant lui.

— Désolé.

Oh, Seigneur. Il reconnaîtrait cette voix entre mille.

— Salut, Rand. Qu'est-ce que tu fais ici ? demanda-t-il en penchant la tête sur le côté avec un sourire, même si Rand ne le voyait peut-être pas.

— Euh, j'étais en train de nager.

— Il n'y a pas beaucoup de personnes qui aiment nager la nuit. C'est trop effrayant. Personnellement, j'adore ça.

— Oui, c'était agréable, convint la voix désincarnée avant de rire. Mais c'est quand même effrayant.

La lumière approcha jusqu'à ce qu'elle éclaire presque le corps entier de Kai. Rand apparut dans la lumière.

Dieu du ciel. Pas de vêtements. Kai déglutit péniblement et essaya de décrocher son regard du torse de Rand. Bon sang, des muscles bien dessinés et – waouh ! Gâté par la nature. *Lève les yeux, bébé. Lève les yeux.* Il réussit à relever les yeux jusqu'à ceux de Rand, mais les *maka* de ce dernier étaient tellement écarquillés qu'ils occupaient la moitié de son visage. Sujet de la fixation ? La verge de Kai. Aucun doute là-dessus. Rand McIntyre était hypnotisé par la verge de Kai comme s'il n'en avait jamais vu une. Il cligna des yeux – une fois, deux fois – puis il releva la tête, se rendit compte que Kai le regardait et, malgré le faible éclairage, on aurait dit que son visage prenait une couleur différente que celle de son teint naturel.

— Euh, désolé. J'ai juste été surpris.

— Plage nudiste.

— Oui. Désolé.

Rand fit en sorte de ne plus être éclairé, mais il était trop tard. Juste devant lui, faisant oublier à Kai tout ce qui l'entourait, la verge de Rand commença à se dresser.

Kai se rapprocha de Rand et ce dernier trébucha en arrière, mais rien ne découragerait le hissage de cette bannière. De plus en plus haut.

Kai respira plus vite. Il tendit la main et attrapa la lampe torche qui vacillait et, avant que Rand ne réagisse, la braqua directement sur sa magnifique verge. Il voulait juste la regarder – parce que peu importe ce que l'on en disait, cette érection lui appartenait. Rand McIntyre, cowboy viril, était dur pour Kai Kealoha.

Haletant, il tourna la lampe torche pour éclairer son propre pénis – ou plutôt la dure érection qui se dressait devant lui, se balançant contre son abdomen.

Un doux gémissement se fit entendre dans l'obscurité.

Kai éclaira de nouveau la verge de Rand, puis la sienne. Sa respiration était clairement audible, même par-dessus le bruit des vagues.

Il avança d'un pas, les éclairant chacun leur tour. Rand resta immobile ; Kai approcha.

Des voix se firent entendre depuis le chemin.

— Hé, bébé, fais attention. Ne tombe pas. La mer est de ce côté-là.

Bon sang ! Il éteignit la lampe torche. Comme la tête lui tournait, il chancela jusqu'à l'arbre. *Qu'est-ce que je fais, bordel ? C'est un fichu touriste ! Où ai-je laissé mon short ?*

Il fallut quelques secondes à ses yeux pour s'habituer à l'obscurité et il discerna l'ombre des palmiers. Il se précipita vers sa cachette, sortit son vieux short du sac plastique, l'enfila par-dessus ses jambes mouillées et se redressa, respirant difficilement.

Les personnes qui avaient descendu le chemin étaient maintenant en train de rire dans l'eau. Kai regarda par-dessus son épaule. Rand n'était plus là.

IMPOSSIBLE DE me débarrasser de mon sourire. Rand observa la plage depuis le chemin. *Il est gay. Bon sang. Est-ce qu'il le sait ?* Il rit doucement. *Eh bien, en tout cas, maintenant il doit le savoir. Soit ça, soit l'eau froide fait réagir la belle verge de Kai d'une tout autre manière.* Il avança d'un pas en rigolant, pieds nus.

Son pied glissa sur la terre – merde ! – et il prit appui sur le côté du chemin. *Cette lampe torche m'aurait été utile. Je vais sûrement devoir rembourser l'hôtel pour l'avoir perdue.* Il continua à grimper doucement, le sourire aux lèvres. *Ce n'est pas cher payé, petit. Ce n'est pas cher payé.*

LA BELLE et douce lumière hawaiienne se réfléchissait sur les particules d'eau qui s'étaient déposées sur les feuilles et les arbres durant une averse la nuit précédente. Rand respira cet air doux qui entrait dans sa voiture. Il avait décidé de louer un véhicule pour la durée de son séjour afin de profiter de plus de flexibilité. Quand il vit les écuries, il s'arrêta. D'accord, il avait été fou de joie que Kai ait une érection grâce à lui. Cela l'avait fait rire jusqu'à ce qu'il s'endorme. Mais maintenant, il devait faire face à Kai. Comment ce dernier allait-il se sentir ? Ce n'est pas comme s'il avait été choqué d'avoir une érection. Il avait braqué la lampe torche sur sa propre érection autant que sur celle de Rand. Qu'aurait-il fait si ces personnes n'étaient pas arrivées ? Qu'auraient-ils fait tous les deux ?

Oh. Une image apparut dans son esprit : lui, tombant à genoux devant Kai et prenant son énorme membre dans sa bouche. Son pied appuya trop fort sur l'accélérateur et la voiture fit une embardée. *Aurais-je fait ça ?* Rand n'était pas le maître des fellations, mais l'idée le fit saliver.

Il se gara sur le parking en gravier et marcha le long du chemin qui menait aux écuries. Beaucoup de personnes avaient une chevelure noire, mais aucune n'était *sa* chevelure noire. *Possessivité, bonjour.* L'un des hommes le rejoignit et lui offrit une poignée de main.

— Bonjour, je suis Haku. Vous devez être le moniteur d'équitation.

— Oui. À court terme. Je m'appelle Rand.

— Laissez-moi vous montrer vos montures. Les élèves sont tous des enfants ?

— Oui, pour autant que je sache. Il y a Molly, une cliente de l'hôtel. Elle a monté un quarter horse la dernière fois.

— Oui, Pika. Ça signifie « rocher » et il en est un. Solide et prévisible.

— Bien.

Rand regarda autour de lui lorsqu'ils avancèrent vers l'écurie, mais Kai n'était pas là. Un autre homme sortit deux quarter horse et un Morgan, déjà sellés et bridés. L'un des quarter horse était Pika.

— Comment s'appelle-t-il ? demanda Rand en caressant le nez du Morgan.

Il glissa une main dans sa poche pour récupérer une carotte qu'il avait chipée au dîner. Le Morgan la mangea immédiatement.

— Rosebud.

— Bonjour, Rosebud. Elle est de bonne taille.

Il sentit un coup dans son dos et se retourna ; il rencontra le regard accusateur d'un grand hongre.

— On fait le jaloux ?

— Batman n'aime pas qu'on l'ignore, expliqua Haku en riant.

— Batman ? D'accord, voici une carotte pour toi.

Puis il se pencha vers Pika pour lui donner sa dernière carotte.

63

Il se retourna en entendant le son des pneus sur le gravier et vit arriver le van de l'hôtel. Le véhicule était à peine arrêté que la portière arrière s'ouvrit ; Molly bondit dehors.

— Bonjour, M. McIntyre. Oh, mon Dieu, j'ai tellement hâte ! dit-elle en courant vers les chevaux. Je vais pouvoir monter Pika ?

— Tu veux le monter ? demanda-t-il en souriant.

— Oh, oui !

— Eh bien, j'en ai discuté avec lui et il est d'accord. Il est tout à toi.

— Youpi !

Le père de Molly le rejoignit.

— Avez-vous besoin que je signe une autorisation ? demanda-t-il en souriant. Elle ne souhaite vraiment pas que sa mère ou moi soyons dans ses pattes, alors…

Rand regarda Haku, qui fit non de la tête.

— Non. Vous pouvez nous la laisser pendant une heure. Nous appellerons l'hôtel pour qu'ils viennent la chercher.

Molly caressait son cheval sans prêter aucune attention à son père.

— Je n'ai pas à lui dire de bien vous écouter. Elle est tellement impatiente que je sais qu'elle fera tout ce que vous lui direz.

Molly jeta un coup d'œil vers son père et leva les yeux au ciel.

— Papa !

— Oui, oui. Je m'en vais.

Rand sourit.

— Comment va Simon ?

— Il est en train de subir la pire punition de sa vie, répondit-il en riant. Mais Dieu merci, sa chute n'a eu aucune conséquence. Je vais vous laisser. Amusez-vous bien.

Molly courut vers lui et lui fit un câlin.

— Merci, Papa.

Alors qu'il repartait en voiture, Molly sortit une pomme de son sac à dos et regarda Rand pour avoir son autorisation avant de l'offrir à son cheval. *Sage enfant.*

— Souviens-toi, de ce qu'on a dit la dernière fois.

— À plat, sur ma main et, lui tendre par devant.

— Exact. Pika est sympa, mais c'est une bonne habitude à prendre. Certains chevaux sont facilement effrayés.

Il entendit à nouveau des pneus sur le gravier. Durant un instant, Rand crut que le van avait fait demi-tour, mais Haku salua les arrivants de la main. Lorsqu'il leva les yeux, un vieux pick-up se garait sur le parking. Tout comme avec Molly, la portière côté passager s'ouvrit rapidement et un jeune garçon tout mince avec des cheveux noirs se précipita hors du véhicule et courut vers les chevaux.

Rand le coupa dans sa course en levant une main.

— Holà. Ne cours jamais vers des chevaux, sauf s'il s'agit de ton cheval et que tu l'as entraîné.

Le garçon s'arrêta et regarda Rand avec un air sceptique, puis il l'observa de ses bottes à son Stetson.

— Vous êtes le cowboy californien ?

— C'est bien moi.

La voix de Kai s'éleva derrière le garçon et dit :

— Aliki, voici M. McIntyre. Fais ce qu'il te dit ou tu ne participeras pas au cours.

— D'accord, répondit-il avec un air boudeur.

Rand leva doucement les yeux, ce qui fit durer le plaisir. Kai portait une chemise de cowboy à petits carreaux, un chapeau noir et un jean noir slim qui sublimait son image « d'homme sans nom ». Le sexe incarné. Mais son visage ne laissa rien paraître quant à ce qu'il ressentait à la suite de l'expérience de la nuit précédente, que ce soit un sourire ou un froncement de sourcils. *Indifférent.*

Rand reprit ses esprits et regarda la jolie jeune fille qui se tenait derrière Kai. Elle avait sûrement l'âge de Molly, mais c'est tout ce qu'elles avaient en commun. Alors que Molly bouillonnait et rayonnait, cette enfant regardait le monde avec un regard plein de sagesse. Elle et le garçon, Aliki, se ressemblaient beaucoup, mais contrairement à sa sœur, le jeune garçon avait une énergie débordante. Curieusement, ils ne ressemblaient pas beaucoup à Kai.

Rand avança vers la jeune fille et lui sourit.

— Bonjour, je suis Rand McIntyre.

Elle hocha solennellement la tête.

— Bonjour, M. McIntyre. Je m'appelle Lani. Mon frère, Kai, nous a dit beaucoup de bien de vous.

Oh, vraiment ?

— Vas-tu monter avec nous, aujourd'hui ?

— Ce serait avec plaisir, dit-elle avec un léger sourire.

— Alors j'ai le cheval parfait pour toi, dit-il en désignant le Morgan. Je te présente Rosebud.

Elle fit un pas en avant, puis regarda Rand. Il hocha la tête pour l'encourager. Elle marcha doucement vers le bai. Le cheval inclina la tête, la saluant avec un léger hennissement. La jeune fille sortit une carotte de sa poche.

Molly, qui se tenait à quelques mètres d'elle près de Pika, dit :

— Oh oui ! Elle va adorer.

Lani jeta un œil vers l'autre fille, surprise. Elle ne sourit pas, mais elle offrit la carotte à Rosebud avec la main à plat ; Kai lui avait au moins appris cela. Le cheval la grignota doucement, chatouillant la main de Lani qui finit par rire. Molly se joignit à elle et même Aliki se mit à rire.

Rand frappa dans ses mains.

— Bien ! Tous les trois, prenez vos montures par leurs rênes et guidez-les jusqu'au paddock. Nous allons travailler un peu là-bas et ensuite nous ferons une petite promenade, d'accord ?

Bien entendu, Aliki fut le premier sorti, en tête du groupe. Heureusement, cela ne dérangeait pas son hongre que l'on tire sur ses rênes, alors Rand ne l'arrêta pas. Molly attendit Lani et sourit lorsqu'elles avancèrent l'une à côté de l'autre, Rand derrière elles.

— Salut, je m'appelle Molly.

— Moi, c'est Lani.

— C'est ton premier cours ?

Lani hocha la tête et mena doucement Rosebud jusqu'au paddock.

— Et M. Kealoha est ton frère ?

Lani fixa le sol, mais elle hocha la tête.

— Génial. J'aimerais tellement avoir un frère qui soit un vrai cowboy.

Lani sembla surprise.

— Comment ça se fait que tu n'aies pas appris à monter avant aujourd'hui ?

Le visage de Lani s'assombrit en une seconde.

— Kai travaille beaucoup.

— Oh, bien entendu. Monter à cheval, manier le lasso, marquer le bétail. Son travail doit être très difficile – et super cool !

Rand regarda Kai du coin de l'œil. *On ne fait pas plus cool.*

VIII

Les enfants entrèrent dans le paddock et Rand les y suivit, tandis que Kai allait s'installer contre la barrière. *Si ce n'est pas distrayant.* Rand demanda aux enfants de s'accroupir et leur montra la ligne qui partait de leur hanche, descendait jusqu'au genou et terminait à leur cheville ; puis il leur expliqua comment monter sur un cheval à l'aide d'un montoir.

— Faites attention à bien lever la jambe afin qu'elle ne touche pas votre monture, sinon le cheval pourrait être troublé et avancer.

Il fit un geste de la main à Kai, Haku et un autre cowboy qui les avait accompagnés. Ils approchèrent tous pour donner un coup de main aux enfants. Bien entendu, Aliki s'agita un peu, mais il réussit à monter, la jambe haute, puis il afficha un grand sourire.

— Bon travail, dit Rand. Molly, à ton tour.

Elle dut s'y prendre à deux reprises pour passer sa jambe doucement par-dessus sa monture, mais elle y arriva sans trop de problèmes la deuxième fois.

— C'est plus haut que je pensais, dit-elle en rigolant.

— Exactement, dit Rand en hochant la tête. Bonne remarque.

Son compliment lui fit clairement oublier l'embarras qu'elle avait ressenti de devoir s'y reprendre à deux fois.

Il se tourna vers Lani. L'expression grave sur son visage ne la quitta pas lorsqu'elle attrapa les rênes, agrippa le pommeau et s'installa sur sa selle telle la reine d'Hawaii. Rand lui sourit et dit doucement :

— Tu as ça dans le sang.

Il lui fit un clin d'œil et elle lui offrit un de ses rares sourires.

Rand leva une main, surtout pour attirer l'attention d'Aliki. Il était clair que ce garçon voulait traverser les océans au galop jusqu'à Mexico.

— Ce que je vais vous dire est important, commença-t-il avant de glisser sa main entre le mollet de Lani et le flanc du cheval. Cette partie de votre corps ne doit pas servir à vous tenir au cheval. Si vous voulez vous agripper, faites-le avec vos fesses et vos cuisses. Compris ? À quoi pensez-vous que cette partie de votre corps serve ?

Aliki et Molly levèrent la main, l'agitant vivement.

— Molly ?

— À communiquer.

— Bien. Aliki ?

— Oui. Pour dire au cheval ce qu'il faut faire.

— Exactement. Lorsqu'on exerce une pression sur eux, les chevaux essayent d'y échapper, alors si vous essayez de vous accrocher à son flanc lorsque vous avez l'impression que vous allez tomber et que vous le faites à l'aide de vos mollets, que pourrait-il arriver ?

— Le cheval pourrait aller plus vite, répondit Molly.

— Exact. Bien, nous allons commencer par avancer doucement. Je veux voir si vous avez une bonne assiette.

Aliki le regarda de travers.

— Assiette ?

— La position de ton derrière, si tu préfères, Aliki.

L'enfant s'esclaffa et Rand fit de même.

— Vous savez que vous avez deux os dans votre fessier ? Il faut que vous les placiez à plat sur votre selle. Lorsque vous voudrez que votre cheval s'arrête, vous vous assiérez avec force sur ces os et vous pousserez vos hanches légèrement vers l'avant, comme quand vous fermez un tiroir. Il s'agit d'améliorer son assiette et c'est la chose la plus importante en équitation.

— Assiette, répéta Aliki en ricanant.

— Hé, ces fesses doivent bien servir à quelque chose ! laissa échapper Rand.

Les enfants se mirent à rire et les joues de Rand s'empourprèrent lorsqu'il vit que Kai le regardait. *Bien joué, McIntyre.*

Haku et l'autre cowboy retournèrent aux écuries, mais Kai resta avec eux. Ils commencèrent à faire avancer les chevaux au pas, Rand et Kai marchant près des montures pour s'assurer que les enfants gardaient bien la position. Kai resta près d'Aliki. *C'est une bonne chose.*

— Gardez les pieds fléchis. Seule la plante du pied doit toucher l'étrier, cria Rand. Gardez les jambes détendues. Les chevaux aiment ça. Lorsqu'on n'exerce pas de pression sur leurs flancs, c'est comme si on leur faisait un cadeau.

Aliki avait l'air follement heureux d'avancer, même si son assiette était loin d'être adéquate. Molly souriait et avait les yeux écarquillés. Lani n'esquissa même pas un sourire alors qu'elle montait, comme si elle était née pour être cavalière. Alors qu'ils continuaient à avancer au pas, Rand leur expliqua comment utiliser leurs jambes pour faire tourner le cheval dans la direction souhaitée. S'il finissait vraiment par y avoir un autre cours, il pourrait les faire passer au trot. Normalement, il attendait bien plus longtemps pour passer à cette étape, mais il n'avait pas de temps. Kai pourrait continuer à faire monter son frère et sa sœur une fois qu'il serait parti.

Cette pensée lui fit mal au cœur. Il inspira doucement. Pourquoi l'idée de partir provoquait-elle un tiraillement en lui ? Bon sang, n'était-il pas impatient de rentrer ? Il jeta un œil vers Kai, qui surveillait son frère comme un aigle guettait un lapin, de manière tout aussi élégante.

La nuit précédente avait-elle signifié ce qu'il pensait ? L'érection de Kai avait-elle déclaré l'intérêt qu'il portait à Rand ? Cela signifiait-il que Kai était gay ou était-ce un code propre aux cowboys hawaiiens ? Il devait le découvrir. Il avait une chance de se retrouver avec cette superbe verge en lui. Cela lui fit ressentir des frissons jusque dans son ADN.

Peut-être que je ne l'intéresse même pas.

Peut-être, mais la possibilité que quelque chose aurait pu se passer si ces personnes n'étaient pas arrivées sur la plage... Bon sang, cela le rendrait fou de ne pas savoir ce qu'il en était.

— Hé, Rand ! On fait quoi maintenant ?

Aliki, évidemment.

Il empêcha son esprit de le mener jusqu'au bord de l'érection.

— Tu fais bien de le demander. Que diriez-vous que Kai et moi montions à cheval et que nous allions tous faire une promenade pour mettre en pratique ce que nous avons appris ?

— Youpi ! s'exclama Aliki.

— Aliki ! dit Kai en fronçant les sourcils.

— Pardon. Désolé, M. McIntyre.

Le garçon n'hésitait pas à s'excuser lorsqu'il obtenait ce qu'il voulait. Rand sourit. *Je suis sûr que Kai était pareil étant jeune.*

Il détacha Misty du portail et monta en selle, leur montrant attentivement tout ce qu'il leur avait appris. Il tourna les yeux vers Kai, qui était penché sur le pommeau de sa selle, son chapeau noir baissé sur ses yeux noirs et profonds. Où se trouvait l'appareil photo lorsqu'on en avait besoin ?

— Tu veux partir devant ?

Kai hocha la tête et entra sur le chemin qui partait des écuries et menait à la plage. Il avançait d'un bon pas, presque au trot. Trotter n'était pas chose facile.

Aliki était derrière Kai, suivi de Molly, puis de Lani qui se trouvait devant Rand.

— Tu te débrouilles bien, Lani. Tu as vraiment un talent naturel de cavalière

Elle le regarda avec des yeux ronds.

— Merci.

— Tu n'as pas à me remercier, mademoiselle. Ce n'est que la vérité.

Il toucha son chapeau du doigt et réussit à obtenir un léger sourire, mais elle se retourna rapidement, comme si elle ne voulait pas rompre le lien entre elle et son cheval.

Je me demande pourquoi Kai ne lui a jamais appris à monter. Elle n'aurait pas demandé beaucoup d'entraînement.

KAI REGARDA Aliki par-dessus son épaule. Le garçon flottait pratiquement au-dessus du cheval. Il était pur bonheur. Bien entendu, quand on lui donnait un doigt, il prenait un bras. Kai expira doucement et tenta de se débarrasser de sa culpabilité. Il la ressentait en voyant Lani monter ce Morgan comme si elle était née pour ça. Il ne pouvait peut-être pas lui apprendre à monter, mais il y avait d'autres moniteurs. *J'aurais dû faire mieux.*

Continue à te blâmer pour tout ce que tu aurais dû donner à ces enfants et tu seras mort avant qu'ils sortent du lycée.

Regarder Rand leur apprendre à monter était comme une expérience spirituelle. Un don naturel. Chaque détail était réfléchi, présenté et il était fabuleux avec les enfants. Il n'avait pas cette maladresse que les adultes avaient généralement en leur présence. D'ailleurs, il semblait plus à l'aise avec les enfants qu'avec les adultes. Un vrai don.

Mais il est gay.

Je ne veux pas y penser. En plus, je n'en suis pas sûr.

Mais oui, bien sûr. Il est excité par les lampes torches.

— Hé, Kai ! Regarde !

Il se retourna et vit Aliki tourner sa jambe droite pour diriger Batman vers la gauche. Il relâcha la pression et eut plus de difficultés à faire de nouveau avancer le cheval tout droit.

Kai toucha le bord de son chapeau.

— Beau travail, frérot. Tu te débrouilles comme un chef.

En entendant cela, Aliki sourit de toutes ses dents. Mince, il aurait bientôt besoin d'un appareil dentaire. Kai s'en était bien sorti avec les dents bien alignées de Lani, mais celles de son frère partaient dans tous les sens. *Il va falloir que je fasse plus d'heures à l'écurie.*

— Kai, arrêtons-nous à la plage un moment, l'interpella Rand.

J'aimerais m'arrêter à la plage – sans enfants, en pleine obscurité, avec deux bouteilles de bière et beaucoup de lubrifiant. Bizarre. En général, sa main lui suffisait amplement, mais Rand le rendait nerveux. Il soupira et guida sa monture le long du chemin qui menait à la plage.

Rand donna de très bons conseils aux enfants pour descendre de leurs montures et attacha les rênes à un arbre afin que les chevaux puissent paître. Aliki et Molly mirent pied à terre avec leur enthousiasme habituel, Aliki courant directement vers la mer. Lani descendit plus lentement et resta près de son cheval pour le caresser.

— Hé, Lani ! Viens ! l'appela Molly qui se trouvait déjà sur la plage.

Lani leva les yeux et, pour sûr, du rouge lui monta aux joues. Un petit sourire apparut sur son visage et elle attacha son cheval avant de courir doucement vers Molly. Seigneur, à côté de quoi passait Lani en menant une vie si étrange ? Elle ne ramenait jamais d'amis à la maison parce qu'elle ne le pouvait pas. Avait-elle des amis ? Comment quelqu'un pourrait-il ne pas apprécier Lani ? *Je veux qu'elle soit heureuse.*

Voir Lani courir vers une jeune fille de son âge – une amie potentielle – donna la migraine à Kai. *C'est trop. Impossible de tout maîtriser. Impossible.* Il trébucha légèrement en arrière et se tourna vers les arbres.

Une main puissante lui agrippa le bras.

— Tout va bien, Kai ?

Bon sang.

— Oui. Bien entendu, dit-il, incapable de se retourner.

— Quelque chose ne va pas. Parle-moi, s'il te plaît.

— Désolé, dit-il en secouant la tête. Voir Lani et Molly se rapprocher m'a touché. Elle est tellement sérieuse le reste du temps.

— Cette enfant est une vieille âme.

Kai ne se tourna pas et la main de Rand resta sur son bras, chaleureuse et puissante.

— Pourquoi ne lui as-tu jamais appris à monter ? Elle a un talent naturel.

Mince ! Il décrocha son bras de cette main.

71

— Parce que je ne suis pas un moniteur, qu'une journée ne compte que vingt-quatre heures et que l'argent ne tombe pas du ciel.

Rand agrippa son bras plus fort. Cela poussa Kai à se retourner brutalement, mais Rand resserra encore sa prise.

— Arrête. À défaut d'autre chose, je suis ton ami. Tu montes mieux que moi. Elle pourrait apprendre en ne faisant que te regarder pendant une journée. Elle est intelligente. Alors c'est quoi toutes ces conneries ? Que se passe-t-il ?

Kai serra les dents et fixa le regard bleu de Rand. *Bleu. Satané* haole. *Que croit-il savoir de ma vie ?*

Sans avertissement, sans explication, sans permission, Rand l'embrassa ! Il pressa simplement ses lèvres sur celles de Kai, avec autant de force que dans sa prise et avec bien plus de chaleur. Cela ne dura qu'une seconde. Presque comme si ce n'était même pas arrivé, sauf que les lèvres de Kai étaient en feu. Il leva une main… pour le frapper ? Pour l'attirer contre lui ?

— Kai, regarde ! entendit-il Aliki l'appeler d'une autre planète – un monde où les grands cowboys californiens n'embrassaient pas les *paniolos*, du moins pas en public.

Kai repoussa Rand et courut vers la voix de son frère. Bon sang, et si Aliki ou Lani les avait vus ? Rand s'en fichait, il allait bientôt repartir. Ce serait la vie de Kai qui serait chamboulée. Il frissonna. Les deux filles marchaient pieds nus dans l'eau, en discutant. Il regarda autour de lui. Aucun petit frère déjanté à l'horizon.

— Aliki, où es-tu ?

— Là-haut.

— Quoi ?

Il leva les yeux. Aliki était penché au sommet d'un ficus et lui faisait signe. Seigneur.

— Comment es-tu monté là-haut ?

— J'ai grimpé. À moins que tu aies vu un réacteur dorsal dans le coin.

— Comment comptes-tu descendre ?

— Comme je suis monté.

Il soupira très doucement. Lui-même avait grimpé à de nombreux arbres.

— Bien, les troncs de cet arbre sont glissants. Fais attention.

Il regarda Aliki attraper une branche et s'étirer pour atteindre la branche du dessous avec sa jambe, s'agrippant à des feuilles très bancales et des petites tiges. Aliki tâtonna le tronc à l'aide de son pied, mais finit par remonter. Le corps ne réagissait tout simplement pas de la même manière lorsqu'il montait que lorsqu'il descendait. Kai se rapprocha de l'arbre.

— Tu veux que je monte ?

— Euh, non. Je peux me débrouiller – je crois, répondit-il, l'air très inquiet.

Le bruissement de l'herbe derrière lui le fit se retourner. Rand leva les yeux vers Aliki.

— Hé, petit, écoute-moi, mais ne me regarde pas. Tu vois cette prise sur la branche qui se trouve sur ta droite, un peu plus bas ?

Aliki tourna la tête.

— Oui, répondit-il d'une voix légèrement chancelante.

— Pose ta main droite à cet endroit.

Aliki obéit.

— Maintenant, transfère ton poids sur ta jambe droite, accroche-toi à la branche et laisse ta jambe gauche pendre.

— Vous êtes sûr ?

— Certain.

Bon sang, il semblait sûr de lui. Kai observait chacun des mouvements d'Aliki. *Devrais-je grimper ?*

Aliki attrapa la prise et laissa retomber sa jambe.

— Bien. Maintenant, tâtonne un peu autour de toi. Tu vas trouver la prochaine branche.

Aliki prit une vive inspiration quand son pied toucha la branche.

— Attends. Ne prends pas encore appui sur cette branche. Laisse ton corps se détendre un peu plus, accroche-toi bien et décrispe tes bras, comme un singe.

Excellent. Cela fit gagner encore cinq centimètres à Aliki.

— Maintenant, pose ton pied sur la branche. Accroche-toi bien avec ta main droite et place ta main gauche sur la petite branche qui se trouve près de ta hanche.

Des petits mouvements, tous bien réfléchis, permirent à Aliki de se rapprocher petit à petit du sol. Quand il arriva à hauteur d'homme, Rand s'approcha de lui et l'attrapa, le faisant redescendre sur la terre ferme. Aliki leva de grands yeux remplis d'admiration vers Rand et se jeta à son cou. Bon Dieu, Kai voulait faire la même chose.

— Merci, M. McIntyre. Merci beaucoup.

73

— Hé, c'est toi qui as fait tout le travail. Tu avais simplement besoin d'un partenaire.

Il recula et regarda Rand.

— Vraiment ?

— Bien sûr que oui. Tu es descendu tout seul, pas vrai ?

— Oui, répondit-il en souriant. Je suppose.

— Pour tout te dire, j'ai peur du vide, alors je n'aurais même pas pu monter si haut.

— Vous plaisantez ?

— Non. Mais c'est une bonne leçon pour toi. Ne grimpe pas dans de hauts arbres sans avoir quelqu'un qui peut te donner des indications à partir du sol. D'accord ?

— Oui, d'accord.

— Il est temps de ramener les chevaux à l'écurie.

— Merci encore, M. McIntyre, dit-il avant de courir vers les chevaux et les deux filles qui semblaient être en pleine conversation sur la plage.

Kai expira. Seigneur, il avait mal à la poitrine à force d'avoir retenu son souffle.

— Merci.

— Tu aurais réussi à le faire descendre en allant le chercher, affirma Rand en haussant les épaules. C'est juste plus valorisant pour lui de descendre de cette façon.

— Je ne suis pas certain qu'il a besoin de se sentir plus en confiance, dit Kai avec un sourire en coin.

— Tu as raison. Mais cette assurance lui apportera plus de bonnes que de mauvaises choses dans la vie.

— As-tu vraiment peur du vide ?

— Oui.

— Vraiment ? Parfois, il vaut mieux ne pas garder les pieds sur terre, dit-il en riant.

Il se dirigea ensuite vers son cheval. Lani et Molly arrivèrent en courant vers lui.

— Kai ! Molly aimerait savoir si Aliki et moi pourrions aller à la plage de sable noir pour déjeuner avec elle et sa famille demain midi.

Elle rayonnait de bonheur. *Mince, des clients de l'hôtel.*

— Voilà ce que nous allons faire : quand les parents de Molly viendront la chercher, nous leur demanderons si ça ne les dérange pas avant que je donne mon accord. Okay ?

Molly se mit pratiquement à sautiller.

— Oh, ça ne les dérangera pas, M. Kealoha. Juré.

— Je veux simplement m'en assurer, d'accord ?

— D'accord.

Rand peaufina la manière dont les enfants montaient à cheval pendant que Kai essayait d'arrêter de s'imaginer chevauchant d'une tout autre manière. Ils rentrèrent à l'écurie sans aucun incident. Lorsqu'ils arrivèrent, les parents de Molly patientaient sur le parking, à l'intérieur du van. Molly et Lani semblaient toutes les deux impatientes de descendre, mais Rand leva une main.

— Restez concentrés jusqu'à ce que vous descendiez de cheval, puis vous conduirez vos montures à l'écurie et aiderez à retirer leur selle et leur bride. La prochaine fois, nous passerons un peu de temps à étriller les chevaux.

Les trois enfants firent de leur mieux pour descendre de cheval correctement. Kai jeta un œil vers les parents. Bien, ils semblaient impressionnés. Ils accompagnèrent les chevaux à l'écurie et offrirent leur soutien moral aux cowboys qui retiraient les selles. Rand souligna quelques détails importants. Molly et Lani mourraient d'envie d'être libérées, mais Rand leur expliqua combien il était important de prendre soin de sa monture au retour d'une promenade.

Enfin, Molly courut vers ses parents. Lani voulut la suivre, mais Kai l'arrêta.

— Laisse-les discuter avec Molly, *kaikuahine*. Tu ne voudrais pas les mettre dans une position embarrassante s'ils ne souhaitent pas avoir de compagnie au déjeuner, n'est-ce pas ?

Elle hocha la tête et regarda ses pieds.

— Oui, tu as raison.

Mais ses yeux noirs se relevèrent et fixèrent Molly, qui discutait vivement avec ses parents. La jeune fille revint en courant vers Lani.

— Ils ont dit oui ! Je t'ai dit qu'ils seraient d'accord.

Kai s'approcha des parents de Molly avec Lani, que Molly tirait par la main. Rand les suivit. Kai salua les Axelrod d'un hochement de tête.

— Je vous remercie. Êtes-vous certain de vouloir emmener deux autres enfants ?

— Oui, nous serions ravis de les compter parmi nous, répondit Mme Axelrod en souriant. Molly est très excitée à cette idée. Amenez-les simplement à la plage aux environs de dix heures et demie. Nous y resterons pour déjeuner et peut-être une partie de l'après-midi. Merci à vous et à M. McIntyre pour ce cours. Molly ne nous parle que de ça.

Rand hocha la tête et toucha le bout de son chapeau.

— Je vous en prie. Nous pourrons certainement caser un autre cours avant que je quitte l'île. Peut-être le lendemain de Noël ?

Si elle en avait été capable, Molly aurait fait un salto arrière.

— Oh, ce serait génial. Oh mon Dieu ! Lani et Aliki viendraient aussi ?

— Bien sûr.

— Allez-vous assister au déjeuner qui se tient demain sur la plage, Rand ? demanda le père de Molly. Vos parents semblent beaucoup les apprécier.

— Non, répondit-il. Je pense que je vais profiter de ce déjeuner pour faire une sieste bien méritée – dans mon cottage.

M. Axelrod se mit à rire.

— C'est une très bonne idée.

— Oui, monsieur. Je n'aurais plus le temps de… me reposer lorsque je retournerai à la maison.

Kai jeta un œil vers lui. L'expression neutre sur le visage de Rand ne changea pas.

IX

— RAND, TU ne veux pas nous accompagner à la plage ? Il n'y a rien de mieux que ces sandwichs au poisson.

Rand prit un dernier morceau de papaye et poussa son assiette de la main.

— Non, merci. Je vais rester ici et peut-être faire une sieste.

— Oh ? dit-elle en relevant les sourcils avec un sous-entendu un peu trop marqué.

La manière dont elle but doucement son café semblait assez étudiée.

— Julie donne-t-elle un cours de natation aujourd'hui ?

— Je ne sais pas.

Elle sourit.

— Comment s'est passé ton cours d'équitation ? Non pas que je comprenne pourquoi tu donnes des cours pendant tes vacances.

— Il s'est bien déroulé. C'est l'une des raisons pour lesquelles je ne veux pas aller à la plage aujourd'hui. Les trois enfants auxquels j'ai donné ce cours se sont rapprochés et ils seront tous à la plage. Je ne veux pas qu'ils pensent que je les espionne.

— Je suis sûre que ça ne leur viendrait même pas à l'idée – comme s'ils en avaient quelque chose à faire.

Résiste aux fiançailles.

— En tout cas, les parents de Molly semblaient heureux qu'elle assiste à un cours. En temps normal, l'écurie ne donne pas de cours d'équitation.

— Je suis certaine qu'ils te sont très reconnaissants, mon chéri, dit-elle en s'adossant bien à sa chaise. Bien, profite de ta journée et viens nous rejoindre si tu changes d'avis.

— D'accord.

Il se leva. Il était temps de voir si les petits oiseaux suivaient les miettes de pain qu'il avait semées le jour précédent.

Sa mère se retourna.

— Au fait, je me suis arrangée pour qu'on nous prépare un pique-nique afin que nous puissions nous rendre à l'aéroport en empruntant la longue route sinueuse.

— Comment ? Ah, oui. Génial.

À cet instant, il ne voulait pas penser à leur départ. Seulement à la jouissance qui l'attendait. Il lui fit un signe de la main et traversa le restaurant pour rejoindre son cottage.

KAI SE glissa à travers les arbres qui entouraient la pelouse de l'hôtel. *Il vaut mieux qu'on ne me voie pas.* Si quelqu'un le voyait approcher du cottage de Rand, il penserait que Kai venait le chercher pour aller chevaucher. Ce qui était le cas, mais pas de la façon dont on pouvait s'y attendre.

Il s'arrêta et fixa le petit bâtiment en bois avec sa grande terrasse et ses fenêtres qui donnaient sur les arbres. *Porte d'entrée fermée et rideaux tirés. Est-il parti ?* Kai s'approcha et sourit. Un accroche-porte sur lequel était écrit « Ne pas déranger » était accroché à la porte d'entrée. S'il avait eu besoin d'une invitation, c'en était une.

Devrais-je réfléchir avant de me lancer ? C'est un client de l'hôtel.

Oui, ce qui veut dire qu'il va partir et que je n'aurais pas à le croiser pour le restant de mes jours.

Es-tu sûr qu'il est gay ?

Il m'a embrassé, idiot.

C'est vrai.

Vaudrait-il mieux que je ne m'implique pas avec lui ?

Ça vaudrait mieux pour qui ?

Il se faufila près du cottage et frappa sur les volets.

Il entendit trois petits coups en retour. Pire que James Bond.

Rien d'autre ne se passa, alors Kai se dirigea discrètement vers l'avant du cottage, regarda à droite et à gauche et traversa rapidement la terrasse. Il appuya sur la poignée de porte et... oui ! Elle était déverrouillée et la porte s'ouvrit.

L'intérieur était faiblement éclairé. La pièce avait une odeur de chaud et d'épices. Curieux, il n'avait pas associé cette odeur à Rand, mais elle lui appartenait totalement. *Il n'y a personne.*

— Il y a quelqu'un ?

— Tu me cherches ?

Rand sortit de la salle de bain en ne portant qu'une serviette autour de la taille, ce qui fit rater un battement au cœur de Kai et lui coupa le souffle. Une partie de l'aine de Rand était découverte étant donné que la serviette était relevée devant. Cette tente en coton devait être bien plus confortable que le jean serré qui étouffait l'érection grandissante de Kai.

— J'espérais que cette allusion à une sieste m'était adressée, dit-il en haletant, comme s'il venait de courir un semi-marathon.

— Oui, répondit Rand.

— Alors qu'aviez-vous en tête, cowboy ?

Mon Dieu, son cœur battait dans son membre ; il devait être en train de danser la salsa.

— Je voulais apprendre à chevaucher.

— C'est vous le moniteur.

— Non, je suis le quarter horse.

Cœur – aucun pouls.

— Tu veux que je te prenne ?

— Oui.

— Je dois rêver.

Rand fixa le jean de Kai et sourit.

— Tu aimes cette idée ?

— Oh, oui.

— Bien. Les préservatifs et le lubrifiant sont sur le lit. Mes fesses… enfin, cet étalon est à votre service.

Kai chancela jusqu'au repose-pied, se laissa tomber dans le fauteuil et commença à retirer ses bottes. Rand s'approcha de lui doucement, détendu.

— Puis-je prendre ton chapeau, cowboy, ou veux-tu me prendre en le portant ?

Le prendre ? Oh, bon sang, à quand remontait la dernière fois qu'il avait couché avec un homme ? Sa verge durcit et s'agita.

Rand attrapa le Stetson de Kai et le jeta sur la table basse, puis il prit son autre botte. La combinaison de deux bottes à moitié retirées fit tomber Kai sur le dos contre le fauteuil, telle une tortue géante. Rand lui retira une botte, attrapa l'autre pour faire de même, les jeta toutes les deux par terre et tira son jean par-dessus ses hanches.

— C'est tellement compliqué de bien préparer les cavaliers, dit Rand.

— Nous ferions mieux de retirer le tapis de ce cheval, tu ne crois pas ? dit-il dans un rire, attrapant la serviette nouée autour des hanches de Rand.

Il la tira, dévoilant des hanches minces, une grande verge qui tapait contre son abdomen et des bourses qui pendaient bas, nichées dans une toison blonde. Kai aurait pu pleurer devant sa beauté.

Malgré son attitude nonchalante, le beau visage de Rand traduisait son incertitude et son manque de confiance en lui.

— Plus belle monture que j'ai vue de ma vie, dit Kai en se léchant les lèvres.

— Tu l'aurais séparée du bétail ?

— Sans aucun doute.

Souriant, Rand s'affaira à retirer le pantalon de Kai jusqu'à ce qu'une douce brise sur ses bourses confirme que c'était mission accomplie. Kai arracha les pressions de sa chemise et la fit glisser le long de ses bras. Il ne lui restait que ses chaussettes. Il leva les jambes et tira dessus pour les retirer.

Rand fixait le fessier de Kai comme s'il contenait les réponses aux mystères de l'univers. Il s'installa à califourchon sur le repose-pied, écarta les fesses de Kai et introduit tout à coup sa langue dans son entrée.

— Oh mon Dieu !

Les doigts de Rand l'écartèrent encore plus et sa langue le pénétra plus profondément jusqu'à ce que le cerveau de Kai déménage et élise domicile dans son derrière. Chaque terminaison nerveuse, chaque cellule de son corps s'embrasaient. Cela ne lui était arrivé qu'une fois dans sa vie et c'était longtemps auparavant. Il avait aussi vu cela dans des films pornographiques, mais bon Dieu, il n'avait jamais rien ressenti de tel. C'était parfait.

— Attends ! Je t'en supplie, attends ! C'est trop bon. Je vais jouir si tu ne t'arrêtes pas.

Rand s'écarta.

Merde, j'ai peut-être changé d'avis.

Rand sourit.

— Je pourrais dire que je m'en fiche, sauf que je n'attends qu'une chose : sentir cette énorme verge en moi. Si tu ne me prends pas rapidement, il se peut que je dépérisse comme la méchante sorcière de l'Ouest.

Kai rigola, bien que son cerveau et son derrière soient toujours en effervescence.

— Elle chevauchait un balai, le corrigea-t-il.

— Désolé pour le mélange métaphorique.

— Allons faire de tes désirs une réalité.

— Oh oui.

Lorsque Rand recula vers le lit, on aurait pratiquement dit qu'il volait. Il atterrit sur le lit, levant ses jambes près de ses oreilles avant même d'avoir touché le matelas.

— Tu veux faire ça face à face ?

— Oui.

— D'accord.

Kai ne l'avait presque jamais fait dans cette position. Pas besoin d'être intime avec des aventures d'un soir dans une ruelle. Il prit une profonde inspiration en déroulant un préservatif sur son membre pendant que Rand se préparait lui-même avec du lubrifiant, avant d'essuyer ses mains glissantes sur la verge couverte de Kai.

— Prêt à être monté, mon poney ?

— Je pourrais faire ça toute la journée, dit-il en levant encore plus haut ses jambes.

Kai aligna sa verge à l'entrée de Rand. *Jolie vue.*

— Tu aimes ce que tu vois ?

— Oh, oui. Je suis impatient de la voir se glisser en toi.

— J'aimerais aussi voir ça. Décris-le-moi.

Un défi pour un homme peu bavard.

— Eh bien, pour commencer, on dirait que ça n'entrera jamais.

— Ça entrera sans problème. Fais-moi confiance. Je m'entraîne avec quelque chose d'aussi grand que le Texas Panhandle.

Kai s'esclaffa.

— Tu t'entraînes ?

— Eh bien, oui. Comment veux-tu qu'une personne accueille un homme doté comme tu l'es sans se préparer ?

— J'y vais, prévint Kai avant de pousser. Ton entrée s'ouvre. Oh, mon gland glisse à l'intérieur. Il a disparu. Bon sang, ton derrière aspire ma verge comme des sables mouvants. Comme si elle allait disparaître et qu'on n'allait plus jamais en entendre parler.

Oh mon Dieu. Son canal était brûlant, pressant chaque nerf de son membre jusqu'à ce qu'il ressente des éclairs de feu dans ses testicules et son esprit.

— Tu aimerais ça ? Disparaître en moi ?

— Oh, putain, Rand…

Kai le pénétra profondément et se retira, ce qui éveilla tous ses sens.

— Je n'ai jamais connu ça.

— Recommence.

Kai se pencha au-dessus du corps puissant de Rand et ondula contre lui. Peu importe la force de ses pénétrations, Rand encaissait et le suppliait de continuer. Dedans, dehors, dedans, dehors. Qu'il ondule sensuellement contre lui ou qu'il le prenne rapidement, chaque mouvement jouait une mélodie différente, toutes plus belles les unes que les autres. Il avait tellement envie de jouir, mais pas sans sa monture. Il glissa une main entre eux pour prendre la verge de Rand.

— Si tu me touches, je vais jouir.

— Bien. C'est ce que je veux.

— Alors elle est toute à toi, cowboy.

Cela sonnait curieusement bien. Il enroula ses doigts autour de la verge de Rand et la caressa – une fois, deux fois, le pénétrant aussi profondément que le permettait le fessier musclé de Rand.

— Si seulement ma verge était deux fois plus grande afin que je puisse profiter encore plus de toi, dit-il avant de le caresser une troisième fois. Oh, bon sang !

Rand jeta la tête en arrière et tous les tendons de son cou musclé firent leur apparition alors qu'il laissait échapper un long cri de plaisir et qu'il se cambrait, jusqu'à ce que Kai le pénètre jusqu'à la garde. Un liquide chaud et gluant se déversa sur la main de Kai.

Comme si quelqu'un avait fait retentir la cloche pour donner le départ d'un rodéo, Kai se libéra et se laissa porter. Une explosion ! C'était comme si son crâne avait explosé et que ses testicules étaient en feu, sa semence se déversant giclée après giclée dans le préservatif. *Je n'ai jamais rien connu de mieux.* Il se mit à rire.

— Je ne sais pas comment je vais vivre sans ça une fois que tu seras parti.

— Je me disais justement la même chose, répliqua Rand.

Quelque chose fit tilt dans l'esprit de Kai et il se crispa. *Bon Dieu, qu'est-ce que je viens de dire ? Je n'aurais pas dû. Vraiment pas.* Il pouvait à peine bouger. Il prit une grande inspiration, puis s'écarta du torse collant de Rand. Ce dernier l'arrêta.

— On se détend, cowboy. Tu ne m'as pas demandé en mariage et je n'ai pas accepté.

Kai se crispa encore plus, mais Rand ne relâcha pas sa prise.

— Détends-toi. Il n'y a rien de mal à prendre du plaisir – pour une fois.

D'accord, Rand ne lui mettait aucune pression. Il se laissa retomber et enfouit son nez dans le cou de Rand, respirant son odeur épicée et musquée.

— Tu as l'odeur du sexe.

— Bien. Ça veut sûrement dire que je m'y suis bien pris.

— Pas de doute là-dessus.

Cela fit rire Rand, ce qui fit vibrer tout le corps de Kai.

— Nous nous sommes bien débrouillés pour des débutants, dit Rand.

— Tu n'es pas ouvertement gay ?

— Non.

— Mais tes parents sont au courant.

— Non plus.

— Bon sang, ça doit être difficile.

— Et toi, ta mère est au courant ?

— Euh, non.

— Les autres cowboys ?

— Jamais !

— Alors pourquoi serait-ce difficile pour moi et pas pour toi ?

— J'ai des enfants. Je ne peux pas révéler mon homosexualité.

Rand tourna la tête sur le côté et regarda Kai.

— Des enfants ?

— Je veux parler de Lani et Aliki.

— Alors ils ne sont pas au courant ?

— Non. Personne ne le sait.

— Alors avec qui est-ce que tu couches ? Disons qu'on ne peut pas être si doué au lit en ne pratiquant pas, dit-il en souriant.

— Je me rends parfois de l'autre côté de l'île pour trouver quelqu'un avec qui coucher. Et toi ?

— La même chose. J'ai seulement une plus grande superficie sur laquelle chercher.

Silence.

— Et tu te fais toujours prendre ?

Rand rit doucement.

— Non. C'est trop dur d'admettre que tu aimes ça quand tu fais ma taille. Et puis c'est plus compliqué de baisser son pantalon dans des ruelles et compagnie.

— Merci de m'avoir laissé… te monter.

— Je t'en prie.

— Je peux bouger ? Tu dois avoir du mal à respirer. Je ne suis pas vraiment ce qu'on appelle un poids plume.

— Paniquerais-tu si je te disais que j'aimerais que tu restes dans cette position pour… bon sang, peut-être toujours ?

— Non.

Mais en fait, si, un peu, puisqu'il ressentait exactement la même chose.

— Qu'allez-vous faire pour Noël ?

La nervosité l'envahit de nouveau. Rand caressa son dos de sa grande main.

— Désolé. C'est un sujet sensible ?

Il avait besoin de bouger. Cette position signifiait trop de choses. Kai roula sur le côté et atterrit sur le dos près de Rand, son torse couvert de semence partiellement séchée.

— Je vais aller chercher un gant pour nous nettoyer.

Il sortit du lit et se rendit dans la salle de bain. Il prit un gant, fit couler l'eau jusqu'à ce qu'elle soit chaude, puis l'humidifia. Il se regarda dans le miroir. Seigneur. Des cheveux noirs ébouriffés, un corps qui mériterait quelques kilos en plus et un regard tourmenté. Il était dans un drôle d'état. Il essora le gant, jeta un coup d'œil rapide vers son reflet et retourna auprès de Rand, qui se tenait sur les coudes. Kai sourit. *Bon Dieu, ce cowboy est terriblement beau. Comme un personnage sorti d'un vieux western, quand les cowboys ressemblaient encore à des héros.* Il s'assit sur le matelas et nettoya le torse et la verge de Rand.

— Merci.

— Je t'en prie, répondit-il avec le sourire.

— J'ai quelque chose à faire, une chose qui ne peut pas attendre.

— Oh ? Qu'est-ce que c'est ?

Il jeta le gant vers la porte de la salle de bain et celui-ci atterrit sur le carrelage au lieu d'atterrir sur le parquet.

— Trouver un moyen de recommencer autant de fois que possible à coucher avec toi avant de me retrouver dans l'avion qui me ramènera chez moi.

Kai s'esclaffa.

— Tu vas avoir sacrément mal au derrière.

— Je m'en fiche.

— Ça va être compliqué pour moi. Les enfants n'ont pas école et les employés de l'hôtel n'ont pas la possibilité de prendre des congés pendant les vacances scolaires.

— D'où ma question précédente : qu'allez-vous faire, les enfants et toi, pour Noël ? Vous devez sûrement le fêter avec votre mère, non ?

— Euh, oui, durant la matinée. Ensuite, ma mère va rejoindre ma tante.

— D'accord. Aimeriez-vous le fêter avec moi ? Même s'il y a mes parents ?

Kai secoua la tête.

— Tu es en vacances. Pourquoi voudrais-tu les passer avec deux enfants et moi ?

— J'adore les enfants. Quant à toi ? dit-il avec un sourire en coin. Disons que tu fais partie du lot.

La gorge de Kai se serra.

— Tes parents…

—… aiment encore plus les enfants qu'ils aiment leur propre fils, l'interrompit-il en riant. En plus, s'ils ont d'autres projets, ils seront peut-être même pas là. Nous pourrions peut-être proposer à ta mère de se joindre à nous.

Kai le regarda.

— Euh, non. Elle aime passer Noël avec ma tante.

— Alors, quelle est ta décision ?

— D'accord. Nous mettrons quelque chose en place. Mais je dois y aller maintenant, ou les enfants vont se retrouver seuls sur la plage.

Rand embrassa l'épaule nue de Kai.

— Tu sais très bien que les Axelrod ne les laisseraient jamais seuls. Alors nous allons passer une partie de Noël ensemble ?

Il prit une inspiration et se glissa jusqu'au rebord du lit.

— Oui.

Le sourire sur le visage de Rand éclaira la pièce.

Dans quel pétrin suis-je en train de me mettre ?

X

— Tu es vraiment passé à côté d'un excellent sandwich aujourd'hui, dit sa mère en prenant une autre bouchée de sa salade.

Il sourit. Selon lui, il n'avait rien manqué du tout.

— Je ne t'ai jamais vue si obsédée par la nourriture. En général, tu ne t'inquiètes que de ta prochaine séance de pilates.

— Je sais, dit-elle dans un soupir. Mais la nourriture est tellement bonne ici. Est-ce que tu t'amuses bien ?

— Honnêtement, oui, répondit-il avant de prendre une gorgée d'eau. Avez-vous vu les enfants sur la plage aujourd'hui ?

Sa mère regarda son père.

— Il y avait plusieurs enfants sur la plage, n'est-ce pas, mon amour ?

Son père hocha la tête.

— Veux-tu parler des deux enfants hawaiiens très mignons ? demanda-t-il.

— Oui, une fille d'environ douze ans et un garçon turbulent qui doit avoir dix ans.

— Oui, ils jouaient avec une petite rousse et un garçon assez insolent. Ce sont les élèves dont tu nous as parlé ?

— Oui, trois d'entre eux. Pas celui qui est insolent, répondit-il avant de s'écarter de la table et de s'essuyer la bouche. La petite fille rousse est la fille des Axelrod et les deux enfants hawaiiens sont la sœur et le frère d'un homme qui s'appelle Kai ; nous nous sommes rencontrés aux écuries.

— Je vois. Ce sont des enfants adorables, bredouilla sa mère en prenant une nouvelle bouchée de salade.

Inspire. Lance-toi.

— J'aimerais inviter Kai et les enfants à prendre le repas de Noël avec nous. Que ce soit le déjeuner ou le dîner. Je paierai.

Sa mère arrêta de mâcher et jeta un coup d'œil vers son père.

Essaie d'être nonchalant.

— Ce n'est pas grave si vous ne voulez pas participer. Je peux les emmener autre part.

— Je… euh… Je pensais que tu allais inviter Julie à se joindre à nous pour Noël.

Eh mince.

— Je n'y avais pas pensé. Tu as peut-être raison. C'est seulement que la mère de ces enfants est malade et ils n'ont pas souvent l'occasion de s'amuser, alors je voulais rendre leurs vacances plus agréables.

Les yeux de sa mère s'agrandirent lorsqu'elle prit conscience de leur situation.

— Oh, c'est tellement gentil de ta part. Ces enfants semblent tout à fait charmants, dit-elle avant de poser une main sur le bras de son père. Qu'en penses-tu, mon amour ?

— Je pense qu'il s'agit aussi des vacances de Rand et qu'il devrait faire ce dont il a envie. Qu'est-ce qu'un Noël sans enfants ? Plus on est de fous, plus on rit.

Sa mère afficha un grand sourire.

— Tu vois ? Je n'exagère pas quand je dis que tu ferais un père merveilleux.

Le serveur arriva avec leur plat composé de poisson, ce qui atténua le long soupir de Rand. Au moins, il passerait les fêtes avec Kai.

— Kai, tu es sûr que ça me va bien ?

Les yeux de Lani brillaient – entre la joie et les larmes.

— Certain. Cette robe te va à ravir et tu es magnifique dedans, dit-il en caressant ses cheveux soyeux.

Elle sourit timidement.

— Tu as choisi une robe si belle, dit-elle, son inquiétude habituelle reprenant le dessus. Mais comment pouvons-nous nous le permettre ? C'est tellement cher.

— Ne t'inquiète pas. J'ai économisé. Et elle ne m'a pas coûté si cher que ça.

Cette dernière remarque était vraie.

Aliki sortit de la chambre avec son seul pantalon habillé, qui devenait déjà trop court, et une chemise hawaiienne. Si Kai avait dépensé un seul centime de l'argent précieux réservé aux cadeaux de Noël pour lui acheter des vêtements, Aliki aurait été dévasté. Au lieu de cela, son nouveau pack de jeux était posé sur la table basse et Aliki y avait déjà joué trois fois ce matin.

— De quoi allons-nous parler avec ces personnes, *brah* ?

— Tu as discuté avec Rand. Tu l'apprécies. Je suis certain que ses parents seront tout aussi sympathiques.

— Pourquoi je ne resterais pas ici pendant que Lani et toi vous y allez ? proposa-t-il en affichant son sourire de charmeur. Ce serait comme si je restais avec Maman.

— Non. Tu nous accompagnes. Rand vous a invité tous les deux. En plus, ce n'est pas tous les jours que vous avez la chance de manger de la nourriture aussi bonne que celle de l'hôtel.

— Tu nous en rapportes parfois, dit Aliki en regardant ses pieds.

— Aliki, tu viens avec nous. Point final.

— D'accord.

Il enfila sa seule paire de chaussures qui n'était pas faite en caoutchouc.

— Va dans la voiture, dit Lani. Je dois aller chercher mon pull.

Aliki courut vers le pick-up. Elle agrippa le bras de Kai.

— J'ai reçu un e-mail de la nouvelle enseignante d'Aliki. Elle rend visite aux familles de ses élèves pour se présenter.

— Merde ! jura-t-il, puis il la regarda. Pardon.

— Ne t'excuse pas. Je dirais même double merde, dit-elle avec un sourire crispé.

— A-t-elle donné une date ?

— Non. Elle a dit qu'elle « passerait ».

— Oh, bon sang.

Il déglutit et regarda l'air grave sur le visage de sa sœur.

— Nous nous en inquiéterons demain, d'accord ? Tu es magnifique. Profitons de cette journée pour nous amuser un peu.

Elle afficha un sourire malgré son regard troublé.

— D'accord.

Deux heures plus tard, Kai reconnaissait à peine Lani. Ses yeux étincelaient et ses fossettes apparaissaient constamment sur ses joues.

— Oui, madame, je suis d'accord avec vous : nous devrions avoir plus de femmes élues. Mais avant que les choses puissent changer, notre société doit trouver un moyen afin que les femmes puissent concilier à la fois leur vie de famille et leur vie en communauté sans être sévèrement pénalisées.

Kai resta bouche bée – *qui est cette jeune femme ?* – et leva les yeux à temps pour voir Rand se retenir de sourire.

La mère de Rand hocha la tête avec sérieux.

— C'est très bien dit. As-tu déjà réfléchi à ce que tu étudierais à l'université ? Tu devrais peut-être envisager d'entrer dans le service public ?

L'université. Seigneur. Il serait déjà heureux qu'elle termine le collège sans encombre.

Un creux apparut entre les sourcils de sa sœur.

— Mon frère travaille très dur pour subvenir à nos besoins, Mme McIntyre. J'aimerais aller à l'université, mais cela me prendra sûrement beaucoup de temps puisque j'aimerais d'abord aider ma famille en trouvant un travail.

— Je vois, dit Mme McIntyre, levant les yeux vers Kai, puis elle les reposa sur Lani. Et quel genre de travail aimerais-tu avoir ?

Lani posa une main sous son menton.

— Eh bien, je suis très douée en bureautique et j'en apprends davantage sur les chevaux, alors je pourrais peut-être travailler aux écuries avec Kai, répondit-elle en prenant une autre bouchée de crème glacée, avant d'agiter sa cuillère. Ou bien nous pourrions monter une nouvelle écurie et proposer une gamme de services plus large.

Rand faillit s'étouffer en toussant pour dissimuler son rire.

Kai prit une profonde inspiration. C'était étonnant de voir ce que l'intérêt sincère et la stimulation d'une femme pouvaient provoquer chez Lani. La pauvre enfant avait grandi entourée d'hommes.

Mme McIntyre prit doucement une bouchée de son sorbet.

— Et vous, Kai ? Avez-vous étudié à l'université ?

Il déglutit difficilement ; sa gorge devint douloureuse.

— Euh, non, madame. Il n'y avait personne d'autre que moi pour ramener de l'argent à la maison, alors j'ai dû commencer à travailler. Pas assez d'argent pour faire des études, dit-il en essayant de sourire. Et nous n'avons pas d'université. Il faudrait que je quitte cette partie de l'île pour étudier.

— Je vois. Un homme fait ce qu'il se doit, n'est-ce pas ?

Elle ouvrit la bouche pour dire autre chose, mais M. McIntyre l'en empêcha :

— Alors, Aliki, j'ai entendu dire que tu apprenais à monter ?

— Oui, monsieur. C'est génial. Mon frère est un vrai *paniolo*. Vous le saviez ?

— Je suppose que ça veut dire que tu en es aussi un, n'est-ce pas ? dit-il en souriant.

Le visage d'Aliki s'assombrit.

— Non. Nous n'avons pas le même père. Le père de Kai était un cowboy, pas le mien.

Pendant un instant, M. McIntyre sembla pris de court, mais il tapota la main d'Aliki.

— Eh bien, je pense que tu mérites amplement le titre honorifique de *paniolo*, dit-il avant de reculer sa chaise. Bien, allons tous au cottage. Mme McIntyre, Rand et moi avons quelques surprises pour vous.

— J'adore les surprises ! s'exclama Aliki en rebondissant sur sa chaise.

— Je m'en doutais.

Kai regarda Rand, mais le visage du cowboy ne laissait rien paraître. Lani regarda Kai avec de grands yeux, mais il y décela aussi une lueur d'impatience. Ils se mirent tous debout et suivirent les McIntyre hors du restaurant ; ils furent bercés par le soleil de l'après-midi. Aliki marchait près de M. McIntyre.

— Vivez-vous en Californie, monsieur ?

— Oui, en effet.

— Comment est-ce de vivre là-bas ?

Rand resta en retrait et marcha au côté de Kai, lui adressant un sourire. Seigneur, Kai se sentait à la fois heureux et en colère, se disant que Rand n'avait pas à mettre le nez dans ses affaires. Il était capable de prendre soin de ses propres enfants. Cependant, Aliki et Lani appréciaient chaque minute passée en leur compagnie – ce qui faisait de lui un vrai ingrat. Il finit par lui rendre son sourire.

Il était entré dans des cottages une ou deux fois – sans compter la visite clandestine de la veille –, mais celui-ci était particulièrement beau. En plus, le couple avait accroché quelques petites boules de Noël sur un hibiscus en pot, ce qui le fit sourire. Sous l'hibiscus se trouvaient plusieurs paquets enveloppés dans du papier cadeau brillant.

M. McIntyre s'assit sur un repose-pied près des cadeaux, alors que la mère de Rand s'installa dans un fauteuil, souriante. Rand prit place sur le canapé. Kai hésita à s'asseoir sur l'autre fauteuil, mais pourquoi faire cela ? Il décida donc de s'installer de l'autre côté du canapé. Lani resta debout, ne semblant pas savoir quoi faire. Rand tapota la place qui restait près de lui et elle marcha timidement jusqu'à eux. Évidemment, Aliki se laissa tomber en plein milieu du tapis.

M. McIntyre attrapa un cadeau.

— Mmh. Bien que nous soyons loin de chez nous, on dirait que le Père Noël est passé par ici. Ce vieil homme est plutôt malin.

— Le Père Noël n'existe pas, dit Aliki en retroussant le nez.

— Oh, vraiment ? Comment crois-tu que ces cadeaux soient arrivés jusqu'ici ? demanda M. McIntyre en agitant le cadeau près de son oreille.

— M. McIntyre ! C'est soit Rand, soit vous qui les avez achetés.

— Tu crois ? insista-t-il en regardant l'étiquette. Mais celui-ci semble être pour toi.

Les yeux d'Aliki s'agrandirent.

— Pour moi ?

— Oui. Comment pourrais-je savoir ce que tu veux pour Noël ?

— Rand le sait certainement, dit-il en haussant les épaules, hésitant.

— Comment le saurait-il ?

— Parce que Kai lui aurait dit ?

— Avons-nous discuté de ce qu'Aliki voulait pour Noël ? demanda Rand à Kai.

— Non.

Curieusement, c'était la vérité.

M. McIntyre observa le cadeau.

— Alors ce doit être une erreur, tu ne penses pas ? dit-il avant de reposer le cadeau sur le sol. En voilà un pour Lani.

— Monsieur ? dit Aliki en le regardant, retenant clairement sa respiration.

— Oui ?

— Ça ne me dérangerait pas de… vérifier. Je pourrais l'ouvrir.

— Oh, tu es sûr ? Bon, eh bien, d'accord. Le voilà, dit-il en lui tendant le paquet.

Aliki avait le regard fixé sur le cadeau, si bien qu'il ne vit pas le sourire espiègle de M. McIntyre. Il agita le paquet et entendit un cliquetis très satisfaisant – ce n'était clairement pas des vêtements. Il sourit et déchira le papier, puis il s'arrêta.

— Pardon, Lani. Tu veux commencer ?

Pour toutes les fois où Kai avait eu des envies de meurtre à cause de cet enfant, il n'avait qu'une seule envie à cet instant : l'embrasser.

— Non, commence, répondit Lani en souriant.

Kai n'eut même pas le temps de cligner des yeux avant que le papier cadeau soit retiré. Aliki resta bouche bée.

— Nom de… Waouh !

Il fixa le jeu vidéo – pas n'importe quel jeu, mais le plus beau, le plus récent et le plus apprécié de la saison – comme s'il y avait une erreur. Il leva les yeux vers M. McIntyre.

— Est-ce que c'est…

—… pour toi ? termina M. McIntyre en regardant sa femme et Rand avec un regard inquisiteur. L'un de vous a-t-il commandé un nouveau jeu vidéo au Père Noël ?

— Non, pas moi, mon amour. Et toi ?

— Non plus, répliqua-t-il en attrapant un autre cadeau. Je me demande si celui-ci va de pair avec le jeu.

Les mains d'Aliki tremblèrent d'émerveillement. Il prit doucement le paquet et retira le papier. La dernière console de jeux portable brillait sur la boîte tel le Graal. Des larmes brillaient dans les yeux d'Aliki alors qu'il regardait le cadeau sur ses genoux.

— Ça ne peut pas être pour moi.

M. McIntyre posa une main sur son dos.

— Pourquoi ça, fils ? J'ai l'impression que le Père Noël savait ce qu'il faisait.

— C'est un cadeau très cher.

Kai essuya ses yeux d'un revers de main et jeta un œil vers Rand, qui fit de même.

M. McIntyre frotta une main entre les deux épaules frêles du jeune garçon.

— Parfois, le Père Noël a la possibilité d'offrir un cadeau supplémentaire. Mais pas tout le temps, tu comprends ?

Aliki acquiesça.

— C'est un cadeau génial. Je ne sais pas comment vous remercier… enfin, comment remercier le Père Noël.

— Je pense que tu l'as déjà fait, dit Mme McIntyre en se mouchant.

— Maintenant, c'est au tour de Lani, déclara M. McIntyre en faisant glisser deux paquets vers elle.

Elle plissa légèrement les yeux.

— Vous n'auriez pas dû.

— Oui, ce n'était pas la peine ! insista Aliki tout en déchirant le plastique autour de sa console de jeux.

— Nous n'avons rien fait, dit Mme McIntyre en souriant. C'est le Père Noël. Ouvre tes cadeaux, ma chérie.

Elle se leva doucement et regarda les cadeaux comme s'ils contenaient des explosifs, mais elle ouvrit délicatement le premier et prit une vive inspiration. Il contenait un magnifique châle blanc avec des broderies, qui aurait pu appartenir à une princesse. Lani le plaça autour de ses épaules comme si c'était une armure qui pouvait la protéger de tous les dangers.

— Il est superbe. Merci.

— Waouh, Lani, il est magnifique ! intervint Aliki en jetant un coup d'œil vers elle avant de se focaliser à nouveau sur sa console.

— Il y a un autre cadeau, ma chérie, dit Mme McIntyre en se penchant en avant pour pousser l'autre paquet, large et plat, plus près d'elle.

Lani détacha soigneusement le ruban pour retirer le joli papier scintillant sans le déchirer, le plia, puis ouvrit la boîte. Ses yeux s'écarquillèrent. Des bottes de cowboy. Et pas n'importe lesquelles. Elles étaient blanches avec des motifs floraux martelés dans les gammes de roses et de bleus. Lani plaqua une main contre sa bouche.

— Oh, je n'ai jamais rien vu d'aussi beau.

— Essaye-les. Je crois qu'il y a une paire de chaussettes à l'intérieur.

— Oh.

Elle retira la seule paire de ballerines qu'elle possédait, enfila les chaussettes et, après avoir un peu tiré, se retrouva avec une paire de bottes aux pieds.

— Oh mon Dieu, laissa-t-elle échapper.

— Lève-toi pour voir si tu es à l'aise lorsque tu marches. Sont-elles confortables ?

Lani se leva et marcha un peu, puis elle enfouit son visage dans sa main et pleura. Kai bondit du canapé et la prit dans ses bras.

— Ce sont des larmes de joie ?

Elle hocha la tête.

Il regarda les parents de Rand par-dessus la tête de sa sœur ; ils souriaient.

— Je vous suis à jamais redevable, dit-il avant de regarder Rand. Tu es merveilleux.

Ce dernier lui adressa un sourire doux, jeta un œil vers ses parents et l'expression tendre disparue de son visage.

— Ce n'est pas grand-chose.

Lani libéra Kai et se mit pratiquement à voler pour parcourir la distance qui la séparait de Rand, avant de jeter maladroitement ses bras autour de son cou.

93

— Si, ça représente énormément. Merci beaucoup d'avoir pensé à nous.

Il enveloppa ses bras puissants autour d'elle pour lui faire un grand câlin, son affection rayonnant à travers son sourire. Kai sourit lui aussi. Bon sang, c'était un homme si bon. *Difficile de garder mes distances.*

— Le Père Noël a eu des idées géniales de cadeaux, vous ne trouvez pas ? déclara M. McIntyre en se penchant en arrière sur le repose-pied, manquant presque de tomber.

Les enfants se mirent à rire et cela fit cesser leurs larmes.

Lani s'installa sur le canapé, entre Rand et Kai. Ce dernier glissa un bras autour d'elle et entra en contact avec le dos de Rand. Un courant électrique parcourut sa colonne vertébrale et se propagea dans son cerveau. *N'en fais pas toute une histoire.* Il laissa ses doigts pendre dans le vide. Rand se redressa légèrement sur le canapé et cela permit à la main de Kai d'appuyer davantage contre son épaule. De leur propre chef, ou presque, les doigts de Kai chatouillèrent Rand... ou bien était-ce une caresse ? Une fois, deux fois.

Rand croisa sa jambe gauche par-dessus la droite, calmement et nonchalamment, dans un effort manifeste de dissimuler un problème en pleine ascension. Kai réprima un sourire. Évidemment, les frissons qui remontaient le long de son bras semblaient aussi vouloir aller se nicher dans ses bourses.

Les McIntyre continuaient de discuter avec Aliki qui leur montrait son nouveau jeu. Kai caressa plus résolument l'épaule de Rand. Oui, c'était idiot, mais qui pouvait résister à un jeu si séduisant ? Kai devait ramener les enfants à la maison, mais peut-être que plus tard, si leur tante pouvait les garder, il pourrait venir le retrouver. Il inspira doucement. Bon sang, son grand *boto* commença à se dresser face à cette idée. Coucher avec Rand était au sommet de sa liste de choses à faire.

Mme McIntyre se mit debout.

— Qui aimerait un peu de *ginger ale* ?

Aliki jeta sa main en l'air.

— Moi !... Euh, s'il vous plaît.

— Et toi, Lani ?

Lorsque la mère de Rand tourna les yeux vers eux, la main de Kai s'immobilisa.

— Oui, s'il vous plaît, madame.

— J'ai d'autres choses délicieuses dans le frigo. Viens voir si tu veux manger quelque chose. Toi aussi, Aliki.

Lani se leva et Kai laissa tomber sa main sur le canapé. Lorsque Rand se pencha en avant, les doigts de Kai touchèrent la courbe de ses fesses à travers son pantalon en lin. Il se mordit l'intérieur de la joue pour éviter de rire – ou de gémir. Bon Dieu, quand pourraient-ils coucher à nouveau ensemble ?

— Aimez-vous le cheese-cake à la menthe ? entendirent-ils la mère de Rand demander aux enfants dans la petite cuisine. Mon amour, viens chercher ta part.

M. McIntyre se leva et prit l'assiette que lui tendait sa femme, puis il commença à manger et à discuter avec les enfants.

Le doigt de Kai se glissa sous les fesses de Rand et caressa sa raie. Rand se pencha légèrement en arrière, écartant un peu les jambes pour que personne ne puisse voir ce qui se passait sur le canapé. Ce qui se passait, c'était que le doigt de Kai avançait désormais vers les bourses de Rand. *Oh, Seigneur*. Il bougea son doigt. Il n'y avait pas de sous-vêtement entre le lin et sa peau. Il glissa son doigt entre les fesses de Rand et chercha son entrée. Ce dernier se pencha en avant pour ajuster ses chaussures. *Accès autorisé*. Le doigt de Kai se fraya un chemin entre ces superbes fesses et appuya. Rand se racla la gorge, luttant clairement pour ne pas laisser échapper d'autres bruits. *Bon sang, qui aurait cru que des chatouilles discrètes pouvaient être si amusantes ?*

— Qui veut du cheese-cake ? demanda Mme McIntyre en regardant Rand et Kai au moment précis où l'on frappa à la porte.

La main de Kai et le fessier de Rand s'immobilisèrent.

M. McIntyre traversa la pièce pour aller ouvrir la porte.

— Bonjour. J'espère que je ne suis pas en retard pour le dessert.

La jeune *haole* blonde qui avait dansé avec Rand au bar – quel était son prénom ? Julie ? – sourit à M. McIntyre.

En un instant, Rand bascula pour se décaler sur le côté.

Mme McIntyre se précipita à travers la pièce.

— Bonjour, ma chère. Je suis tellement heureuse que vous ayez pu venir. Vous êtes pile à l'heure pour le dessert. Entrez.

— Salut, Rand. Salut, Kai, dit-elle en leur faisant un signe de la main.

— Salut, Julie, répondit Rand avec un hochement de tête.

Mme McIntyre présenta les enfants à Julie. Kai n'entendit qu'un bourdonnement dans ses oreilles. *Idiot. Idiot. D'accord, je ne suis pas ouvertement gay, mais c'est parce que je dois protéger les enfants. Rand est simplement incapable de se passer de ses petites amies pendant une seule journée.*

Tu exagères.

Je n'en ai rien à faire.

Il se leva.

— Merci à vous trois pour votre incroyable gentillesse. Les enfants, il est temps de rentrer à la maison.

— Oh, Kai, devons-nous vraiment partir ?

Il eut envie d'étrangler Aliki. *Il m'a tanné pour ne pas venir et maintenant il ne veut plus partir.*

— Oui. Nous devons partir. Remerciez M. et Mme McIntyre.

Rand garda le regard fixé au sol pendant qu'Aliki se jetait dans les bras de son père.

— Merci beaucoup, monsieur. Je ne peux même pas vous dire à quel point j'adore vos cadeaux.

— J'en suis ravi, petit. C'est tout ce que nous espérions.

Aliki alla ensuite remercier Mme McIntyre pendant que Lani remerciait calmement le père de Rand.

— Nous avons un autre cours d'équitation demain, n'est-ce pas ? demanda Aliki en se tournant vers Rand.

— Oui, répondit Rand.

Il souriait, mais son attitude habituelle – sa simplicité et son aisance – avait disparu.

Kai serra la main de M. McIntyre, prit Mme McIntyre dans ses bras et adressa un hochement de tête à Julie.

— C'était un plaisir de te revoir.

— Je n'avais pas l'intention d'interrompre la fête, dit-elle, un peu surprise.

— Ce n'est pas le cas. Les enfants doivent simplement rentrer à la maison.

Lani le regarda en fronçant les sourcils lorsqu'ils sortirent du cottage.

Ce n'est rien. Rand sera bientôt parti et ils s'en remettront. Sans problème.

RAND LEVA les yeux et rencontra le regard de sa mère. Elle semblait bizarre. Étonnée ? Sournoise ? Qui savait ? Elle sourit.

— Hier soir, je suis tombée sur Julie en suivant un cours d'aqua-fitness, alors je l'ai invitée à se joindre à nous.

— Bien.

— Maintenant que nous sommes plus qu'entre adultes, pourquoi ne pas aller prendre un cocktail à l'hôtel ?

Son cœur battit la chamade. Que pensait Kai ? S'il se précipitait dehors, pourrait-il le rattraper ? Bon sang, comment le pourrait-il ? Il n'avait aucune idée de l'endroit où vivait Kai et il n'avait pas son numéro de téléphone. *Je le verrai demain. Demain matin.*

Comme un pauvre petit chien, il se leva pour suivre ses parents et Julie jusqu'à l'hôtel. Ils commandèrent tous un cocktail sur la terrasse pendant qu'un groupe local de musiciens jouait des musiques de Noël avec une touche polynésienne. Rand descendit sa bière et tenta de paraître à l'aise.

Julie but doucement son Mai Tai.

— Serez-vous tous les trois ici pour le jour de l'an ?

— Malheureusement, non, répondit sa mère. Elson doit se rendre à un événement professionnel qui a lieu plus tard cette semaine. Nous partons après-demain. Nous allons emprunter la longue route pour rentrer, ce que je suis impatiente de faire. De cette manière, nous ne retournerons pas à la civilisation trop brusquement.

Julie se mit à rire.

— Je ne sais pas si j'irai jusqu'à dire qu'il n'est pas brusque de s'aventurer sur notre route. Cependant, elle est magnifique. Avez-vous eu la possibilité de vous rendre aux Sept Piscines Sacrées ?

— Non. Je n'ai pas arrêté d'en entendre parler, mais chaque jour, me prélasser sur la plage l'a emporté sur l'envie de découvrir les environs. Non pas que nous ayons eu beaucoup de jours pour en profiter, dit-elle en levant un sourcil accusateur vers son mari.

— Je suis navrée de vous voir partir, dit Julie. J'ai l'impression que je commence tout juste à te connaître, ajouta-t-elle en regardant Rand.

— Oui. Moi aussi.

Rand détourna le regard vers la plage. Il ressentait la même chose. Mais pas pour Julie.

XI

RAND ARRIVA sur le parking des écuries. Oui, il était en avance, mais il ne voulait pas attendre une seconde de plus pour s'excuser auprès de Kai et lui dire que ce n'était pas lui qui avait invité Julie à venir.

Il descendit du véhicule et traversa le sol recouvert de gravier jusqu'à l'écurie. Aliki glissa sa tête par la porte d'un box.

— Bonjour, M. McIntyre. Nous sommes en train de brosser les chevaux.

Rand sourit. Bien. Maintenant, il devait trouver un moyen de parler seul à seul avec Kai. Peut-être durant la promenade. Cependant, il voulait apprendre aux enfants à faire du trot aujourd'hui, alors il devrait les surveiller de près.

À l'intérieur, Lani se tenait près de Rosebud, ses jambes longues et fines recouvertes d'un jean qui était rentré dans ses nouvelles bottes. De l'autre côté du cheval se trouvait Haku, qui lui fit un signe de la main. Tiens. Où était Kai ?

Rand toucha le bord de son chapeau.

— Mademoiselle Lani, vous êtes ravissante.

Elle ne put s'empêcher de sourire.

— J'ai dit à Kai que je voulais les garder pour les grandes occasions, mais il a dit que les bottes étaient faites pour être portées et que si j'attendais, elles allaient devenir trop petites avant même que je les aie portées.

— C'est un petit malin.

Il regarda autour de lui. Deux autres cowboys portaient les selles et préparaient les chevaux pour la journée. Pas de Kai.

— D'ailleurs, où est-il ?

Lani regarda fixement son cheval.

— Euh, il devait se rendre au ranch pour travailler, aujourd'hui.

Rand fronça les sourcils.

— Comment êtes-vous venus jusqu'ici ?

Aliki le regarda par-dessous son cheval.

— Il nous a déposés alors qu'il faisait encore nuit. Je crois que j'ai besoin de bottes, moi aussi.

98

— Ah bon ? dit Rand en le regardant du coin de l'œil. Oh, le Père Noël a dû penser que tu préférerais avoir une console.

— Oui. Il a eu raison.

Le jeune garçon se redressa, puis il regarda à nouveau par-dessous le ventre du cheval.

— Ou quelqu'un a eu raison, ajouta-t-il avant de rire.

Rand sortit sous le soleil doux du matin. *Il n'est pas ici.* Cela voulait-il dire que Kai était encore énervé par rapport à Julie ou qu'il devait vraiment se rendre quelque part pour travailler ? *Bon sang, j'ai passé la nuit entière à fixer le plafond de ma chambre en pensant aux différentes manières dont j'avais envisagé de passer la nuit de Noël... Aucune d'elle ne consistait à rester allongé dans mon lit, seul, à m'inquiéter de ce que Kai pouvait penser.*

Lani sortit de la grange en guidant Rosebud.

— Hé, Lani, appela-t-il.

Elle lui sourit.

Reste calme. Ne te rends pas ridicule.

— Comment va Kai ? Est-ce qu'il va bien ?

Son regard noir tomba à nouveau sur le sol.

— Euh, oui. Il est simplement occupé.

— Vraiment ? insista-t-il, les mots lui échappant.

Elle le regarda, délibérant sur une décision dont il ne connaissait pas la nature.

— Il est toujours un peu... tiraillé, je dirais.

Comment cette enfant faisait-elle pour donner l'impression d'avoir cinquante ans ?

— À propos de quoi ?

Elle fixa le sol.

— Il prend soin de nous depuis longtemps. Quatre ans. Je pense qu'il a peur de laisser qui que ce soit être intéressé par lui... enfin, par nous, parce que... Je ne sais pas pourquoi.

— Parce que si quelqu'un s'intéressait à vous, ça pourrait changer votre situation et que le changement peut avoir de mauvaises conséquences, dit-il avec conviction.

Lani leva les yeux vers lui, surprise.

— Je crois que vous avez raison.

99

Des pneus crissèrent derrière eux et le van se gara ; il ne transportait que Molly, qui se précipita pour descendre et courut vers Lani pour la prendre dans ses bras. Puis elle sourit.

— Bonjour, M. McIntyre. J'ai hâte de commencer !

Aliki guida Batman dehors, Molly partit chercher sa monture et le cours commença.

Deux heures plus tard, les enfants mirent pied à terre et Aliki se massa le fessier.

— Maintenant, je sais ce que vous entendez par « assiette », M. McIntyre ! dit-il en riant aux éclats.

Haku et les autres cowboys ramenèrent les chevaux à l'écurie. Ils avaient monté si longtemps qu'il ne leur restait plus de temps pour apprendre à prendre soin du cheval.

— Oui, c'est difficile de trotter. Lorsque Kai vous donnera votre prochain cours, je veux que tu te focalises sur la manière dont ton frère est ancré sur la selle lorsqu'il trotte. Lani, tu pourras l'aider, murmura-t-il à l'oreille de celle-ci.

— Il ne nous donnera jamais de leçon, dit Aliki.

— Bien sûr que si.

— Non, Aliki a probablement raison, intervint Lani. Kai nous a toujours dit qu'il ne pouvait pas nous apprendre à monter parce qu'il n'était pas un exemple à suivre.

— Pourquoi penserait-il une chose pareille ?

Lani regarda brièvement Aliki, qui semblait triste, humeur rare chez cet enfant.

— Notre père avait tendance à crier sur Kai. Il lui disait toujours qu'il ne devait rien nous enseigner puisqu'il n'était pas un exemple à suivre.

— Mais il utilisait des mots méchants pour le lui dire, dit Aliki en retroussant le nez.

Nom d'un chien.

— Tout ce que vous avez à faire, c'est observer Kai, d'accord ? Il monte encore mieux que moi. Lani, si tu observes Kai, tu seras capable d'aider Aliki.

— Si seulement vous viviez ici, dit Aliki en faisant la moue.

— Peut-être que vous viendrez me rendre visite au ranch un de ces jours.

Aucune lueur d'espoir n'apparut dans le regard des enfants ; cela lui serra le cœur.

Molly sautilla vers lui, faisant un signe de la main au chauffeur du van qui l'attendait patiemment au volant.

— J'aimerais aussi que vous viviez près de chez moi. Je peux vous faire un câlin ?

— Avec plaisir, madame.

Elle sourit, il s'accroupit et elle noua ses bras autour de son cou.

— Je vais demander à maman et papa de me laisser suivre des cours d'équitation dès que nous rentrerons à la maison. Je ne veux rien oublier.

— Tu es bonne cavalière. Continue de monter et je suis certain que nous te verrons dans des spectacles équestres plus tard.

— Oh, je l'espère, dit-elle en le serrant dans ses bras. Je vous verrai à l'hôtel ?

— Je ne sais pas. Je pars de bonne heure demain matin.

— Oh, non ! s'exclama Lani en plaquant une main par-dessus sa bouche.

Il regarda droit dans ces yeux profonds qu'il n'avait vus que rarement pétiller depuis qu'il l'avait rencontrée. C'était comme si tout le poids du monde venait de retomber sur ses épaules.

— Je suis triste de partir, moi aussi.

Et c'était la pure vérité.

Le chauffeur du van donna un coup de klaxon et Molly prit une dernière fois Lani dans ses bras.

— J'espère vraiment te revoir avant de partir. Je suis ici jusqu'au Nouvel An.

Lani lui adressa un léger sourire, mais il n'éclaira pas ses yeux.

— Ça me plairait aussi.

— Eh bien, au revoir, dit Molly, qui semblait sur le point de pleurer. Salut, Aliki.

Elle se retourna et courut jusqu'au van. Rand la regarda partir, puis il posa de nouveau le regard sur les enfants. Noël était clairement terminé si l'on en croyait ces deux visages.

— Comment êtes-vous censés rentrer à la maison ?

Aliki tapa dans un caillou avec son pied.

— Haku va nous ramener lorsqu'il aura terminé.

— Et si je vous ramenais ?

— Ce serait génial.

Lani agrippa le bras d'Aliki.

— Non, nous ne devons pas abuser de la gentillesse de M. McIntyre. C'est son dernier jour de vacances. En plus, il n'y a personne à la maison, alors il vaut mieux attendre Haku.

Rand ne la quitta pas des yeux. L'esprit de cette enfant était peut-être vieux de trois cents ans, mais elle n'avait jamais appris à mentir.

— Je resterai avec vous jusqu'à ce que votre mère ou votre frère rentre, d'accord ? Allez chercher vos affaires. Ma voiture est garée juste ici.

— Non, vraiment, M. McIntyre. Il vaudrait mieux qu'on attende.

Il la regarda droit dans les yeux et elle baissa le regard.

— Allez chercher vos affaires.

Pendant le trajet, Aliki sembla absorber la nervosité de Lani et ils restèrent silencieux. *Je ne sais pas pourquoi, mais j'ai bien l'intention de le découvrir.*

Après avoir conduit le long de l'autoroute jusqu'à ce qu'elle ne puisse plus être appelée « autoroute » sans sourire, ils s'engagèrent sur un chemin de terre rempli d'ornières et roulèrent à travers les arbres et les buissons. Lani, qui était assise près de lui, se crispait un peu plus à chaque virage. Enfin, ils tournèrent à un coin et – *enfoiré*. Le vieux pick-up était garé devant une maison de plain-pied en bardeaux qui semblait avoir profité d'une terrasse par le passé, mais qui ne comptait plus aujourd'hui que quatre marches en bois menant à la porte d'entrée. Rand freina.

— Kai a dû terminer plus tôt, dit Lani en levant les yeux vers lui.

Elle détourna rapidement le regard et fixa l'extérieur.

Quelles étaient les chances que Kai travaille au ranch le lendemain de Noël ? Faibles. Il se gara sur le côté de la route et s'assura que toutes les portières étaient verrouillées pour que, l'un d'eux ne bondisse pas de la voiture, et se précipite pour aller prévenir leur frère que le grand méchant *haole* était là.

— Merci de nous avoir raccompagnés à la maison, M. McIntyre. Je vous souhaite un très bon retour chez vous, dit Lani sans jamais rencontrer son regard.

Aliki remarqua manifestement que sa sœur était stressée.

— Oui, merci, M. McIntyre. Vos cours étaient géniaux. J'aurais aimé en avoir plus. À bientôt, dit-il en tirant la poignée de la portière.

Rand regarda Lani. Le regard de la jeune fille rencontra le sien.

— Kai est en colère contre moi ?

— Je... Je ne pense pas. Peut-être.

— Et il ne veut pas me parler.

102

— Ce n'est pas exactement ça.

Seigneur, elle avait l'air tellement mal à l'aise. Il ne pouvait pas lui faire subir cela.

— D'accord, Lani. Tu pourras dire à Kai que je suis désolé. Je n'avais rien à voir avec le fait que notre fête ait tourné court hier midi. C'était une idée de ma mère. J'aurais dû dire quelque chose, mais je… eh bien, je n'ai pas été un bon hôte. En tout cas, j'aurais aimé lui dire au revoir, mais je ne veux pas rendre les choses plus compliquées pour qui que ce soit.

Il déverrouilla toutes les portières.

— J'ai adoré faire votre connaissance et celle de Kai. J'aimerais ne pas devoir partir, mais je suppose que c'est mieux ainsi.

Aliki ouvrit la portière arrière et, comme Lani ne bougeait pas, il ne sortit pas.

— Il vous aime beaucoup, dit Lani.

— Qui ?

— Kai. Je sais qu'il ne le montre pas, mais il vous aime vraiment beaucoup. J'en suis sûre. Il n'a pas beaucoup d'amis. Tout le monde le connaît, mais il n'est proche de personne.

Aliki se pencha par-dessus le siège.

— C'est vrai. Il est trop occupé à prendre soin de nous.

Lani acquiesça.

— Ce que j'essaye de dire, c'est qu'il aurait besoin d'un ami, expliqua-t-elle.

— Et comment puis-je devenir son ami ?

— Venez lui dire ce que vous venez de nous dire.

— Tu es sûre ? J'ai l'impression que personne ne veut que j'entre dans votre maison. Votre mère n'aime pas avoir de la compagnie ?

— Je pense qu'elle n'est pas là, dit-elle en regardant Aliki. C'est le bon moment pour venir chez nous.

Rand ouvrit sa portière et posa les pieds sur le chemin fait de terre et de gravier. Aliki fit le tour de la voiture et le prit par le bras.

— Suivez-moi !

Il marcha au côté d'Aliki pendant que Lani avançait doucement devant eux. Lorsqu'ils arrivèrent devant les marches, elle se tenait devant la porte d'entrée. Quand Rand monta la dernière marche, Lani ouvrit la porte, passa la tête dans l'embrasure et parla fort :

— Nous avons de la compagnie.

Elle recula et laissa Rand entrer en premier.

103

Je m'attendais à quoi ? Peu importe ce qu'il avait imaginé, ce n'était pas ça. La petite pièce qui rassemblait séjour, salle à manger et cuisine était si propre et claire qu'elle défiait le côté délabré. Un vieux canapé était recouvert d'une couverture colorée représentant des imprimés de fleurs hawaiiennes, puis deux sièges se trouvaient en face de lui, paraissant usés, mais confortables. Au centre de la pièce se trouvait une grande table préparée pour accueillir ses trois convives, avec de la vaisselle dépareillée, mais colorée, et aux fourneaux, vêtu d'un short, de tongs et d'un tablier, se trouvait Kai.

Ce dernier fronça les sourcils, mécontent.

— Que viens-tu faire ici ?

— J'ai ramené les enfants, répondit Rand en croisant les bras.

Je ne bougerai pas.

Les yeux noirs de Kai se rivèrent sur sa sœur.

— Bon sang, Lani !

Rand fit un pas en avant.

— Ne la gronde pas parce que tu es trop peureux pour me dire les choses en face.

— Peureux ?

Il regarda Lani et Aliki, puis il prit une grande inspiration qui fit gonfler sa poitrine.

— C'est compliqué à expliquer.

Rand avança jusqu'au canapé et s'installa.

— J'ai tout mon temps.

Kai laissa échapper un rire méprisant et se retourna vers les oignons qui étaient en train de frire dans sa poêle.

— Retourne voir ta copine et laisse-nous tranquilles.

Rand trouva le regard de Lani ; elle voulait qu'il fasse quelque chose.

— J'ai déjà expliqué à Lani et Aliki combien j'étais désolé d'avoir mis fin à notre fête si brusquement. Ma mère a invité Julie sans me prévenir et j'ai été tellement surpris que ma réaction n'a pas été la bonne. Je m'en excuse.

Aliki marcha vers son frère et enroula ses bras autour de la taille de Kai.

— Hé, *brah*, sois gentil avec le cowboy. C'est notre ami, non ?

Kai baissa les yeux vers son frère. Rand inclina la tête pour observer l'expression de son visage et elle était... douce.

— Oui, *kaikaina*, c'est notre ami.

Il regarda ensuite par-dessus la tête d'Aliki, son visage ne laissant rien transparaître. Sa poitrine se gonfla, se dégonfla et il dit :

— Tu veux rester manger, *brah* ?

— Oui, répondit-il. Ce serait avec plaisir. Je peux t'aider à préparer quelque chose ?

— Aliki mangerait peut-être de la salade si son moniteur d'équitation la préparait ?

Il tint le menton d'Aliki entre ses doigts et le regarda droit dans les yeux. L'enfant retroussa le nez et courut à l'arrière de la maison.

— Change de vêtements et reviens ici pour donner un coup de main, cria Kai.

Lani avait retiré ses bottes et les essuyait avec une serviette.

— Je vais aussi aller me changer. Je reviens tout de suite.

Elle sourit à Rand et sortit de la pièce.

Seuls – enfin.

— Je suis vraiment désolé pour hier.

— Tu n'as aucune raison de l'être. Seigneur, ce que tes parents et toi avez fait pour mes enfants… Je ne peux même pas trouver les mots, dit-il en secouant la tête.

Ses yeux ne quittèrent jamais la poêle dans laquelle il ajouta des tomates, de la viande hachée et tout un tas d'épices qui embaumèrent la pièce et firent gargouiller le ventre de Rand.

— Je veux parler de toi. De toi et moi. Je suis désolé de t'avoir mis dans une situation aussi délicate.

Kai le regarda brièvement, fronça les sourcils et parla tout bas.

— Il n'y a pas de « toi et moi ». Tu es un touriste *haole* qui retourne vivre sa vie dès demain. Je suis un homme à la peau brune, sans diplôme, qui a des bouches à nourrir.

Cette piqûre de rappel était la vérité pure.

— Et si je ne partais pas ?

Les mots lui échappèrent et il les écouta comme si un inconnu les avait prononcés.

Kai le regarda, bouche bée, jeta un coup d'œil rapide vers l'arrière de la maison et versa une grande conserve de tomates dans sa poêle avec tant de force qu'il tacha son tablier.

— Pourquoi ferais-tu ça, bordel ?

— Où est la salade ?

— Quoi ?

— Je prépare la salade, tu te rappelles ?

— Oh.

Il indiqua le réfrigérateur – un appareil qui fonctionnait péniblement, bruyamment et qui aurait peut-être pu rapporter gros dans un salon d'antiquaires.

Il ouvrit le frigo, repéra la tête de la laitue et la sortit. Après s'être casé près de Kai, il attrapa un couteau sur le comptoir, coupa les extrémités de la laitue et la nettoya. Il essuya ensuite chaque feuille avec une serviette en papier et déchira chaque feuille en morceaux dans un grand bol en métal qu'il avait trouvé au-dessus du réfrigérateur.

— Je n'en sais rien.

— Quoi ?

— Je ne sais pas pourquoi je ferais ça. Je sais juste que quand je pense à mon départ, ça ne me plaît pas du tout. Et pourtant, il n'y a rien que j'aime plus que d'être installé devant mon feu de cheminée au ranch, alors je trouve ça très curieux.

— Oublie ça, *brah*. Nous sommes un accident. Jette un œil et continue ton chemin.

— Qu'est-ce que tu as d'autre ?

— Quoi ?

— Pour la salade. Que puis-je mettre dedans ?

Kai secoua la tête.

— Tout ce que tu pourras trouver dans le placard ou le réfrigérateur.

— Je t'aime bien.

Kai plaqua sa cuillère sur le comptoir et posa une main sur le torse de Rand.

— J'ai l'impression d'être tombé dans un monde parallèle.

— Et si je restais simplement jusqu'au Nouvel An ? C'est ce que la plupart des *haoles* font, n'est-ce pas ? Je pourrais passer plus de temps avec les enfants, leur donner un autre cours. Je pourrais voir les Sept Piscines Sacrées.

— Il y en a plus que sept et elles ne sont pas sacrées.

— Peu importe. Tu pourrais me faire visiter Makawao et nous pourrions faire tout ce dont tu as envie... Souvent, murmura-t-il. Disons, toutes les nuits.

Kai jeta un œil vers le couloir – les enfants mettaient un long moment à se changer. Il pressa sa verge à travers son tablier et marmonna : « *Bon Dieu.* »

— En effet, Dieu est très bon.

— Allez, Aliki, allons aider Kai !

— D'accord, Lani, allons lui donner un coup de main !

Rand regarda dans la direction des voix et éclata de rire. Jamais deux phrases n'avaient été si soigneusement répétées et proclamées.

— Je pense qu'ils nous laissaient le temps de nous réconcilier, murmura-t-il.

— Et nous le sommes ?

— Je l'espère.

Il ouvrit le placard et sortit une conserve d'olives noires, puis il prit un peu de céleri et de tomates dans le frigo. Lani se positionna près de lui et lui adressa un sourire conspirateur. *Je me demande ce que les enfants pensent qu'il se passe entre Kai et moi.*

— Que puis-je faire ?

— Assieds-toi à table avec Aliki et racontez à votre grand frère tout ce que nous avons fait aujourd'hui. Voyons ce que vous avez retenu.

Aliki s'assit, mais Lani continua à les aider, remplissant les verres de thé glacé tout en racontant qu'elle avait appris à trotter. Ils s'installèrent tous à table avec du chili et de la salade au bleu – sûrement pour tenter les petits garçons – dans leurs assiettes, puis du pain à l'ail croustillant posé au centre de la table.

— Et je ne peux presque plus m'asseoir, conclut Aliki.

Ils rirent tous, puis commencèrent à manger. Rand prit une grande bouchée.

— Waouh, c'est vraiment bon.

Lani sourit.

— Nous l'appelons le Chili Kai Carne.

— Merci de m'avoir invité.

Elle regarda Rand du coin de l'œil.

— Je t'ai bien entendu dire que tu allais rester plus longtemps ?

Il leva les yeux vers Kai, puis regarda de nouveau son assiette.

— C'est une possibilité. Je dois passer quelques coups de téléphone.

Aliki frappa la table avec le manche de son couteau.

— Excellent ! s'exclama-t-il.

Je vais vraiment faire ça ? Apparemment, oui. Il prit une autre grande bouchée et observa cette pièce douillette pleine de rires et de bonnes senteurs. C'était curieux qu'il n'y ait aucun signe de leur mère.

XII

Rand posa le téléphone sur le lit et mit le haut-parleur.

— Tu m'entends bien ? J'ai enfin réussi à faire fonctionner mon portable ce soir.

— Oui. Ça grésille un peu, mais je t'entends.

— Comment se sont passés les cours ?

— Très bien. Aucun souci, *patrón*.

Manolo était en train de sourire. Rand l'entendait dans sa voix.

— Tu aimerais être le *patrón* pour encore quelques jours ? Enfin, je devrais plutôt dire, serais-tu d'accord pour continuer à l'être ?

Petit silence.

— Tu restes là-bas ?

— J'y réfléchis, mais pas si vous avez besoin de moi. Sois honnête.

— Franchement ? Personne n'a besoin que tu pointes tes sales fesses ici, répliqua-t-il en riant.

Rand rit de bon cœur.

— Sans parler des cours, nos bénéfices augmenteraient-ils si je rentrais ?

— Tout va bien, mon ami. Que se passe-t-il ? Tu dois passer de bien meilleures vacances que prévu. Ta maman a décidé de rester chez elle ?

— Non, elle me donne autant de fil à retordre que prévu. En fait, mon père et elle s'en vont demain. Pour raison professionnelle. Mais j'ai rencontré quelques personnes et j'aimerais passer plus de temps avec elles avant de partir.

— Ce n'est pas vrai ! Tu as rencontré une femme ?

— Non. Pour tout te dire, ce sont deux enfants et un vrai cowboy hawaiien qui veut m'expliquer plus en détail la culture des *paniolos*.

— J'ai entendu parler de ces cowboys hawaiiens. Ça doit être intéressant. Eux et moi partageons sûrement les mêmes ancêtres, tu sais ?

— Oui, j'imagine, ceux qui vivaient il y a plus de deux cents ans.

— Les liens du sang sont importants ! répliqua-t-il en riant.

— Bon, plus sérieusement, devrais-je revenir demain ?

108

— Non. Tout va bien. Nous allons avoir beaucoup de travail, mais pas avant la nouvelle année.

— Je suis heureux de l'entendre. Appelle-moi si nécessaire. Comme je vais quitter cet hôtel luxueux pour une petite maison d'hôtes, le numéro que je t'ai donné ne fonctionnera plus alors, appelle-moi sur mon portable.

— Trop luxueux, pour toi ?

— Oui. C'est un magnifique hôtel, mais comme c'est moi qui vais payer à partir de maintenant, je dois économiser.

— Alors tu restes pour des enfants ? Tu adores vraiment les gosses.

— Oui. Tu ne croiras jamais ce que je fais.

— Je n'ai même pas besoin d'y réfléchir. Je parie que tu leur apprends à monter.

Rand éclata de rire.

— Un Mexicain qui lit dans les pensées.

— Non, seulement dans *tes* pensées. Profites-en, tu as mérité ces vacances. Prends des photos de ces *paniolos*, d'accord ?

— Je n'y manquerai pas. Merci, Manolo.

Il raccrocha. Une étape de franchie. Il sortit de son cottage pour rejoindre celui de ses parents. Lorsqu'il frappa sur la porte ouverte, sa mère avait étalé des sacs sur tout le sol et faisait ses valises.

— Coucou, mon chéri. Tu peux m'expliquer pourquoi tout paraît plus gros quand on fait ses valises pour rentrer ?

Son père décrocha les yeux de son portable omniprésent ; il devait lui aussi avoir du réseau ce soir, comme Rand.

— Parce que tu as dépensé mille dollars au magasin de vêtements ? suggéra son père.

Sa mère sourit et continua à empiler ses vêtements.

— As-tu terminé tes valises ? demanda-t-elle à Rand.

— Oui, mais je suis venu pour vous dire que je ne vais pas rentrer avec vous demain.

— Quoi ?

Même son père le regarda.

— J'ai décidé de rester pour le Nouvel An et de rentrer plus tard.

— Mais tu as fait tes valises, dit-elle, perdue.

— Je vais m'installer dans une maison d'hôtes qui se trouve plus loin, le long de l'autoroute. C'est beaucoup moins cher. Je ne veux pas dépenser l'argent de l'entreprise pour des choses trop extravagantes – même si j'ai vraiment apprécié mon séjour dans cet hôtel, dit-il avec le sourire.

109

Le visage de sa mère changea au ralenti : un froncement de sourcils, une prise de conscience et un énorme sourire.

— Ce ne serait pas en rapport avec… Julie ?

Son dernier mot fut prononcé dans un cri perçant.

— Non, Maman, elle n'a rien à voir avec ma décision. Je suis vraiment intéressé par l'histoire des *paniolos* et j'aimerais prendre le temps d'en apprendre davantage. Je voudrais aller à Makawao. Ils ont un rodéo, un club de danse ; tu sais que j'adore ça.

— Vraiment ? demanda-t-elle, semblant à la fois perdue et mécontente.

— Tu as dit que tu voulais qu'il vienne à Hawaii pour s'amuser, intervint son père. C'est ce qu'il fait. Tu devrais t'en réjouir.

— Oui, je suppose que tu as raison, mon amour, dit-elle en pliant un autre chemisier. Vas-tu passer plus de temps avec les enfants ? demanda-t-elle avant de lever les yeux vers lui. Et avec leur frère ?

Réponds à la question la plus facile.

— Oui. J'aimerais leur donner au moins un autre cours.

— Dire que tu donnes des cours à des enfants dont le frère est un *paniolo*. C'est comme porter de l'eau à la rivière, dit-elle avec un sourire, bien qu'il soit un peu crispé.

— Bien. Je vous verrai demain matin.

Elle regarda son mari.

— Comme Rand ne rentre pas avec nous, nous devrions peut-être prendre l'avion au lieu de conduire ?

— Comme tu veux. Je vais aller vérifier les disponibilités à la réception.

Il se leva, rangea son téléphone et attendit que Rand passe la porte avant de sortir. Une fois dehors, il se tourna vers Rand.

— Elle veut seulement que tu sois heureux.

— Elle a du mal à croire que je le suis.

Son père le serra fort dans ses bras et le regarda du coin de l'œil.

— Elle y croirait davantage si *tu* en étais convaincu.

Il se dirigea vers le bâtiment principal de l'hôtel et lui fit un signe de la main.

— J'espère que nous te verrons bientôt, fils.

J'aime tellement mon père. Rand le regarda s'éloigner, se retourna et se précipita dans son cottage. Il fit passer son sac par-dessus son épaule, trottina le long du bâtiment jusqu'au parking et le jeta dans sa voiture de location. Il réglerait sa note demain matin, mais ce soir, il était décidé à tester le lit de la maison d'hôtes.

Une heure plus tard, il était de retour parmi le commun des mortels. Comme son cottage au Hana Maui, celui de la petite maison d'hôtes donnait sur la plage, mais toute ressemblance s'arrêtait là. Il y avait un lit *queen size* qui grinçait légèrement, des draps plus rêches et, étant donné que Kai était la personne qui le lui avait recommandé, Rand avait tout un tas d'attentes. Il s'enregistra à l'accueil, pendit quelques vêtements dans le placard et mit de côté des litres de lubrifiant dans la table de chevet. Il s'adossa ensuite à la tête de lit, déchaussé, écoutant le bruit des vagues. Il n'avait plus qu'à attendre que Kai trouve un moyen de se libérer – il avait murmuré quelque chose à propos d'une tante qui gardait Lani et Aliki.

Il n'y avait aucune trace d'une tante ou d'une mère dans cette maison. Les enfants dormaient dans la même chambre, donc il y avait bien une chambre supplémentaire au fond du couloir, dont la porte était fermée. Toutes les possessions de leur mère pouvaient-elles se trouver dans cette pièce et nulle part ailleurs ? De plus en plus mystérieux. Pourquoi mentiraient-ils à propos de leur mère ?

Pourquoi Rand s'en souciait-il ? Cinq jours de pure détente l'attendaient – de la meilleure nature. Il laissa retomber sa tête en arrière et ferma les yeux.

MMH. JE suis mort et je suis monté au paradis.

Seigneur ! Il ouvrit soudain les yeux et fixa la chevelure noire et brillante d'une tête qui bougeait en rythme. Rand pénétra une gorge chaude, humide et sa semence fut avalée.

— Nom de Dieu !

Kai libéra la verge de Rand, leva les yeux et sourit, sa salive brillant sur son menton.

— Je devais trouver un moyen afin que tu arrêtes de ronfler.

— Puissent tous mes réveils se dérouler ainsi.

— Tu veux retourner dormir ? demanda-t-il avec le sourire.

— Voyons voir… Dormir ? commença-t-il en retournant une main. Être pris par le magnifique Kai Kealoha ? dit-il en retournant l'autre main. Mince, je ne sais pas quoi choisir.

Cela fit rire Kai.

— Tu as eu du mal à t'échapper de chez toi ?

— Non. Ma tante est avec eux. Il n'y a pas d'inquiétudes à avoir sur cette partie de l'île et Lani est plus responsable que moi.

Rand agita son sexe détendu.

— Je ne suis pas certain qu'il n'y ait pas de quoi s'inquiéter. Des hommes étranges entrent discrètement et vous prennent dans leur bouche pendant que vous dormez.

— Ah, c'est vrai, j'ai failli oublier. Hana est connu pour ses fellations en coup de vent. Mais si on laisse ça de côté, cet endroit est aussi sûr qu'une église.

— Le pire dans cette histoire, c'est que ces hommes s'arrêtent !

Kai retira son tee-shirt.

— Malheureusement, la nature a fait en sorte qu'on ne puisse pas faire une fellation à une personne tout en la pénétrant ; c'est contraire aux lois de l'anatomie humaine. Alors tu vas devoir choisir, cowboy. Je suis à ton service.

Il avait laissé ses tongs à la porte et retira son short, dévoilant sa magnifique verge qui était déjà à moitié dressée.

— Prends-moi. Je t'en supplie, prends-moi.

Rand retira si vite son jean qu'il tomba à la renverse, son jean enroulé autour de ses jambes. *Une tortue de mer.*

— Besoin d'aide ? demanda Kai.

Ce dernier avança jusqu'à Rand sur les genoux, poussa encore plus ses jambes vers sa tête, écarta ses fesses et inséra sa langue entre celles-ci.

— Oh, bon sang.

Une chaleur humide enveloppa son entrée, puis se glissa en lui, envoyant des petits éclairs de plaisir le long de sa colonne vertébrale et dans ses bourses. Il aimait être pris de n'importe quelle manière et celle-ci était une véritable œuvre d'art.

— Bon Dieu, où as-tu appris à faire ça ?

Kai ressortit sa langue.

— Quand j'avais environ treize ans, un gars du continent me l'a fait dans la grange. Je n'ai jamais oublié. Je continue ?

— Ta verge, s'il te plaît.

— Oh, tellement poli. Je garderai mon petit doigt levé pendant que je te ferai monter au septième ciel.

— Je n'en attends pas moins.

Il se tortilla jusqu'à ce qu'il réussisse à retirer son jean, remonta vers la tête du lit, ouvrit le tiroir de la table de chevet et attrapa la bouteille de lubrifiant.

Kai la prit et l'observa.

— Eh bien, avais-tu l'intention de remplir l'aquarium des dauphins ? D'installer un *slip and slide* ?

— J'aime être prévoyant.

— Voyons si nous pouvons utiliser tout ton stock avant que tu rentres.

Cela lui convenait très bien – si l'on oubliait la partie où il devait *rentrer*.

Kai mit un préservatif et le lubrifia, tandis que Rand préparait son entrée. Puis vint le moment de l'anticipation. Kai aligna son membre devant son entrée, lui adressa un sourire nonchalant et le pénétra.

Rand expira, décrispa son fessier – même si celui-ci voulait faire le contraire – et fit de la place à ce visiteur. Il fallut deux pénétrations avant que... Seigneur !

— J'oublie toujours à quel point la brûlure est agréable.

— C'est trop ?

— Non, jamais.

Kai rit et plaça les jambes de Rand près de ses oreilles alors qu'il ondulait contre lui.

— J'adore faire ça, dit Kai.

— Alors nous sommes deux.

— Je veux te prendre sur chaque mètre carré de Maui.

— Tu commences bien.

Kai regarda droit dans les yeux de Rand.

— Tes fesses ont été faites pour moi. Est-ce que tu le sens ? demanda-t-il en se retirant avant de le pénétrer à nouveau.

— Oui.

— Pas trop étroit, pas trop lâche. Parfait. Chaque nerf. Oh, fit-il, son souffle le quittant.

Il le pénétra doucement, se retira jusqu'au gland et le pénétra encore.

Effleurer sa prostate si lentement éveillait chaque cellule de Rand. Comment allait-il réussir à vivre sans cela ?

La respiration de Kai s'accéléra et ses pénétrations aussi – de plus en plus fortes, de plus en plus rapides, la mâchoire serrée, ses cheveux noirs volants et ses yeux fermement clos. L'image de la pure intensité. Rand s'abandonna à la passion, se cambrant lorsque Kai le pénétrait ; leurs peaux claquaient si fort qu'ils durent réveiller les poissons. Le lit grinçant se joignit à leur symphonie et la tête de lit frappa contre le mur. *Claquement, grincement, tamponnement, claquement, grincement, tamponnement ! Impossible de me contrôler.*

— Oh mon Dieu… oh… oh…

L'abdomen de Kai frotta contre la verge palpitante de Rand à chaque ondulation jusqu'à ce qu'une lumière blanche éclate derrière ses paupières.

— Oh, putain !

Peut-on vivre avec un crâne explosé ? Des éclairs de feu parcoururent ses bourses, son ventre, lui coupèrent le souffle et illuminèrent son esprit.

Quelque part au loin, il entendit Kai hurler : « *Nom de Dieu !* »

Rand draina tellement de semence de ses bourses qu'il eut l'impression d'avoir trouvé un puits de pétrole et il jaillissait toujours. Vague après vague. Il tremblait encore de plaisir lorsque Kai se laissa tomber contre son torse. Il put enfin poser ses jambes sur le matelas.

— Je ne bougerai plus jamais de ma vie. Si nous devons faire ça sur chaque mètre carré de Maui, tu vas devoir me porter.

— Non. Je préfère avoir une vue sur tes fesses ici.

Rand resserra son étreinte.

— Tu peux rester ?

— Non, je dois retourner auprès des enfants. Je n'aime pas les laisser seuls la nuit.

Curieux. Être avec leur mère revenait à être « seuls » ?

— FAITES BON voyage. Merci beaucoup de m'avoir invité à venir. C'était très agréable.

Sa mère le regarda d'un œil critique – comme elle l'avait fait plusieurs fois ce matin.

— De toute évidence, oui.

Il essaya de ne pas rougir. Tôt dans la matinée, il s'était précipité hors de la maison d'hôtes, avait conduit jusqu'au Hana Maui et était sorti de son cottage comme s'il y avait passé la nuit. Il se tourna rapidement vers son père et lui tendit la main.

— Bon voyage.

— Profite bien du reste de tes vacances.

Des bruits de pas les firent se retourner. *Eh mince.* Julie marchait le long de l'allée.

— Bonjour. Je voulais venir vous dire au revoir, dit-elle en sortant un collier de fleurs et en le plaçant autour du cou de sa mère avant de la prendre dans ses bras. J'espère que vous prendrez plaisir à découvrir la longue route sinueuse.

Alors que Julie plaçait le collier de fleurs autour du cou de son père, Rand eut droit à un regard noir de sa mère.

— Nous avons finalement décidé de prendre l'avion jusqu'à Kahului.

Julie eut l'air surprise.

— Oh, c'est dommage. Vous auriez adoré voir tous ces magnifiques paysages le long de la route. Mais je comprends que vous ne vouliez pas prendre tant de temps pour rentrer.

Elle voulut mettre un collier à Rand. Il fit un pas en arrière.

— Euh, en fait, je ne rentre pas maintenant. Je vais rester encore quelques jours.

— Oh, vraiment ? demanda-t-elle, étonnée, avant de sourire. C'est génial. Ça veut sûrement dire que tu aimes notre petite partie du monde.

— Oui, enfin, je veux en apprendre davantage sur toute la tradition des *paniolos*. Aller à Makawao. Peut-être acheter quelques livres. Je me suis dit que ça pourrait être des sujets intéressants à aborder avec les visiteurs de mon ranch.

— C'est une très bonne idée.

Elle s'apprêta à continuer de parler, mais elle s'interrompit d'elle-même.

— Appelle-moi si tu as besoin d'aide, finit-elle par dire.

— Merci.

— Je peux quand même te donner ce collier de fleurs. Rien ne dit qu'ils sont réservés aux personnes que l'on accueille ou que l'on quitte.

Elle se mit sur la pointe des pieds, le glissa autour de son cou et déposa un baiser sur sa joue. Il jeta un œil par-dessus sa tête et rencontra le regard de sa mère.

— Merci.

Le chauffeur du van se racla la gorge. Que valait-il mieux faire : passer cinq minutes de plus avec ses parents ou être seul avec Julie ?

— Vous devriez partir ou vous allez manquer votre vol.

Sa mère déposa un autre baiser sur sa joue.

— Amuse-toi bien, mon chéri.

Ses parents montèrent dans le van et partirent.

Rand laissa échapper un long soupir.

— Pourquoi as-tu décidé de rester ?

115

— Il n'y aura pas beaucoup de visiteurs au ranch avant le Nouvel An et je n'arrête pas d'entendre parler d'endroits à Maui que je n'ai pas encore visités. Maman voulait seulement manger des sandwichs au poisson.

Elle pencha la tête sur le côté, dubitative. Julie n'était pas le genre de femme qui jouait les ignorantes jusqu'à obtenir ce qu'elle voulait.

— Je me suis vraiment attaché aux enfants Kealoha, admit-il. Je veux leur donner encore deux cours d'équitation – comme Kai ne veut pas le faire.

— Le nom des enfants est Kahele.

— Quoi ?

— Lani et Aliki Kahele. Ils n'ont pas le même père que Kai.

— Ah, c'est vrai. J'oublie toujours. Que lui est-il arrivé ?

— Je pense qu'il n'a jamais vraiment fait partie de la famille. Personne ne parle de lui.

— Pourtant, il est forcément resté au moins deux ans dans cette ville puisque ses enfants ont deux ans d'écart.

Elle haussa les épaules.

— Je ne suis qu'une *haole* fraîchement débarquée. Qu'en sais-je ? Mais à mon avis, leur mère n'est pas un exemple de stabilité familiale et elle a couché non pas une fois, mais deux fois avec le même bon à rien.

— Au moins, grâce à cela, elle a hérité de deux enfants fantastiques. Quel est le problème avec leur mère ?

— Je n'en ai aucune idée.

Il soupira.

— J'ai l'impression que Kai prend toute la responsabilité quand il s'agit des enfants.

— Oui. C'est étrange. Il est l'image du parfait cowboy, mais il prend soin de ces enfants comme une lionne. Et d'ailleurs, ce n'est pas que Kai ne *veuille* pas apprendre aux enfants à monter. Il ne pense pas pouvoir le faire.

— Oui, j'en suis venu à la même conclusion.

— D'après moi, quelqu'un a dû trop souvent répéter à cet homme qu'il ne valait rien ou qu'il n'était bon à rien.

— Tu as raison. Selon ce que j'ai compris, ce serait l'œuvre de ce bon à rien dont tu viens de me parler.

— Ce qui serait logique. Passer ses nerfs sur le fils de sa compagne. Bon sang, le monde est plein d'abrutis.

Rand fixa la route.

— Il y a quelque chose de curieux. As-tu déjà vu Kai monter à cheval ?

116

— Oui.

— C'est de la poésie. Lani est une cavalière née – sûrement parce qu'elle partage la moitié de ses gênes, dit-il en souriant.

— Tu l'apprécies vraiment beaucoup.

Ce n'était pas une question. Rand la regarda.

— Oui. C'est un homme bon. Je ne peux qu'admirer une personne qui prend soin d'enfants comme il le fait.

— Comment ça se fait que tu n'en aies pas ?

Okay, esquivons le sujet.

— Je pense qu'il vaut mieux qu'un enfant ait deux parents quand c'est possible et j'ai été trop occupé par le travail pour partir à la recherche de mon âme sœur. Qui sait, peut-être qu'un jour j'accueillerais des enfants difficiles au ranch.

Elle sourit.

— Mon cours est à midi. Viens nager si tu en as envie.

— En fait, je vais quitter l'hôtel pour aller dans un endroit plus abordable.

— Oh, où ça ?

— Une maison d'hôtes qui se trouve un peu plus bas le long de la route. Ce n'est pas le Hana Maui, mais j'ai simplement besoin d'un endroit où dormir.

Ne rougis pas. Ne rougis pas.

— Tu as eu des informations de première classe, petit. Qui t'en a parlé ?

— Kai.

Elle sourit et l'expression de son visage traduisit à la fois la curiosité, la spéculation et l'amusement. Ou bien il se faisait des idées.

— Tu as mon numéro. Appelle-moi si tu as besoin de quoi que ce soit.

Elle lui fit un signe de la main et s'en alla, le laissant derrière elle avec un collier de fleurs autour du cou.

XIII

— Je veux rester ici et ne rien faire d'autre qu'en manger pendant un an, d'accord ? déclara Aliki en s'adossant sur le trottoir en bois surélevé en face de la boulangerie, fermant les yeux et croquant doucement dans son beignet en sucette à moitié terminé.

Lani lécha un peu de la crème de son chou.

— Le mien est aussi délicieux, affirma-t-elle.

Rand tapota son ventre.

— Tu vas nous rendre obèses, dit-il en soupirant avant de prendre une autre bouchée de son beignet. Mais ça en vaut la peine.

Kai jeta un œil à cet abdomen musclé et cela lui rappela la sensation de la verge de Rand frottant entre leurs deux corps pendant qu'ils couchaient ensemble. *Waouh. Pense à autre chose.*

— Oui. On dit que c'est la meilleure pâtisserie d'Hawaii et peut-être même du monde.

Il observa la petite ville éclectique de Makawao.

— Que voulez-vous faire ensuite ? demanda-t-il.

— Manger un autre beignet ! s'exclama Aliki.

Lani jeta un œil vers les quelques galeries d'art.

— Tu veux aller faire un tour dans ces magasins, Lani ?

— Non, dit Aliki en retroussant le nez. Pas de shopping. C'est un truc de filles.

— Tu vas bien faire du shopping pour acheter des jeux, non ? Il ne me semble pas que ce soit juste pour les filles.

— C'est différent, dit-il en dégustant sa dernière bouchée de beignet comme si c'était le dernier qu'il n'allait jamais manger.

— Nous allons faire un peu les magasins, prendre un déjeuner et peut-être un autre beignet, puis nous irons visiter le terrain de rodéo, d'accord ? Nous avons manqué le rodéo. C'était plus tôt ce mois-ci. Mais nous pourrons au moins voir l'endroit où il se déroule, dit-il avant de regarder Rand. C'est le plus grand terrain de rodéo d'Hawaii.

— Un de mes employés au ranch fait du rodéo.

Il semblait très heureux de passer du temps avec Kai et les enfants. Curieux, la plupart des hommes qu'il rencontrait ne voulaient pas passer du temps avec son frère et sa sœur, sauf si cela leur permettait d'obtenir des fellations, mais Rand n'était pas comme eux. Évidemment, cela n'empêcherait pas Kai de lui offrir de nombreuses fellations.

Une heure plus tard, Aliki avait changé d'avis concernant le shopping.

— Waouh, ça déchire !

Il était en train de regarder une grande peinture représentant des *paniolos* dans les ranchs de Maui, puis son regard glissa et il resta bouche bée devant la statue d'un cowboy sur un cheval sauvage en train de ruer.

— Regarde, *brah*, ça pourrait être toi ! s'exclama Aliki en désignant la statue.

— Il a raison, dit Rand en se penchant par-dessus l'épaule de Kai. Cette statue te ressemble vraiment. Tu sers de modèle pendant ton temps libre ?

— La lignée familiale de Kai a investi l'île depuis très longtemps, déclara Lani en regardant son grand frère. Il est probablement l'un des descendants du modèle qui a servi à façonner cette statue.

— Carrément ! dit Aliki en levant le poing. Nous devrions l'acheter.

Kai tapota la petite étiquette de prix qui était collée à l'avant du socle sur lequel était fixée la statue.

— Tu as quatre mille dollars qui traînent quelque part, Aliki ? Parce que si c'est le cas, nous allons en avoir besoin pour tes études, dit-il en souriant.

Lorsque Kai leva les yeux, il remarqua le petit creux entre les sourcils de Rand.

— Bon, allons déjeuner.

Alors qu'ils marchaient vers le petit restaurant mexicain qui se trouvait à l'angle, Rand regarda le joli visage de Lani.

— Ta mère est aussi Hawaiienne ?

Ses yeux se baladèrent, puis elle répondit :

— Euh, oui, en grande partie. Elle a aussi quelques ancêtres blancs.

Quelques minutes plus tard, ils croquèrent avec enthousiasme dans leurs *enchiladas* au fromage et leur *chile rellenos*.

— Eh bien, c'est au moins aussi bon que la nourriture mexicaine en Californie, dit Rand en s'essuyant la bouche.

— Nous avons des liens plus forts que vous avec Mexico – enfin, si l'on oublie le fait qu'ils possédaient la Californie et que vous, les *haoles*, leur avez volé, répliqua Kai en riant.

Rand fit tourner sa fourchette en l'air.

— Au nom du fléau blanc de cette Terre, c'est sacrément bon.

Lani s'esclaffa ; Rand lui donna un petit coup de coude et lui fit un clin d'œil. Kai prit une petite bouchée de son plat. Encourager Rand à rester était peut-être une mauvaise idée. En plus de la possibilité d'être découvert, cela signifiait aussi que les enfants allaient s'attacher encore plus à lui. *Ce sera vraiment dur pour eux lorsqu'il partira.*

Ils quittèrent le restaurant avec le ventre plein et se dirigèrent vers le terrain de rodéo. Lorsqu'ils passèrent devant un club très populaire, ils entendirent de la musique de *line-dance* à travers la porte d'entrée. Kai regarda ce qui se passait à l'intérieur.

— Ils doivent organiser des événements pendant les vacances. Généralement, ils ne font pas de *danse en ligne* avant la tombée de la nuit.

Le visage de Rand s'illumina comme le sapin de Noël qui se trouvait sur la pelouse à l'avant de l'église. *Ce cowboy aime vraiment danser.*

— Pouvons-nous entrer ? demanda Lani en prenant le bras de Kai. Je pense que Rand aimerait bien y aller.

Aliki laissa retomber ses épaules.

— Danser ? Ah non ! Je pensais que nous allions au terrain de rodéo.

Kai fixa les yeux bleus et brillants de Rand.

— Non. Je pense que nous devrions entrer dans ce club.

L'endroit était bondé et sombre par rapport au soleil qui étincelait dehors, mais ses yeux s'habituèrent à l'obscurité et il remarqua qu'il y avait d'autres enfants à l'intérieur. C'était bon signe. Une femme accompagnée de trois autres personnes lui fit signe pour lui faire comprendre qu'ils étaient sur le point de partir. Il se glissa à travers la foule, esquiva quelques danseurs et atteignit sa table.

— Merci beaucoup.

— Pour un cowboy aussi beau que vous, pas de problème.

Elle lui fit un clin d'œil et suivit ses compagnons vers la sortie. Rand accompagna les enfants jusqu'à la table et se rendit au bar pour aller leur chercher à boire.

— Ne fais pas ton grincheux, dit Lani en enfonçant son doigt dans les côtes d'Aliki. Rand a fait beaucoup pour nous et j'ai l'impression qu'il adore danser.

— Comment va-t-il pouvoir danser ici ? fit remarquer Aliki en regardant autour de lui. Il ne connaît personne.

120

— C'est ce qu'il y a de bien avec la *danse en ligne*, répondit Kai en souriant. Tu peux la pratiquer où tu veux et avec qui tu veux.

Rand se fraya un chemin jusqu'à leur table et déposa des bouteilles de racinette fraîche.

— Ce qu'il y a de bien avec la *dance en ligne* c'est que nous allons vous l'apprendre, dit-il en attrapant les mains d'Aliki pour le faire lever de sa chaise.

— Pas moyen !

— Oh si, il y a moyen, dit-il en regardant Kai et Lani. Allez, vous deux, en piste !

Rand forma une autre ligne à l'arrière de la salle et plaça Aliki près de lui. Kai guida Lani près d'Aliki et se tint debout près d'elle. Rand frappa des mains en rythme.

— Okay. *Country Slide*. Nous allons faire un pas, rassemblé, un pas, talon. Regardez.

La manière dont il arrivait à faire bouger ce grand corps si élégamment restait un mystère, mais bon sang, qu'il était séduisant. Au début, Aliki suivit Rand avec maladresse, mais ensuite, son enthousiasme naturel prit le dessus. Lani regarda autour d'elle pour être sûre que personne ne la regardait, puis elle entra dans la danse comme si elle en avait fait toute sa vie. Deux minutes plus tard, les enfants frappaient des mains et dansaient aussi bien que le reste de l'assemblée.

La musique changea et Rand repassa rapidement en mode « prof », expliquant les pas du *Cowboy Charleston*. Comme les enfants connaissaient maintenant les bases et s'étaient un peu désinhibés, ils assimilèrent rapidement les pas.

Lorsque « *What Was I Thinkin* » commença à jouer, Rand regarda Kai. Il continua à faire les pas qu'il avait enseignés à Aliki et Lani, mais ajouta quelques variations : tours, jetés du pied et *two-step*. Kai fit de même. Ils dansèrent autour et entre les enfants, qui riaient et frappaient dans leurs mains. D'autres personnes commencèrent à frapper des mains et une femme siffla. Aliki arrêta de danser, puis Lani, laissant Rand et Kai danser ensemble. *Oh, bon sang, regardez-moi ce fessier*. Rand se tourna et s'éloigna en dansant tout en jouant du bassin. L'alliance de ces hanches minces et de ces fesses rebondies et musclées enveloppées par du jean usé envoya le sexe de Kai sur son propre rodéo, sans aucun chronomètre en vue. Il sentait le bout de sa verge frotter contre son jean rêche pendant qu'il dansait. Le regard de Rand descendit, ses yeux s'élargirent, puis la lueur

121

que Kai vit dans son regard faillit faire fondre sa boucle de ceinture. Nom de Dieu, il pourrait commencer à prendre Rand maintenant et ne finir qu'au Noël suivant.

Kai regarda autour de lui. Les clients avaient les yeux rivés sur eux. *Sors de la piste.* Il tourna, glissa et atterrit sur une chaise de leur table. Lani et Aliki étaient déjà installés, en train de les applaudir, mais Lani le regardait avec un sourire et de grands yeux curieux. *Mince, elle a douze ans, elle n'est pas aveugle. Fais plus attention.*

Rand dansa jusqu'à la table et s'effondra sur une chaise, riant alors que les clients lui faisaient signe et sifflaient.

— C'était amusant. Vous avez aimé danser ?

— Oui ! C'était hyper génial ! répondit Aliki en se laissant tomber contre le dossier.

Un converti plein d'enthousiasme.

Lani regarda Rand, puis Kai.

— J'ai adoré. Mais tous les deux, vous devriez danser tout le temps ensemble.

Kai réprima un froncement de sourcils. *Elle n'insinue rien par là.*

— Oui, sauf qu'on ne nous laisserait pas danser ensemble dans beaucoup de clubs pour cowboys, tu peux en être sûre.

— Quel dommage !

Elle sirota sa racinette comme si elle ne venait pas de soutenir la cause gay.

Le téléphone de Rand sonna. Il inclina la tête.

— Waouh. Cette chose n'a pratiquement pas fonctionné de toute la semaine.

Il baissa les yeux sur son téléphone et fronça les sourcils.

— J'en ai juste pour un instant.

Il décrocha.

— Mme Orwell, c'est bien vous ?

Il écouta.

— Non, je suis toujours à Maui. Oui, j'ai décidé de rester encore quelques jours.

Il sourit à Kai.

— Est-ce que tout va bien ?

Le creux entre ses sourcils apparut tel un cratère.

— Vous ne me dérangez pas. Non. Je ne suis pas à Hana, je suis à Makawao.

Il écouta attentivement.

— Mme O., attendez un instant.

Il posa son pouce au-dessus du micro.

— Sommes-nous loin de Paia ?

— Nous sommes à quinze minutes.

— Sérieusement ? Est-ce que ça te dérangerait que nous allions là-bas ? Mon amie a un grand problème. Elle…

Kai l'arrêta d'un signe de main.

— Nous y serons bientôt. Tu nous diras ce qui se passe sur le trajet.

Seul Rand pouvait se lier d'amitié avec une personne qui l'appellerait avant n'importe qui d'autre sur une île où lui-même ne connaissait personne.

Kai était sur le point de sortir de l'argent lorsque Rand attrapa l'addition, marcha jusqu'au comptoir et la paya. Kai réunit les enfants et ils se précipitèrent tous vers la sortie. Ils rejoignirent la voiture de location qui était garée à quelques pâtés de maisons. En montant en voiture, Kai rigola.

— Je devrais vendre cette place de parking aux enchères. Il n'y a rien de plus rare à Makawao en plein milieu de la journée.

Il recula et prit une autre route que celle qu'ils avaient empruntée pour venir, mais qui menait aussi en bas de la montagne.

— Alors, que se passe-t-il ?

Aliki se pencha en avant, malgré sa ceinture, pour se rapprocher de Rand.

— Oui, oncle Rand, que se passe-t-il ?

Oncle Rand ? Waouh. Mon cœur s'est arrêté.

Rand se contenta de sourire, comme si c'était la chose la plus naturelle du monde que les enfants de Kai utilisent le mot « oncle » pour s'adresser à lui, puis il se tourna sur son siège pour pouvoir regarder vers l'arrière de la voiture.

— La personne qui m'a appelé est une amie que j'ai rencontrée dans l'avion en venant à Maui. Mme Orwell. Je vous ai dit que j'avais le vertige ? Eh bien, j'ai aussi peur de voler et je ne suis pas sûr que je serais arrivé vivant sur cette île sans elle, dit-il en riant, et les enfants firent de même. Elle doit avoir au moins quatre-vingts ans. Enfin bref… Sa fille, que j'ai rencontrée en coup de vent, est mariée à un militaire qui est déployé à l'étranger. Elle a aussi été mariée à une personne très mauvaise et, apparemment, cet homme vient de les appeler pour les menacer. Mme Orwell s'est rappelé que je devais partir ces jours-ci et s'est dit que j'allais peut-être emprunter la route qui passe par l'endroit où elle se trouve. Elle pense que si un homme de ma carrure vient chez elle, cela pourrait effrayer cet homme et le faire réfléchir à deux fois avant de revenir.

— Pourquoi n'appelle-t-elle pas la police ? demanda Kai en ralentissant aux abords de Paia. Quelle direction ?

Rand regarda son téléphone. Elle devait lui avoir indiqué le chemin.

— Prends à droite. L'ancien mari est aussi un militaire et je suppose que les lois et la justice sont un peu... injustes envers les femmes dans ces situations. De toute façon, je vais sûrement devoir appeler la police comme nous ne pouvons pas rester longtemps, mais dans l'avion, je lui ai dit que si un jour elle avait besoin de quoi que ce soit, je serais là.

— Eh bien, elle a vraiment dû te sauver la vie.

— Tu n'as pas idée.

C'était curieux. Rand semblait tellement détendu et calme lorsqu'il était sous pression. C'était difficile de l'imaginer effrayé.

Rand fronça les sourcils.

— Quand nous arriverons à la maison, laisse-moi faire un état des lieux de la situation. Je ne veux pas que Lani et Aliki soient mis en danger. Prends à gauche, ici.

Alors que Makawao était dédié aux cowboys et à l'art, Paia représentait la tradition du surf – à petite échelle. La ville ne comptait que quelques milliers d'habitants, mais tous les magasins vendaient des équipements de surf et des centaines de planches de surf étaient alignées le long des trottoirs.

Ils traversèrent le centre-ville jusqu'à un petit quartier, puis s'arrêtèrent près d'une maison à colonnes de deux étages ; il y avait l'équivalent de deux étages et demi au-dessus de la porte d'entrée. Il y avait un grand balcon au deuxième étage qui devait avoir une vue magnifique sur l'océan. Pourtant, cette maison ne donnait pas une impression de richesse et les jouets éparpillés sur la pelouse la rendaient accueillante.

— C'est l'adresse que tu m'as indiquée, déclara Kai en désignant la maison.

— Je pense que c'est la bonne. Restez ici pendant que je vais voir ce qu'il en est.

— Non. Je peux laisser les enfants dans la voiture. Ils ne bougeront pas. Si cet homme surveille la maison, nous devrions lui faire doublement peur.

Rand le regarda et hocha brièvement la tête. Il ouvrit la portière et sortit. Kai se tourna vers les enfants.

— Restez ici. Verrouillez les portières, d'accord ?

Il n'avait rien à ajouter. Lani savait mieux que lui ce qu'il fallait faire.

Il sortit, claqua la portière, afficha son expression la plus sévère et marcha au côté de Rand. *D'accord, Rand fait environ huit centimètres et vingt kilos de plus que moi, mais je suis tout de même imposant.* Il sourit, puis reprit immédiatement une expression grave.

Rand leva la main pour frapper et la porte s'ouvrit brusquement. Une dame âgée se précipita en avant et le prit dans ses bras.

— Je suis navrée de vous déranger, mon cher. J'ai juste tenté ma chance en me disant que vous étiez peut-être dans le coin.

— Vous m'avez appelé au bon moment, dit-il avant de se tourner vers Kai. Mme Orwell, voici mon ami, Kai Kealoha.

— Un autre cowboy. Qui aurait pu penser que vous vous trouveriez l'un l'autre sur une île au beau milieu du Pacifique ?

Que voulait-elle dire par là ? Kai tendit une main, mais elle le prit dans ses bras.

— Kai s'est dit qu'il serait plus intimidant de voir deux hommes qu'un seul.

Une femme d'une quarantaine d'années, paraissant nerveuse, sortit de ce qui devait être la cuisine avec son bras autour d'une adolescente. Deux autres filles, qui devaient avoir deux ans de moins qu'Aliki, observaient ce qui était en train de se passer depuis l'escalier qui menait au deuxième étage.

— Voici ma fille, Genevieve, et sa fille, Katie, dit Mme Orwell en désignant la jeune fille dans les bras de sa mère. Puis là-haut, ce sont ses deux autres filles, Olivia et Melissa.

— Je vous en prie, asseyez-vous, leur dit Genevieve en indiquant le canapé dans le salon. Je vais nous préparer quelque chose à boire.

Rand leva une main.

— D'abord, dites-nous quelle est la situation. Le petit frère et la petite sœur de Kai sont dans la voiture. Est-ce qu'il est prudent de les faire entrer dans la maison ?

Mme Orwell fronça les sourcils.

— Nous ne l'avons pas vu aujourd'hui. Il a appelé Genevieve la nuit dernière pour lui dire qu'il était de retour sur l'île. Il a appelé aujourd'hui, ivre, et n'a pas cessé de répéter qu'il allait venir chercher Katie. Il ne sait peut-être pas où elle se trouve, mais nous n'en sommes pas certaines.

— Penses-tu qu'il pourrait faire quelque chose d'inattendu ? demanda Rand à Katie.

Genevieve serra sa fille dans ses bras.

— Malheureusement, Katie ne le connaît que trop bien. C'est un homme violent, alors nous pouvons nous attendre à tout de sa part.

— Toutes les filles sont les siennes ? demanda Rand en leur souriant.

— Katie, oui. Olivia et Melissa sont les enfants de mon second mari.

— Qu'est-ce que tu en dis ? demanda Rand à Kai.

— Je vais aller les chercher.

Dès qu'il ouvrit la porte d'entrée, Lani et Aliki sortirent de la voiture. Ils voulaient manifestement se joindre à eux. Il les fit rentrer et les présenta à Mme Orwell et sa fille.

— Voici Katie, dit Mme Orwell. Et dans l'escalier se trouvent Olivia et Melissa.

— Tu es en infériorité, Aliki, se moqua Kai.

— Ce n'est pas grave, répondit-il en haussant les épaules. Qui aime les jeux vidéo ?

Il sortit sa console et les plus jeunes filles levèrent immédiatement la main.

— Je vais vous apprendre à vous en servir, d'accord ?

Kai sourit. Ce garçon cachait bien son cœur tendre. Il avait dû sentir que les filles étaient tendues. Kai leva les yeux et surprit Rand souriant en regardant Aliki.

— Salut, dit Lani en s'approchant de Katie.

— Salut, répondit Katie en souriant. Tu veux voir ma chambre ?

— Avec plaisir.

Tous les enfants se rendirent en haut. Bien. Si un abruti se ramenait, ils ne seraient pas là pour le voir.

— Je vous en prie, asseyez-vous, dit Genevieve en leur faisant signe d'avancer vers le salon. Je me doute que vous ne pouvez pas rester longtemps, mais Maman s'est dit que si mon ex-mari était en train de surveiller la maison, il pourrait se dégonfler en voyant des hommes imposants à l'intérieur.

— Un homme de grande taille dit Kai en désignant Rand avec un sourire. Un homme de taille moyenne, dit-il en s'inclinant légèrement.

Sa remarque détendit un peu l'atmosphère. Les rires des enfants au deuxième étage semblèrent aussi calmer un peu tout le monde.

— Avez-vous déjeuné ? demanda Mme Orwell.

— Oh oui, répondit Rand en hochant la tête. Kai nous a montré la qualité supérieure de la cuisine mexicaine à Makawao et ma ligne ne va jamais s'en remettre.

— Je ne vois rien qui cloche avec votre ligne, mon joli, rétorqua Mme Orwell en riant.

Elle avait totalement raison.

— Il est donc temps de passer au dessert, continua-t-elle. J'ai préparé des cookies aux flocons d'avoine et aux raisins hier soir. Je pense qu'ils vont avoir un franc succès là-haut.

Kai et Rand suivirent Mme Orwell et Genevieve dans la cuisine et, vingt minutes plus tard, ils en sortirent avec des assiettes contenant de la glace à la vanille recouverte de cannelle et garnie des cookies les plus alléchants que Kai ait jamais vus. Ils transportèrent le tout sur des plateaux jusqu'au deuxième étage, où les chambres des enfants étaient installées le long d'un couloir qui menait jusqu'aux portes du balcon. Lani et Katie étaient assises sur le lit de cette dernière, en pleine conversation. Elles se turent lorsque Rand entra, mais acceptèrent avec plaisir ces petites merveilles.

Les plus jeunes bondirent et crièrent, suivant l'exemple d'un Aliki enthousiaste. Tout le monde était silencieux lorsqu'ils partirent, envoûtés par la vanille et les flocons d'avoine. Kai et Rand avancèrent jusqu'en haut des marches et Rand se retourna, jeta un œil vers les chambres des enfants, puis sourit et glissa un bout de cookie entre les lèvres de Kai.

— Coquin, dit Kai avant d'accepter le cookie en le léchant.

Il réussit à prendre le bout du doigt de Rand dans sa bouche en même temps. Oh, doux et sucré – et il ne parlait pas du cookie.

Les yeux de Rand se mirent instantanément à briller, ce qui lui rappela le fessier de Rand lorsqu'il dansait, ce qui rappela à son sexe combien il aimerait se trouver en Rand, ce qui lui rappela... oui, réaction en chaîne. Kai suça le doigt plus fort.

— J'aimerais qu'il s'agisse d'une autre partie de mon corps, murmura Rand.

— Alors nous sommes deux, bébé.

— Tu penses que nous manquerions à quelqu'un si nous disparaissions dans la salle de bain pendant deux heures ?

Kai rit doucement.

— Tu penses que tu pourrais te retenir de jouir si longtemps lorsque je serai en toi ?

— Non. J'ai l'intention de jouir au moins trois fois.

— Bon sang, Rand, dit-il en attrapant sa verge et la serrant pour qu'elle ne se dresse pas.

— Je me ferai pardonner plus tard.

— Tu as plutôt intérêt, oui.

— Descendons avant qu'elles mangent tous les cookies.

Ils descendirent les marches en riant.

XIV

LORSQU'ILS ENTRÈRENT dans le salon, Mme Orwell leur tendit deux assiettes de crème glacée et ils commencèrent à la manger, ainsi que les cookies.

Rand sourit et se lécha les lèvres.

— Merci, Mme O. Je pensais ne plus jamais pouvoir manger, mais ces cookies sont exceptionnels.

Elle but une gorgée de son thé.

— Comment vous êtes-vous rencontrés ? demanda-t-elle.

Rand adressa un sourire à Kai.

— Nous aimons tous les deux danser et j'ai terminé dans un club pour cowboys où Kai dansait le *two-step*.

— Nous ne sommes pas compétiteurs, loin de là, dit Kai avec un rire ironique. Chacun de nous a tenté de montrer à l'autre qu'il était le meilleur et quand nous avons compris que ça ne mènerait nulle part, nous avons décidé d'être amis.

— Kai organise des balades à cheval pour les clients du Hana Maui et, je ne sais comment, il a réussi à me persuader de donner quelques cours d'équitation. Le reste est de l'histoire ancienne.

— N'est-ce pas merveilleux ? dit-elle en souriant. Je suis tellement heureuse que ce séjour se soit si bien passé, Rand. Rappelez-vous, je vous avais dit que ce serait le cas.

Rand leva les yeux, commença à sourire et s'arrêta. La chaleur monta le long de son cou et il jeta un œil vers Kai, qui fronça les sourcils.

— Non, Mme O., ce n'est pas ce que vous croyez. Ce que je veux dire, c'est que...

Un grand fracas résonna dans la cuisine, comme si du verre était en train de se briser et du bois en train de craquer. Mme Orwell et Genevieve hurlèrent toutes les deux et Rand se mit immédiatement debout. Kai fit de même une seconde plus tard. Avant que Rand puisse sortir du salon, un homme roux et imposant s'introduisit dans la pièce, en bonne forme physique à l'exception d'un petit ventre, qui commençait à apparaître à cause de la bière, et d'une lueur de folie dans les yeux.

— Où est-elle ? Je veux récupérer ma fille ! Tu n'as pas le droit de la confier à n'importe quel autre homme.

Rand se plaça entre le visiteur en colère et les autres – dont Kai.

Mme Orwell s'avança légèrement.

— Arrête, Mitchell. Personne n'a confié ta fille à qui que ce soit. Si tu te conduis en bon père, tu pourras passer autant de temps que tu veux avec Katie.

— Espèce de fouteuse de merde, dit-il en levant une main.

Rand s'approcha de l'homme et la lui attrapa.

— N'y pense même pas, l'avertit-il.

— Qui t'es, toi ? demanda-t-il en voulant retirer sa main, mais Rand ne le libéra pas.

— Une personne qui apprécie les femmes de cette maison et qui est assez fort pour s'assurer que tu ne leur fais aucun mal. Tu devrais partir, décuver et venir discuter avec Genevieve pour savoir quand tu peux voir Katie, d'accord ?

— Oh, mais oui, quelle idée géniale ! rétorqua l'homme en ricanant.

Il se libéra brusquement de la prise de Rand.

— Je veux simplement voir ma gosse, dit-il, les larmes lui montant aux yeux.

Il devait être sous l'effet de la drogue. Personne ne changeait si rapidement d'humeur.

Genevieve prit pour la première fois la parole depuis que cet abruti était entré.

— Va-t'en, Mitch. Appelle-moi plus tard et nous nous arrangerons afin que tu voies Katie sous la supervision, du tribunal.

Il tituba en arrière, se heurta au mur, jeta un bras de manière dramatique par-dessus ses yeux et commença à pleurer.

Eh bien. Peut-être était-il vraiment déchiré de ne pas voir Katie. Rand avança vers lui. Mitch s'écarta du mur, bouscula brutalement Rand, le faisant reculer de deux pas, esquiva Kai et se précipita vers les escaliers, Kai sur ses talons.

Merde ! Rand se précipita à leur poursuite.

— Attrape-le, Kai !

Rand arriva en haut des escaliers deux secondes après eux, juste à temps pour se retrouver bouche bée. Dans l'embrasure de la porte de la chambre de Katie se tenait Lani, une batte de baseball dans les mains, prête à frapper, son regard noir posé sur Mitch.

130

— Approche-toi d'elle et tu vas le regretter.

Cela aurait dû être comique – ou peut-être mignon. Mais pas du tout. Une personne sensée ne pouvait que la prendre au sérieux.

Rand leva une main.

— Tout va bien, Lani. Nous allons nous occuper de lui.

Rand avança d'un pas au moment où Kai se jetait sur Mitch en enroulant un bras autour de son cou pour le neutraliser. Mitch devait faire environ dix kilos de plus que Rand, ce qui voulait dire qu'il en faisait trente de plus que Kai. L'élan donné par la prise fit partir le corps imposant de l'homme vers celui de Kai, qui trébucha et heurta violemment le mur, emportant Mitch avec lui ; ce dernier écrasa Kai contre le mur en plâtre et se libéra de la prise.

Lani avança vers Mitch en agitant la batte.

— Laisse mon frère tranquille !

Rand s'interposa entre Lani et Mitch au moment où celui-ci se retournait, attrapait Kai par le cou et commençait à le traîner le long du couloir, vers les portes menant au balcon.

— Kai ! cria Rand.

Il fit deux grands pas vers lui jusqu'à ce que la main droite de Mitch, celle qui ne tentait pas de briser le cou de Kai, se glisse dans une poche pour en sortir une lame – petite, mais suffisante pour trancher une jugulaire. *Merde !* Rand cessa d'avancer et leva les mains.

— Ne fais pas l'idiot.

— Kai ! hurla Lani.

Lorsqu'il entendit un cri aigu, Rand se retourna et vit Aliki, les yeux ronds et la bouche ouverte, qui observait son frère en train de se faire traîner jusqu'au balcon.

— Lani, occupe-toi d'Aliki, cria Rand.

Puis il suivit Mitch pas à pas. L'homme traînait Kai derrière lui, qui se débattait pour respirer malgré la prise autour de son cou. *Seigneur, ça doit faire extrêmement mal.*

— Mitch, c'est stupide. Tu ne peux pas t'échapper par le balcon. Libère Kai et nous te laisserons partir par les escaliers.

— Je ne partirai pas sans ma fille.

— Tu sais que c'est impossible. Tu serais arrêté pour enlèvement.

— Il faudrait d'abord qu'ils me retrouvent.

Derrière Rand, Lani dit avec une voix pleine de venin :

— Tu veux seulement la récupérer pour pouvoir à nouveau lui taper dessus.

C'est quoi ce bordel ? Rand jeta un œil par-dessus son épaule. Les yeux de Lani se plissèrent et ses mains étaient toujours fermement enroulées autour de la batte. Elle se tenait seulement deux pas derrière lui.

Rand observa Mitch, qui fixait Lani comme si elle était une vipère venue tout droit de l'Enfer.

— Éloignez cette garce de moi !

En un mouvement, Rand attrapa la batte de baseball des mains de Lani, se jeta sur le sol du balcon et donna un coup dans les genoux de Mitch, le frappant avec puissance.

— Nom de Dieu ! hurla-t-il avant de chuter comme un repentant en prière.

Il libéra Kai, qui vacilla en arrière et, dans un ralenti terrible, passa pardessus la rambarde du balcon.

— Kai. Non ! Non ! hurla Rand.

Il se releva d'un bond, frappa Mitch à la tête jusqu'à ce qu'il s'effondre, jeta la batte sur le sol et se précipita vers la rambarde du balcon, imaginant déjà le corps meurtri de Kai gisant plus bas. Tremblant, il regarda dans le vide... et vit le visage de Kai. Il se tenait d'une main à un porte-drapeau fixé à environ un demi-étage sous lui.

— Merde.

Kai balança son bras vers le haut et essaya de s'agripper au porte-drapeau avec son autre main, mais celui-ci était trop petit. Il tenta de mettre une main par-dessus l'autre, mais elle glissa.

— Aide-le, dit Lani en s'approchant de Rand. Je t'en supplie.

Rand hocha la tête alors même qu'il était étourdi et que son sang était glacé.

— Va dire à Mme O. d'appeler la police.

— Elle l'a déjà fait.

— Bien.

Il courut de l'autre côté du grand balcon, à l'endroit où se trouvaient des chaises en fer autour d'une grande table en fer.

— Aide-moi.

Il commença à traîner la table jusqu'à la rambarde du balcon.

— Tiens bon, Kai.

Mme Orwell et Genevieve se précipitèrent sur le balcon et les aidèrent à pousser.

— De la corde. Trouvez-moi de la corde.

Genevieve partit en courant et Rand rampa sur la table pour regarder vers le bas.

Kai leva les yeux vers lui et secoua légèrement la tête.

— Kai, ne lâche pas prise, d'accord ? Je serai là dans une seconde.

Oh, bon sang. Suis-je vraiment capable de le faire ?

— Dépêche-toi, dit Kai.

Oh, Seigneur. Il ne doit rien arriver à Kai. Rien.

Genevieve se précipita vers lui avec la corde jaune que l'on utilisait pour accrocher des choses sur le toit des voitures. Il entendit une sirène, mais elle était trop lointaine. Rand noua une partie de la corde autour de sa taille et accrocha l'autre extrémité au pied de la table.

— Asseyez-vous tous sur la table, ordonna-t-il.

Les enfants et Genevieve s'entassèrent dessus. Même Mme Orwell réussit à poser une fesse sur le bord de la table.

Maintenant, il ne faut pas que je me rate.

Il glissa par-dessus la rambarde du balcon sur ses hanches et tendit les bras aussi loin que possible. Mais ce n'était pas assez. Kai ne devait ni bouger ni s'agiter. Il n'aurait qu'un seul essai pour attraper la main de Rand et s'il n'y arrivait pas, ce serait la mort assurée.

Rand glissa un peu plus loin, au point d'équilibre. Une sensation l'envahit, une voix dans ses oreilles. *Tu ne pensais quand même pas que je voulais coucher avec toi, tafiole ? Jamais je ne toucherai un corps maigre comme le tien. Tu n'es bon qu'à une chose : mourir. Meurs, imbécile, meurs.* Le long couteau de cuisine l'incitait à avancer ; la terre et les cailloux de la falaise craquaient sous ses pieds. Tout en lui se décomposa. Le garçon dont il pensait être amoureux. Le garçon qui était censé être amoureux de lui. Mourir semblait facile.

Il secoua la tête. *Non, idiot. Kai est important. Il doit vivre.* Il poussa un grand coup et glissa en avant pour se pencher dans le vide, tout son poids retenu par la corde.

Ce n'est pas mourir qui est difficile. C'est la chute.

Je me fiche de la chute. Kai vivra.

Chaque nerf de son corps se crispa lorsqu'il entendit le bruit de la table crissant sur le sol en béton du balcon. *Qu'arrivera-t-il lorsque nous ajouterons le poids de Kai au mien ?*

— Rand. Je ne peux plus tenir. Désolé. Je suis tellement désolé.

Les yeux de Kai se fermèrent.

133

— N'y pense même pas.

Avec de l'élan, Rand attrapa la main de Kai sur le porte-drapeau, puis tendit son autre main pour attraper son poignet. Le crissement de la table et les cris des enfants résonnèrent dans le voisinage. Rand descendait de plus en plus bas, son courage le quittant plus vite que son corps ne chutait ; il tenait Kai, mais ne pouvait rien faire pour stopper leur descente.

— On vous tient !

Des mains puissantes attrapèrent les jambes de Rand – au moins quatre – et, petit à petit, il commença à remonter.

La voix qui se tenait au-dessus de lui cria :

— Continuez à le tenir. Nous sommes en train d'installer un filet en bas.

Rand décrocha son regard de Kai et observa la rue dans laquelle se trouvaient deux camions de pompiers et une voiture de police. La prise sur ses jambes se raffermit et il resserra sa propre prise sur les mains de Kai.

— Ils me tiennent et je te tiens, haleta-t-il.

Kai semblait épuisé, mais il esquissa tout de même un sourire. Rand comprenait ce sentiment d'épuisement. Il avait l'impression que ses bras brûlaient comme si quelqu'un y avait mis le feu, que ses jambes étaient sur le point de se déchirer au niveau des chevilles et que son cerveau était frit. *Ne réfléchis pas. Tiens le coup.*

Au sol, un tas de personnes déroulèrent un grand filet. Rand le désigna du menton.

— Il y a un filet. Même si tu tombes, tu t'en sortiras.

Kai cligna des yeux.

Rand ressentit un tiraillement dans ses jambes et il remonta de quelques centimètres.

— Lâchez-le, cria une voix. Ils le rattraperont.

Rand regarda Kai. *Bordel, non.*

— Impossible. Il pourrait se blesser. Faites nous remonter.

Quelqu'un grommela, mais le tiraillement dans ses jambes s'intensifia. *Bon sang, mes bijoux de famille pourraient ne pas s'en sortir vivants.* Il eut extrêmement mal lorsque son entrejambe glissa par-dessus la rambarde. Cependant, cela rapprocha ses jambes de la terrasse. Il essaya de hisser Kai plus haut, mais la douleur lancinante dans son épaule l'empêcha de bouger son bras. *Tiens le coup.*

Enfin, ses pieds touchèrent le sol, deux personnes se pressèrent contre lui pour prendre la relève en attrapant le bras de Kai et le sang circula de nouveau dans ses membres. C'était un moment parfait. *Bon Dieu.* Il s'effondra sur le sol, rassemblant toute sa volonté pour ne pas hurler. Il se frottait les bras alors que Kai apparaissait au-dessus de la rambarde du balcon.

Rand ne le quitta pas des yeux. Son cœur battit dans sa poitrine, des larmes chaudes se formèrent au coin de ses yeux et il avait du mal à... *passons.* Il se mit debout avec difficulté. *Kai a failli mourir. À cause de moi. Parce que je l'ai mis en danger.* Il aurait pu mourir. *J'aurais pu perdre...*

Il chancela vers Kai, qui se tenait debout comme un chien trempé, enveloppé dans une couverture prêtée par les ambulanciers. Il leva les yeux lorsque Rand tendit les bras vers lui. Ses yeux s'élargirent un instant, mais... *tout ce qui m'importe, c'est de savoir qu'il va bien.*

Il plaqua Kai contre son torse et le serra fort dans ses bras.

— Je suis tellement désolé. Vraiment désolé.

— Tout va bien, cowboy. Je vais bien. Tu m'as sauvé la vie.

— Oh, mon Dieu, j'ai cru... Je ne sais pas ce que j'aurais fait...

L'image de Kai pendu au-dessus du vide imprégna l'esprit de Rand. Il eut un haut-le-cœur. Il s'écarta de Kai, plaqua une main sur sa bouche et courut vers la plante en pot qui se trouvait dans un coin de la terrasse. *Au revoir les cookies.*

Bientôt, son esprit qui était encore troublé par la peur réalisa que la main douce de Mme Orwell lui frottait le dos.

— C'est bien, mon joli. C'est très effrayant d'être sur le point de perdre une personne que l'on aime. Mais vous avez fait un travail incroyable. Vous avez fait face à votre phobie comme un héros. Bravo, Rand.

Il se leva et elle lui donna quelques mouchoirs pour s'essuyer la bouche.

— La police va emmener Mitchell au poste de police, dit-elle en souriant. Il ne menacera plus les personnes que j'aime. Merci. Vous, Kai et ces enfants incroyables avez pris tellement de risques pour nous aider... Plus que vous ne l'aviez prévu. Plus que nous pensions vous en demander. Nous vous serons toujours redevables.

Elle le prit dans ses bras. Il l'étreignit, mais c'était comme si son système nerveux fonctionnait au ralenti. Il n'arrivait pas à se remettre du choc.

Une ambulancière blonde apparut près de lui.

— Nous devrions vous examiner avant de partir. Vous avez subi beaucoup de tension au niveau de vos épaules et de vos articulations. Laissez-moi vous examiner.

Il hocha la tête et s'assit sur la chaise qu'elle lui indiqua. Elle déboutonna sa chemise, examina les éraflures causées par le mur en béton et manipula ses épaules. Il regarda Kai qui recevait le même traitement. Ce dernier plissait les yeux, ses sourcils noirs et droits froncés. Son estomac fragile se noua, mais il déglutit et respira. Qu'avait dit Mme Orwell ? Être sur le point de perdre une personne... *impossible ! Oublie*. Il leva les yeux vers l'ambulancière et dit doucement :

— Il est possible que les deux jeunes filles soient sous le choc. L'homme a menacé sa fille et celle qui a les cheveux noirs l'a défendue.

Seigneur, il se rappela le regard féroce de Lani et la manière dont elle avait tenu la batte, tel un ange protecteur.

— Merci pour l'info, dit-elle en s'écartant. Vous allez être très engourdi, mais sinon, tout devrait bien aller.

— La même chose pour celui-ci, déclara l'ambulancier qui examinait Kai. Reposez-vous bien et restez loin des précipices. Je pense que tout va bien aller.

L'ambulancière regarda Rand.

— Plus sérieusement, si vous ressentez des étourdissements ou que vos épaules vous font mal, allez voir un docteur.

— Ce ne sera pas nécessaire. Je rentre chez moi dans quelques jours. Je demanderais peut-être à un docteur de m'examiner une fois là-bas.

Ou pas.

— Chez vous ?

— En Californie.

— Mince. Moi qui pensais que le nombre de cowboys à Maui avait augmenté.

— Seulement pour les vacances.

Il essaya de sourire. Bon sang, s'il avait un seau d'eau à portée de main, il y plongerait la tête pour essayer de réfléchir plus clairement. Il avait l'impression que son cerveau n'était plus que de la bouillie. De la bouillie indistincte. Être traité de héros alors que des pensées floues lui rappelaient qu'il n'était qu'une espèce de tafiole.

Lorsque l'ambulancière s'éloigna, il se mit debout, le regretta immédiatement et se laissa tomber sur la chaise terriblement rigide de la terrasse. Lani se précipita vers lui et s'agenouilla devant la chaise.

— Tu vas bien, oncle Rand ?

Oncle Rand. Cela réussit à transpercer le brouillard de son esprit et il lui adressa un sourire sincère.

— Je vais bien. Je me suis juste levé trop vite.

Il tendit la main et caressa ses cheveux noirs.

— Et toi, ma puce ?

— Je vais bien. Puis-je te tutoyer ?

— Avec plaisir. C'était plutôt angoissant, hein ?

— Oui. Katie était terrifiée. Je pense que la dernière fois qu'elle a vu son père, il l'a frappée.

Ses sourcils se froncèrent sur son joli visage.

— Cette fois, il a rencontré une adversaire à sa taille, n'est-ce pas ?

Son regard s'approfondit, puis une petite fossette apparut sur sa joue.

— Oui.

— Quelqu'un a levé la main sur toi, Lani ?

Le creux entre ses sourcils apparut à nouveau.

— Il a essayé.

— Ton père ?

— Oui.

— Qui l'en a empêché ?

— Kai.

Il posa une main le long du cou de Lani. Elle laissa échapper un long soupir silencieux.

— Il n'avait que quatorze ans. Il a attrapé sa batte de baseball et a menacé mon père de s'en servir contre lui jusqu'à ce qu'il parte.

— Quatorze ans ? Alors tu n'étais qu'un bébé ? Tu avais deux ou trois ans ?

— Non. J'en avais six. Je m'en rappelle très bien.

— Je vois, dit-il en regardant Kai, puis il posa de nouveau son regard sur Lani. Alors c'est grâce à cela que tu as eu l'idée d'utiliser la batte de baseball ?

— Exact, dit-elle avec cette fois-ci, un vrai sourire.

— Le courage est un trait de famille chez vous.

— Nous n'avons jamais revu mon père. Plus tard, ma mère a appris qu'il était mort.

Elle fixa le vide comme si la mort était un sujet normal pour une enfant de douze ans, puis elle le regarda.

— Tu n'as pas dit que tu avais le vertige ?

— Ne me le rappelle pas, dit-il en posant une main sur son ventre.

Ce n'était pas totalement une plaisanterie.

— Pourquoi ne rentrerions-nous pas tous à l'intérieur ? Appela Mme Orwell. Je pense que la police veut nous poser quelques questions et nous avons bien mérité une limonade.

Il trouva le regard de Kai, qui le regardait avec impassibilité.

XV

TROIS VERRES de limonade plus tard, Aliki était endormi sur le canapé, sa tête sur les genoux de Kai et Lani luttait pour garder les yeux ouverts. Rand regarda sa montre, puis le détective installé en face de lui.

— Avons-nous bientôt terminé ? Les enfants sont épuisés et un long trajet nous attend.

L'homme regarda son bloc-notes.

— Oui, nous avons ce qu'il nous faut. Allez-vous bientôt retourner en Californie, M. McIntyre ?

— J'envisage de partir juste après le Nouvel An.

Un léger « *oh* » se fit entendre de l'autre côté de la pièce et il leva les yeux. Lani lui adressa un sourire triste.

Le détective ferma son bloc-notes.

— J'aimerais que vous m'appeliez avant de partir, juste au cas où nous aurions des questions de dernière minute, dit-il en lui remettant une carte de visite. Oh, une dernière chose. Si j'ai bien compris, vous avez rencontré Mme Orwell dans l'avion qui vous a mené ici ?

— Oui.

— Et vous avez rencontré M. Kealoha et les enfants cette semaine ?

— J'ai donné des cours d'équitation aux enfants.

— Risquer votre vie pour des personnes que vous venez de rencontrer est un peu exagéré, vous ne trouvez pas ?

Le détective avait dit cela sur le ton de la plaisanterie, mais la question était une attaque. Rand se retint de froncer les sourcils et décrocha son regard de Kai.

— Mme Orwell avait besoin d'aide. Nous étions dans le coin. Personne ne s'attendait à ce qu'il y ait un réel danger.

Kai se leva brusquement.

— Je vais installer les enfants dans la voiture.

Rand attrapa les clés dans sa poche et les lança à Kai, qui les rattrapa d'une main. Aliki se traîna hors du canapé et, avec l'aide de son frère, avança d'un pas lourd jusqu'à la sortie. Lani leva des yeux inquiets vers

Rand. Mme O. se précipita vers eux et les prit chacun leur tour dans ses bras, puis elle regarda droit dans les grands yeux de Lani.

— Tu es incroyablement courageuse. Je suis tellement fière de toi, dit-elle avant de glisser un papier dans la paume de sa main. Si tu as besoin de quoi que ce soit, appelle-moi ou appelle Genevieve. Nos deux numéros sont inscrits.

— Merci, madame. Dites au revoir à Katie et aux filles de ma part.

Genevieve avait mis ses filles au lit plus tôt dans la soirée, étant donné que tout le monde avait été éreinté par le stress subi durant la journée.

— Je n'y manquerai pas, ma chère. Cela a été un plaisir de faire ta connaissance.

Lani leur fit un signe de la main et suivit Aliki et Kai hors de la maison.

Rand se leva et le détective fit de même.

— Je n'avais pas l'intention de l'offenser. C'est simplement que Mme Orwell m'a dit que vous aviez le vertige et vous avez manifestement dépassé votre phobie pour sauver la vie de M. Kealoha.

— Je me sentais… Je me sens responsable de les avoir mis en danger, que ce soit lui ou les enfants, dit-il en haussant les épaules. Nous ne savons jamais vraiment de quoi nous sommes capables jusqu'à ce qu'une situation nous oblige à nous dépasser.

Il serra la main de l'homme, se retourna et serra Mme Orwell et Genevieve dans ses bras. Genevieve le serra fort.

— Nous ne pourrons jamais vous remercier assez, mais Maman trouvera un moyen de vous rendre la pareille, dit-elle en souriant.

Mme Orwell lui toucha le bras.

— Rappelez-vous ce que j'ai dit concernant ce séjour. C'est très important. Soyez attentif. J'aurais aimé pouvoir effectuer le vol du retour avec vous, afin de vous tenir la main.

— Et moi, donc ! dit-il en esquissant un sourire.

— Une manière d'éviter de voler est de rester, dit-elle avec un sourire entendu.

— Tout ce que j'aime se trouve en Californie, Mme O.

Elle pencha la tête.

— Non. C'est loin d'être le cas.

Il prit une inspiration, expira doucement, embrassa sa joue et sortit dans le crépuscule.

Aliki et Lani étaient appuyés l'un contre l'autre à l'arrière de la voiture et Aliki dormait déjà profondément sur l'épaule de sa sœur. Kai

140

regardait fixement par la fenêtre côté passager pendant que Rand démarrait la voiture et faisait marche arrière, saluant Mme O. et Genevieve qui se trouvaient sur le porche.

Bien, ambiance tendue dans la voiture.

— Combien de temps va-t-il falloir pour rentrer ?

Kai le regarda du coin de l'œil, puis continua à ruminer en regardant par la fenêtre.

— En temps normal, deux heures, mais nous devons rouler doucement la nuit.

— Dommage qu'il fasse nuit pour ma première fois sur Hana Road.

— Tu devrais faire le plein à Paia. Il y a une station là-haut, dit-il en pointant son doigt vers l'avant, sans le regarder.

Rand se rendit à la station et descendit de la voiture. Le temps qu'il fasse le plein d'essence, les enfants s'étaient endormis.

— Je vais où, maintenant ? demanda-t-il en fixant l'arrière du crâne de Kai.

— Vers là, répondit-il en indiquant la direction du doigt. Lorsqu'on quitte la ville, il n'y a plus qu'une route.

— D'accord.

Il continua à conduire en silence jusqu'à ce que la route devienne étroite et sombre. Il passa en pleins phares et se redressa sur son siège. Il était temps de se lancer.

— Je suis vraiment désolé de vous avoir mis en danger, toi et les enfants.

— Tu ne nous as pas mis en danger. Personne ne pouvait prévoir ce qui allait arriver.

Mais le ton de sa voix ne semblait pas indulgent.

— Cela n'empêche que je suis désolé.

Ils continuèrent à rouler en silence pendant un moment. Un silence pesant. Rand regardait attentivement la route – étroite et sinueuse. Sur la gauche, la lumière de la lune se reflétait sur l'eau, alors que devant eux, des ponts inattendus, à une seule voie, apparaissaient les uns à la suite des autres. Rand s'arrêtait, patientait pour s'assurer que personne n'arrivait en face, puis les traversait.

— Tu veux que je prenne le volant ? Je connais mieux cette route que toi.

— Oui, ce serait plus prudent.

141

Il continua de rouler pendant quelques centaines de mètres avant de trouver un endroit sur la droite pour se garer. Il quitta la route et stoppa la voiture. Au dernier instant, il coupa le moteur et sortit. Une fois dehors, il entendit le bruit de torrents d'eau.

Kai sortit et commença à faire le tour de la voiture par l'avant. Rand s'approcha de lui.

— C'est quoi ce bruit ?

— Une cascade. La plupart des endroits où l'on peut se garer le long de cette route se trouvent près de cascades, afin que les conducteurs puissent s'arrêter et prendre des photos.

— Où est-elle ?

Kai pointa derrière lui. Rand avança de quelques pas avant qu'une rambarde lui signale qu'il était préférable de s'arrêter. Il sortit son téléphone, chercha l'application « lampe torche » et l'alluma, dirigeant le faisceau lumineux vers le bruit de l'eau.

— Waouh. Joli.

L'eau coulait le long d'une falaise rocheuse, entourée de buissons, de fleurs et d'arbres.

— On dirait une jungle.

— C'est parce que c'en est une.

— C'est tellement différent de Hana, dit-il, puis il prit une profonde inspiration. Pourquoi es-tu si en colère ?

Il entendit Kai expirer malgré le bruit de l'eau.

— Je ne suis pas en colère, dit-il en gardant le regard fixé sur la cascade.

— Si, tu l'es. Je suis vraiment désolé que tu aies terminé pendu à un porte-drapeau.

— Ce n'était pas de ta faute et tu as risqué ta vie pour me secourir.

— Alors ne devrais-tu pas être en train de m'embrasser au lieu de me traiter comme si j'avais tué ton chien ?

— Je n'ai pas de chien. Et cette situation est compliquée.

— Sans blague, dit-il en s'appuyant sur la rambarde. Est-elle si compliquée que je devrais envisager de partir demain ?

Pause.

— D'accord. J'ai compris, dit-il en se redressant. Je les appellerai dès demain matin et j'essayerai de trouver un vol. Je ne sais pas si je vais réussir à quitter l'île dans les vingt-quatre heures, mais je vais faire au mieux.

Kai se tourna pour lui faire face.

— Écoute, si ça ne tenait qu'à moi, je te dirais de rester et je me ficherais de ce que les gens disent ou pensent. Mais je ne suis pas seul. J'ai les enfants. Nous sommes attirés l'un par l'autre et les gens le remarquent. Je ne vois pas comment tu peux te satisfaire de passer tes vacances avec ton amant en faisant croire que nous ne sommes que de simples cowboys qui s'entendent bien. Et nous ne pouvons pas faire autrement étant donné que je vais devoir continuer à vivre sur cette île une fois que tu seras parti.

— Je comprends.

Menteur. Il reprit sa respiration.

— Quel âge a Aliki ? Dix ans ? Alors tu vas continuer à jouer le rôle du cowboy hétéro et macho jusqu'à ce qu'il ait dix-huit ans ? Vingt-et-un ans ?

Kai ne lui adressa pas un simple froncement de sourcils. C'était un regard noir.

— Combien de personnes savent que tu es gay, monsieur le propriétaire d'une maison d'hôtes que tu appelles un ranch ?

— Je vois. L'hôpital. La charité.

— Quoi ?

— Laisse tomber. Je suppose que nous aurions simplement dû nous rencontrer dans une autre vie.

Il se retourna lorsqu'il sentit que les larmes commençaient à lui monter aux yeux.

— Rentrons, que je puisse faire mes valises.

Il s'installa côté passager, appuya sa tête contre le siège et ferma les yeux. Si quelqu'un prenait une scie électrique pour lui ouvrir la poitrine, cela ne pourrait pas lui faire plus mal. *C'est quoi ce bordel ? Il y a quelques heures, j'aurais pu mourir de la pire des façons, mais cela n'est rien comparé à... cette douleur. Pourquoi ?* Il laissa sa tête tomber sur le côté. *Je ne veux pas connaître la réponse.*

KAI SE gara devant leur maison et regarda les trois corps endormis dans la voiture. *Tant mieux. Je suis de mauvaise compagnie.* Rand était paisible et tellement beau lorsqu'il dormait. Si différent de son visage lorsqu'il avait été pendu au-dessus du vide, prêt à risquer sa vie pour essayer de le sauver. *Comment ai-je laissé ma vie devenir si compliquée ?*

Il ouvrit sa portière, se rendit à l'arrière de la voiture et prit Aliki dans ses bras. Poids mort. Le garçon battit à peine des paupières pendant que

143

Kai le portait jusqu'à la maison, allumait, se rendait jusqu'à sa chambre, le déposait sur son lit, lui retirait ses chaussures et le recouvrait d'une couverture. *Le plus dur reste à venir.*

Lorsqu'il remit les pieds dehors, Lani s'était réveillée et avait eu le temps de sortir de la voiture et d'avancer vers la maison. Il sourit.

— Besoin d'aide pour rentrer ?

Elle fit non de la tête et continua de marcher tout droit jusqu'à disparaître par la porte d'entrée.

Kai regarda Rand par la fenêtre côté passager ; il était appuyé contre la portière, ses cils dessinant des ombres en forme de croissant sur ses joues sous le clair de lune. Si Kai ouvrait la portière, Rand tomberait.

— Oh, bon sang.

Kai inspira profondément et fit le tour de la voiture, monta côté conducteur et secoua doucement l'épaule puissante de Rand. L'une des épaules qui avaient sauvé sa vie.

— Hé, *brah*, il est temps de se réveiller.

Oui, j'aurais dû me réveiller plus tôt et ne jamais laisser les choses aller si loin, mais c'est tellement difficile de te résister.

Les paupières de Rand s'ouvrirent, puis se fermèrent à nouveau.

— Ne te rendors pas, Rand. Tu dois conduire jusqu'à la maison d'hôtes.

— Comment ? dit-il, ses yeux bleus apparaissant et ses cils battants. Ah oui. Conduire.

Il se redressa brusquement, manquant presque de cogner Kai au menton.

Quelqu'un frappa à la vitre ; Kai leva les yeux. Lani lui faisait signe de l'autre côté de la voiture. Elle ouvrit la portière.

— Il est trop fatigué pour conduire, Kai. J'ai préparé le canapé. Fais-le entrer.

— Non, il devrait rentrer.

Elle posa ses mains sur ses hanches.

— Je suis trop fatiguée pour me disputer avec toi. Fais-le entrer.

Elle tourna les talons et rentra à la maison. Il rit brièvement. Comportement typique de sa mère de douze ans. Les yeux de Rand s'étaient refermés.

— D'accord, tu as gagné.

Il sortit, ferma la portière côté conducteur, fit le tour de la voiture et entreprit de faire sortir ce corps imposant du véhicule – un corps imposant qu'il aimerait amener directement dans sa chambre pour faire des choses classées X toute la nuit. *Quoi ? Frôler la mort te donne envie de baiser ?* Apparemment, la réponse était oui.

RAND OUVRIT un œil. Des murmures et de bonnes odeurs. *Où suis-je ?* Il ouvrit l'autre œil et observa Lani et Aliki marcher sur la pointe des pieds dans la cuisine, préparant ce qui sentait délicieusement comme un petit déjeuner.

Mmh. Je porte mon jean. Bien. Rien d'autre. Probablement normal.

— Je peux vous donner un coup de main ? dit-il en s'asseyant.

Lani fit un léger « *oups* » et se mit à rire.

— Bien sûr. Dis-moi comment tu aimes tes œufs.

— Cuits.

Il trouva sa chemise posée sur le bras d'un siège, alors il l'enfila, mais la laissa ouverte – il voulait se laver les aisselles avant de la boutonner –, puis il mit ses bottes par-dessus les chaussettes qu'il portait encore.

— Eh bien, je me suis vraiment écroulé de fatigue.

— C'est ce qu'on gagne en restant pendu dans le vide à quinze mètres de hauteur.

— Tu as été extraordinaire, *brah*, dit Aliki en souriant par-dessus son épaule.

Rand se frotta le cou.

— Merci, mais si ça pouvait ne plus jamais se reproduire, ça m'arrangerait.

Il se leva et jeta un œil le long du couloir.

— Je viendrai vous aider une fois que j'aurai utilisé la salle de bain, d'accord ?

— Prends ton temps, dit Lani, qui semblait avoir la situation en main – comme d'habitude. J'ai sorti des serviettes propres. Elles sont sur la table qui se trouve dans le couloir.

— Merci.

Il longea le couloir, vit les serviettes, les récupéra et ouvrit la porte de la salle de bain – *Dieu du ciel !* Kai se tenait complètement nu au milieu de la pièce, une serviette dans une main, la bouche ouverte et sa verge dressée dans l'autre main.

Rand ne réfléchit pas. Il lâcha les serviettes lorsqu'il referma la porte et la verrouilla, puis fit deux pas vers Kai, empoigna ses longs cheveux

145

mouillés d'une main et sa longue verge humide de l'autre. Tirant sa tête en arrière, il plaqua ses lèvres sur celles de Kai et plongea sa langue dans sa bouche tout en le caressant comme une pompe à pétrole texane.

Kai posa ses mains contre le torse nu de Rand pendant deux secondes, puis il les enroula autour de sa taille et ondula dans sa main.

— Oui, gémit Kai. Continue comme ça. Fais-le rapidement, cowboy.

— Prenais-tu une douche en pensant à moi ?

Sa main caressait la verge de Kai de plus en plus vite.

— Oui. Je veux plonger en toi, te prendre jusqu'à ce que mort s'ensuive.

— Très belle manière de mourir.

Il augmenta la vitesse et la fermeté de ses caresses, serrant la mâchoire et fixant les lèvres grandes ouvertes et haletantes de son partenaire.

— Unh. Unh. Ça vient. Unh.

Kai rejeta la tête en arrière et les tendons de son cou apparurent, rappelant à Rand la peinture du Cri. Sa semence jaillit de son sexe. *Ploc.* Trois jets sur le carrelage mural.

Alors que Kai reprenait son souffle, Rand se mit à genoux pour nettoyer la verge semi-rigide en la léchant. Il leva les yeux.

— Autant faire les choses proprement.

Kai prit de longues inspirations jusqu'à ce que sa respiration redevienne normale.

— Je dois sortir avant que les enfants se rendent compte que nous sommes ensemble dans la salle de bain.

— Oui. Je comprends.

Rand se releva pendant que Kai s'essuyait, nouait la serviette autour de sa taille et se dirigeait vers la porte. Il s'immobilisa, le regard fixé au sol, mais ne se retourna pas.

— Merci. C'était agréable. Tu es un type bien.

Il ouvrit la porte et partit.

Quel enthousiasme ! Rand soupira et verrouilla la porte.

XVI

UNE HEURE plus tard, ils étaient tous en train de rire alors que des gaufres et des fruits continuaient d'apparaître sur la table, courtoisie de Lani avec un petit coup de main d'Aliki. Rand les mangeait avec reconnaissance. Kai avait peut-être beaucoup de réserves à son égard, mais les enfants voulaient qu'il reste et le caressaient dans le sens du poil.

— Pourrais-tu nous donner un autre cours d'équitation demain, oncle Rand ? demanda Aliki en mangeant sa gaufre à la main.

— Eh bien, il est possible que je rentre plus tôt, alors je n'en suis pas sûr.

Il regarda Kai du coin de l'œil, puis reposa les yeux sur ses gaufres.

— Non, geignit Aliki. Tu as dit que tu resterais jusqu'au Nouvel An. Ça nous laisse encore beaucoup de temps.

— Seulement trois jours.

— Pourquoi ne vivrais-tu pas ici ?

— J'ai un ranch, des clients, des employés et des chevaux dont je dois m'occuper.

Seuls les chevaux semblèrent faire de l'effet au garçon.

— Tes employés ne peuvent pas nourrir les chevaux ?

— Aliki, ça suffit, intervint Kai en relevant la tête. Rand vient de dire qu'il devait partir. Sois reconnaissant pour tout ce qu'il a fait pour toi.

— Je le suis, dit-il en jouant avec la gaufre qui se trouvait dans son assiette.

Rand voulut souligner le fait qu'Aliki était bien plus reconnaissant que Kai, mais il garda sa remarque pour lui.

— J'ai vraiment apprécié ces cours, oncle Rand, dit Lani en souriant.

Mais son sourire était si triste qu'elle aurait tout aussi bien pu être en train de pleurer toutes les larmes de son corps.

— J'en suis ravi, Lani.

Je dois sortir d'ici avant que mon cœur se brise. Il porta son assiette jusqu'à l'évier.

Le coup qui fut frappé à la porte lui fit lâcher l'assiette en céramique, mais elle ne se cassa pas. Il se retourna juste à temps pour voir Lani lancer un

147

regard paniqué à Kai et se précipiter à l'arrière de la maison. Aliki semblait tout aussi inquiet, mais il ne bougea pas et se recroquevilla sur lui-même. La poitrine de Kai se souleva, comme s'il prenait une profonde inspiration, puis il se mit debout et marcha vers la porte d'entrée.

Dans le chambranle de la porte que Kai venait d'ouvrir, Rand vit une femme d'âge mûr qui se tenait sur le porche.

— Bonjour. Puis-je vous aider ?

Bien que la voix de la femme soit un peu étouffée, il l'entendit mentionner Aliki. L'enfant leva des yeux ronds. Rand avança vers la table et débarrassa. Il rapporta les couverts jusqu'au comptoir comme s'il le faisait tous les jours.

Kai répondit quelque chose, puis il recula pour la laisser entrer. La femme portait une longue jupe, des chaussures plates et adaptées à Hawaii ainsi qu'une veste grise par-dessus sa chemise blanche. Elle avança doucement dans la pièce, regarda autour d'elle et sourit.

— Bonjour, Aliki. Comment vas-tu ?

— Euh, bonjour. Qui êtes-vous ?

— Je suis Mme Guthrie, membre de l'administration scolaire. Ton enseignante, Mme Bryoni, m'a demandé de passer te voir. Je suis venue hier, mais il n'y avait personne. Désolée de perturber vos vacances, mais vous êtes difficiles à joindre, dit-elle en leur adressant un sourire crispé.

Kai désigna le canapé d'un mouvement de tête.

— Oh, nous sommes aussi désolés de perturber vos vacances.

Aucun de ces sourires n'était sincère.

— Je vous en prie, asseyez-vous. Puis-je vous servir une tasse de café ? Nous venons de terminer notre petit déjeuner.

— Ce serait gentil, merci.

L'enthousiasme naturel d'Aliki ne put être contenu bien longtemps.

— Hier, mon frère et mon oncle Rand nous ont emmenés à Makawao et nous avons vu des œuvres d'art, appris la *danse en ligne* et fait plein de choses géniales. Oh, et j'ai mangé un beignet en sucette.

— C'est très bien. Cela a dû être une expérience enrichissante.

Elle accepta le café que lui tendit Kai, puis leva les yeux avec un sourire crispé.

— Vous devez être oncle Rand ?

Rand hocha la tête, traversa la pièce et lui tendit la main.

— Randall McIntyre, madame.

148

Il regarda Kai du coin de l'œil. La tension qu'il lut sur ce joli visage exprimait toute la prudence dont il faisait preuve ainsi que la pure angoisse qu'il ressentait.

— Je suis le moniteur d'équitation des enfants – et un ami de la famille.

Aliki afficha un si grand sourire que des cratères se formèrent sur ses joues.

— Je vois, dit-elle avec un hochement de tête. Vivez-vous à Hana, M. McIntyre ?

— Non, madame. Je suis propriétaire d'un ranch à Chico, en Californie. Je ne peux pas le quitter aussi souvent que je le voudrais, mais j'ai pris quelques jours de vacances et je reste jusqu'au Nouvel An.

— Je vois.

Elle regarda brièvement les couvertures entassées au bout du canapé. Rand sourit. *Montre-lui tes fossettes.*

— Je séjourne au Hana Maui, mais après avoir emprunté votre fameuse route la nuit dernière, je suis tombé de fatigue et Aliki a eu l'amabilité de me couvrir.

Voilà, madame, cela ne concerne que les enfants et moi. Kai est pratiquement invisible. Il la regarda comme un charmeur de serpent, essayant de lui faire croire à son histoire.

— J'ai entendu dire que c'était un très bel hôtel.

— Oui, en effet. Et la nourriture y est fabuleuse.

— Alors vous connaissez Mme Kahele ?

— Pas vraiment, non. Je l'ai peu vue à cause de sa maladie.

— Oui, j'ai cru comprendre qu'elle n'allait pas bien, dit-elle en se tournant vers Kai.

Celui-ci hocha la tête.

— Elle souffre d'une coronaropathie.

— Je suis navrée de l'apprendre.

Lani sortit du couloir.

— Bonjour, madame. Je suis Lani, la sœur d'Aliki.

— Lani, j'ai entendu dire que tu étais une excellente élève, dit-elle en buvant son café.

— Ma mère et mon frère insistent toujours sur l'importance de l'éducation.

Rand s'appuya contre l'évier et observa Kai, Lani et Aliki servir à cette femme le plus grand ramassis de bêtises qu'il avait entendu de sa vie ;

149

ils l'avaient parfaitement répété. Heureusement, la femme ne sembla pas s'en rendre compte.

— J'aimerais beaucoup parler à votre mère.

Mmh, peut-être qu'elle réalise plus de choses qu'elle le laisse croire. Lani s'essuya les yeux d'un revers de main. *Belle touche dramatique.*

— J'ai bien peur que ce soit impossible, mais Kai surveille de près les études d'Aliki, alors je pense que vous pourriez discuter avec lui.

La dame regarda Lani une seconde de trop, puis elle se tourna vers Kai.

— Vous pourriez peut-être passer à l'école la semaine prochaine, une fois qu'Aliki aura repris les cours ?

— Avec plaisir, madame.

— Quel âge avez-vous, Kai ? demanda-t-elle avec les yeux légèrement plissés.

— Vingt-trois ans.

— C'est beaucoup de responsabilités pour un jeune homme comme vous – s'occuper de ses frères et sœurs ainsi que de sa mère malade.

— Elle est malade depuis un long moment. Je m'y suis habitué.

L'esquisse d'un sourire fut la seule courtoisie à laquelle Mme Guthrie eut droit.

— Si je ne me trompe pas, vous êtes leur demi-frère.

Lani regarda Kai avec amour.

— Kai est notre frère depuis que nous sommes nés. Il n'est la moitié de rien.

Mme Guthrie posa sa tasse sur la table bancale.

— Merci pour le café, dit-elle avant de se lever. Je compte sur vous pour aller voir Mme Bryoni la semaine prochaine, Kai.

— Oui, madame. J'espère qu'Aliki étudie sérieusement.

Kai regarda Aliki, qui lui adressa un sourire espiègle.

— Oui. On m'a rapporté qu'il était bon élève… quand il ne s'agitait pas. Nous devrions discuter d'une manière de traiter son hyperactivité, dit-elle avec un sourire tendu.

— Excusez-moi, Mme Guthrie, intervint Rand en fronçant les sourcils. Je passe beaucoup de temps avec Aliki et je pense que ce que vous appelez « hyperactivité » n'est que son enthousiasme naturel et son imagination.

— Si vous le dîtes. Cependant, une classe a un seuil de tolérance limité face à ce type de comportement. Merci une fois encore à vous tous.

150

Elle marcha jusqu'à la porte et Kai l'accompagna pour lui ouvrir. Elle mit les voiles. Lani prit la poignée de la main de Kai avant qu'il ne la claque, puis la referma doucement.

Les mots purent à peine sortir de la bouche de Kai tellement sa mâchoire était serrée.

— Saleté de fouineuse !

Il leva les yeux, retroussa le nez et secoua la tête.

— Pardon. Excusez mon langage.

Lani posa une main sur le bras de Kai.

— Tout ira bien.

Le regard qu'ils échangèrent était rempli d'une compréhension mutuelle.

Rand marcha lentement jusqu'à la table de la cuisine et s'assit.

— Vous pouvez me dire que ce ne sont pas mes affaires. Vous pouvez me demander de partir. Mais j'aimerais vraiment savoir ce qui se passe ici.

Kai fronça les sourcils.

— Ce ne sont pas tes affaires. Tu devrais probablement partir.

— Kai, arrête ! dit Lani avant de courir vers Rand. Je suis désolée, oncle Rand.

— Ce n'est pas ton oncle, répliqua Kai en croisant les bras.

La ténacité incroyable dont Rand avait été témoin lorsque Lani avait brandi la batte de baseball réapparut sur son visage en un instant.

— Si je veux considérer Rand comme mon oncle, personne ne m'en empêchera.

Elle croisa aussi les bras.

Le frère et la sœur se regardèrent avec obstination pendant une minute et soudain, comme par miracle, Kai cligna des yeux le premier. Il baissa les yeux et soupira.

— Bien. Je suis désolé. J'ai tellement l'habitude de garder les gens à distance…

— Je sais, dit-elle en retournant près de lui pour poser une main sur son bras. Tu nous protèges tout le temps, mais tu as aussi besoin d'un ami, Kai. Rand fait de son mieux pour être cet ami.

Un sentiment d'angoisse lui serra la gorge. *Qu'est-ce que j'ai fait ? Est-ce une bonne chose que je m'implique à ce point dans leur histoire ?* Il déglutit et trouva le regard de Kai.

— Je sais que je ne suis qu'un *haole* qui va partir. Tu n'as pas à me le rappeler.

Lani se tourna pour lui faire face et plissa ses yeux pleins de sagesse.

— Tu veux savoir ou bien tu veux partir ?

Bon Dieu, elle ne passait pas par quatre chemins.

— Je veux savoir tout ce que vous voulez bien me dire.

Elle s'assit en face de lui, sur le fauteuil ancien.

— Alors, demande-moi.

Kai s'installa sur le canapé, Aliki blotti contre lui. Position inhabituelle pour ceux-là. Rand prit une profonde inspiration.

— Où est votre mère ?

— Morte, répondit Lani en le regardant droit dans les yeux.

Il eut un sursaut

— Je ne m'y attendais pas. Je pensais qu'elle vous avait abandonnés.

— Elle l'a fait avant de mourir. Elle a déménagé. Nous avons appris plus tard qu'elle était partie à Lahaina.

Lani aurait tout aussi bien pu être en train de lui parler de la météo.

— Je vois. Quand est-elle partie ?

— Il y a quatre ans.

— Nom de Dieu ! jura-t-il alors qu'elle ne sourcillait pas. Tu es en train de me dire que vous avez… Quoi ? Prétendu que votre mère était vivante ces quatre dernières années ?

— Oui.

Il se laissa retomber contre le dossier du fauteuil, fixant les trois frères et sœurs. Lani soutint son regard, mais Kai avait le regard fixé au sol et Aliki gardait les yeux fermés.

— Je ne comprends pas. Pourquoi ?

Lani était en charge de cette discussion.

— Nous n'avons pas de famille. Notre mère était une droguée. Lorsque'elle est morte, Aliki avait six ans et j'en avais huit. Kai n'avait que seize ans. Personne ne lui aurait accordé notre garde.

Kai intervint enfin.

— Ils auraient été placés en famille d'accueil. Je ne pouvais pas les laisser faire.

La bouche de Rand refusait de se refermer. Quelque chose fit tilt dans son esprit.

— Seize ans ? Ça veut dire que tu as…

— Vingt ans.

— Bordel. Tu subviens seul aux besoins de ta famille depuis…

— Ce n'est rien de spécial, sauf que c'était illégal.

— Et votre tante ?

Lani reprit le fil de la conversation.

— Mme Mikio. C'est une femme qui vit près d'ici. Aucun lien de parenté. Depuis que nous sommes petits, elle nous garde lorsque Kai travaille. Gentille dame.

— Mon Dieu, dit Rand en secouant la tête. Mais maintenant, tu as plus de dix-huit ans.

— Oui, pourtant j'ai peur que si quelqu'un fouille dans notre passé, il découvre toute l'histoire. Regarde autour de toi. Ce n'est pas vraiment le paradis pour des enfants et je ne suis pas le meilleur soutien familial qui soit. Je doute qu'ils me laissent les adopter et je ne suis que leur demi-frère. Peut-être même que je ne le suis pas, car il est possible que notre mère m'ait recueilli et que je sois le fils de sa sœur. Nous n'en savons rien. Peu importe, je ne veux voir personne fouiner ici. Nous nous en sortons bien, voire même très bien. Je veux prendre soin d'eux jusqu'à ce qu'ils terminent le lycée. Puis nous déciderons de la suite ensemble.

Rand passa une main sur son visage.

— C'est très long, Kai.

Il fronça les sourcils obstinément.

— Nous nous en sommes sortis jusque-là.

— Cette femme semble très curieuse.

En entendant les mots de Rand, Aliki leva de grands yeux pleins de terreur vers Kai ; le cœur de Rand se retourna. Il déglutit.

— Mais je pense qu'elle est satisfaite de ce qu'elle a vu, ajouta-t-il avec un sourire. Vous êtes tous incroyables. Tout le monde peut voir que vous formez une famille formidable.

Un petit sourire apparut sur le visage d'Aliki. Kai regarda Rand avec reconnaissance. Rand expira doucement. *Une famille formidable ? Je dirai même une famille exceptionnelle.* Trois personnes qui ont sacrifié leur enfance pour être ensemble.

Lani croisa les mains sur ses genoux.

— Maintenant, tu sais tout. Tu veux toujours partir demain ?

Il regarda Kai, puis ses mains.

— Je pense que Kai préfère que je parte.

— Non, pas du tout, répliqua-t-elle. Il ne fait que nous protéger, comme toujours. Il a besoin que tu sois… son ami. Je pense que tu devrais rester et que vous devriez sortir demain, seulement tous les deux. Aliki et moi nous en sortirons très bien seuls.

153

Rand ressentit une bouffée de chaleur. Voilà ce qu'étaient l'amour et le dévouement. Mon Dieu, ces trois personnes faisaient de l'ombre aux saints.

— Je veux vous donner un autre cours d'équitation, à Aliki et toi.

Aliki sourit de toutes ses dents pour la première fois depuis que la femme était passée.

— D'accord, acquiesça Lani. C'est une bonne idée. Nous pouvons le faire aujourd'hui. Mais demain est une journée qui vous est réservée. Tu es d'accord, *kaikunane* ?

Kai trouva le regard de Rand, puis regarda Lani.

— Oui.

— Bien. Aujourd'hui, Kai doit partir en balade avec des clients du Hana Maui. Oncle Rand, tu pourras peut-être emprunter quelques chevaux aux écuries, dit-elle en souriant.

Rand se mit à rire.

— Si mon charme ne fonctionne pas, je suis sûr que l'argent le fera. Enfilez vos bottes, les enfants. Nous partons monter.

Aliki et Lani laissèrent échapper des petits cris de joie et se précipitèrent vers leur chambre. Malgré tout ce qui s'était passé, ils avaient conservé leur enthousiasme. Enfin, celui de Lani était moins sonore, mais elle adorait monter à cheval. Rand leva les yeux vers Kai.

— Tu es incroyable.

Kai fit non de la tête.

— Je t'interdis de me contredire. Tu es incroyable.

Kai regarda discrètement Rand, puis fixa ses chaussures. Pendant une milliseconde, sa lèvre trembla. *Jamais je n'aurais cru voir ça un jour.* Rand parcourut la distance qui les séparait en deux enjambées et le hissa contre son torse. *Je vais te serrer si fort que personne ne pourra jamais plus te faire de mal.*

Pendant un instant, Kai se débattit ; puis tout son corps se détendit. Sa tête tomba sur l'épaule de Rand et il respira fort, comme s'il refusait de pleurer. Rand resserra encore son étreinte et le berça très légèrement. Il entendit des bruits de pas derrière lui, mais ceux-ci disparurent tout aussi vite. *Lani, la maligne.* Il continua de bercer Kai jusqu'à ce qu'il prenne une inspiration et s'écarte.

— Je devrais aller mettre mes bottes, dit Kai.

— Oui. Il vaudrait mieux.

XVII

RAND REGARDAIT par la fenêtre de son cottage. Un soleil éclatant se reflétait sur les vagues. Des vagues. Il en avait une douzaine qui s'agitait dans son ventre. Il avait passé une agréable journée le jour précédent, participant à la promenade des clients de l'hôtel avec Lani et Aliki. Il avait fini par donner un cours d'équitation impromptu à tout le groupe du Hana Maui, ce qui lui avait peut-être même rapporté quelques contrats pour son propre ranch. Ils avaient ri, plaisanté et partagé le pique-nique qui était offert aux cavaliers par l'hôtel. Tout avait été parfait... jusqu'à ce que le van quitte les écuries et que Kai installe les enfants dans son pick-up, lui fasse un signe de tête et s'en aille. D'accord, il avait dit qu'il passerait le chercher le lendemain matin, mais cela n'avait pas empêché Rand de rester éveillé jusqu'après minuit – à espérer. Pas de visiteur.

Il avait peut-être passé quelques minutes à enlacer Kai le jour précédent, mais cet homme était aussi câlin qu'un lézard à cornes. Rand avait insisté pour connaître la vérité. Maintenant, il l'avait. Que cela lui apportait-il de connaître la situation familiale de Kai et des enfants ? Il ne pouvait rien y faire. Bordel, Kai ne le laisserait rien faire, même s'il trouvait des solutions. Le fait était que sa vie se trouvait à des milliers de kilomètres d'ici, par-delà l'océan. Il était en vacances.

Le bruit des pneus sur le gravier le poussa à se lever et enfiler ses chaussures. Il ouvrit la porte et regarda dehors alors que Kai tournait à l'angle de son cottage.

Kai s'immobilisa.

— Salut.

— Salut, répondit Rand avant de baisser les yeux sur ses propres vêtements – short et chemise à fleurs. Je te conviens ?

Kai lui adressa un sourire en coin.

— Tu es celui qui me convient le mieux.

Rand lui rendit son sourire.

— Je veux parler des vêtements, idiot.

— Je sais de quoi tu veux parler. C'est parfait. Je compte t'emmener aux piscines.

— Tu veux parler des piscines qui ne sont ni sept, ni sacrées ?

— Celles-là même.

— Je suis tout à toi.

— La journée commence bien, alors.

— J'ai besoin d'emporter quelque chose ?

— Tu as un chapeau ?

— Oui.

— J'ai de la crème solaire. Ça devrait suffire.

— D'accord.

Il retourna à l'intérieur, attrapa sa casquette dans le tiroir, verrouilla la porte et suivit Kai jusqu'au parking.

— Tu veux prendre ma voiture ?

— Tu as peur que mon pick-up tombe en panne ? dit-il avec un sourire en coin.

— Non. J'ai confiance en ta vieille caisse, mais ça t'éviterait l'usure. De toute façon, je paye la mienne, qu'elle bouge ou qu'elle reste ici.

— Très juste, dit Kai en se dirigeant vers la voiture de location.

Rand déverrouilla le véhicule. Ils s'installèrent et rejoignirent la route.

— Quelle direction ?

Kai indiqua la droite et ils partirent.

Le silence régna quelques minutes – un silence pesant. Rand jeta un œil vers Kai, qui regardait encore une fois par la fenêtre.

— Tu vois des choses que tu n'as encore jamais vues ?

— Comment ? dit-il en se tournant enfin vers Rand. Non, pardon. J'ai la tête ailleurs.

— J'espérais te voir la nuit dernière.

Kai fronça les sourcils.

— Je ne voulais pas laisser les enfants seuls après une journée si bouleversante.

— Es-tu vraiment inquiet par rapport à cette femme qui est venue chez vous ?

Il haussa les épaules.

— Je suis inquiet par rapport à tout le monde, dit-il avant de marquer une pause. Mais elle était plutôt suspicieuse, tu ne trouves pas ?

— Oui et je n'aime vraiment pas ce qu'elle a dit à propos d'Aliki. Certaines personnes assimilent n'importe quel enfant qui gigote un peu sur sa chaise à un hyperactif.

— On dirait que tu parles d'expérience.

— Oui, en quelque sorte. Mes enseignants disaient toujours à mes parents que j'étais incapable de me concentrer ou hyperactif. En réalité, j'étais juste mort d'ennui. J'adorais être dehors et ils ne faisaient que raccourcir les récréations. Mais ça ne les a pas empêchés de conseiller à mes parents de me donner de la Ritaline.

Ils devront me passer sur le corps avant d'en donner à Aliki.

Rand hocha la tête.

— Les piscines sont-elles loin d'ici ?

— Il nous reste encore une vingtaine de minutes de route.

— Je croyais qu'elles n'étaient pas si spectaculaires que ça ?

— En toute sincérité, elles sont magnifiques. C'est simplement que toute cette histoire de « piscines sacrées » a été inventée pour les touristes. Mais là-bas, il y a une surprise que j'aimerais te montrer.

— Oh ? D'accord.

Kai sourit et ils se complurent dans un silence plus agréable.

Quelques minutes plus tard, des panneaux indiquant la direction des piscines apparurent le long de la route et lorsqu'ils se rapprochèrent de leur destination, Kai le guida vers une aire de stationnement qui se trouvait sur leur droite. Il y avait déjà des voitures.

— Nous ne sommes pas les premiers.

— Non. Cet endroit est bondé après l'heure du déjeuner. C'est pour cette raison que je voulais arriver tôt. Allez, viens.

Rand verrouilla la voiture et suivit Kai, qui établit une cadence rapide le long du sentier Pipiwai. Sur leur droite, les piscines de 'Ohe'o Gulch coulaient les unes dans les autres.

— Hé ! C'est très joli.

— Maintenant tu sais pourquoi elles ont tant de succès, cria Kai par-dessus son épaule.

— Même si elles ont profité d'un bon coup de pub supplémentaire, hein ?

— Exactement. Magnifiques, mais pas sacrées. Nous pourrons nous attarder sur le chemin du retour. Je veux arriver au bout du chemin avant tout le monde.

Après avoir parcouru environ huit cents mètres, une cascade apparut et Rand garda les yeux fixés sur elle lorsqu'ils passèrent à toute allure devant.

— Ce sont les chutes de Makahiku, dit Kai sans ralentir.

— Visite éclair.

— Tu vas comprendre.

Ils continuèrent à marcher péniblement et virent de moins en moins de personnes. Les grands sites touristiques étaient les piscines et les chutes d'eau. Aller plus loin demandait beaucoup de motivation. Apparemment, Kai en avait.

Le paysage évolua graduellement. Toujours verdoyant et stupéfiant, mais avec de plus en plus de bambous. Il adorait l'impression donnée par ces plantes. Si ce n'était pas si étrange pour un cowboy, il en aurait bien planté au ranch.

Les pousses de bambou étaient de plus en plus hautes. Kai prit soudain à droite et...

— Waouh ! dit Rand en regardant tout autour de lui. Une forêt de bambous.

— Oui.

— C'est ce que tu voulais me montrer en conduisant jusqu'ici.

Ce n'était pas une question.

— Oui, dit-il avant de lui tendre la main. Suis-moi.

Rand regarda alentour, mais personne d'autre ne se faufilait entre les bambous. Ils étaient seuls. Il prit la main que Kai lui tendait et ils s'aventurèrent plus loin dans la forêt.

Une brise caressa le visage de Rand. Kai s'arrêta.

— Écoute.

Tout autour de lui, les pousses claquèrent entre elles dans une symphonie de bruits calmes, comme une chorale utilisant ce son profond et guttural hawaiien : claquements, souffles, cliquetis, bruissements et murmures.

— C'est magique.

— Oui.

— Quoi ? Oh..., fit-il en souriant. Je ne pensais pas l'avoir dit à voix haute.

Kai sourit. C'était curieux, il semblait plus détendu ici. Tenant toujours la main de Rand dans la sienne, il avança plus loin dans l'immense forêt.

Rand leva les yeux vers le ciel tout en traînant les pieds dans cette couverture épaisse de feuilles recouvrant le sol. Le soleil filtrait à travers la forêt en de doux rayons de lumière et la musique des bambous jouait autour d'eux.

— Si seulement je n'étais pas obligé de partir.

158

Ses propres mots le prirent par surprise et lui coupèrent légèrement le souffle.

Kai leva les yeux vers lui.

— Les enfants vont vraiment me manquer et... le bambou aussi, dit-il avec un sourire.

En un pas, Kai effaça la distance qui les séparait, attrapa Rand par le menton et l'attira vers lui dans un violent baiser. Quand il s'écarta, ses lèvres étaient moites.

— Tu me rends fou.

— En bien ou en mal ?

— Les deux ! répondit Kai avant d'attraper à nouveau son visage avec ses deux mains pour l'embrasser jusqu'à ce que leurs langues soient sur le point de fusionner.

La verge de Rand se dressa comme une pousse cherchant à atteindre le soleil. Personne ne lui faisait autant d'effet que Kai. Il glissa un bras sous les fesses de celui-ci et le souleva jusqu'à ce que leurs entrejambes soient au même niveau.

Un seul contact suffit à envoyer des éclairs de chaleur à travers son membre et le frottage prit le dessus. Kai accrocha une jambe fermement autour des fesses de Rand et tendit l'autre pour toucher le sol. Il ondula contre Rand et suça sa langue de plus en plus avidement à chaque coup de hanches.

Oh, bordel. J'ai besoin qu'il me prenne. Rand tâta la poche de son jean. *Ai-je ramené de quoi le faire ?* Un merveilleux pli lui fit mettre sa main à l'intérieur de son short en coton pour en sortir un tube de lubrifiant et un préservatif. Il posa sa main sur la hanche de Kai jusqu'à ce que celui-ci s'écarte et baisse les yeux.

— Je vois. Tu veux que je te prenne, *haole* ?

— Oui.

— Attrape un bambou et tiens-toi bien.

Kai s'éloigna pendant que Rand se tournait et attrapait deux grandes pousses de cette herbe douce et géante. Rien que le fait de la toucher était assez sensuel. Une brise souffla et le déchirement du plastique se joignit au claquement des pousses qui produisait une mélodie tout autour de lui.

Kai attrapa l'élastique du short de Rand et le tira brusquement vers le bas. Désinvolte et prometteur. Sans prévenir, il inséra un doigt lubrifié entre les fesses de Rand, puis un autre. Il les recourba.

— Oh, oui ! hurla Rand.

159

— Nous devons nous dépêcher, murmura Kai en se penchant sur lui. Des visiteurs pourraient arriver d'un moment à l'autre.

— J'ai l'air de ralentir ? Dépêche-toi de me prendre !

Il se pencha plus en avant pour lui faciliter l'accès.

Les doigts furent retirés. Un membre doux et humide fut aligné. *Bon Dieu.* Il entra. Gros, chaud et glissant. Ils avaient couché assez de fois ensemble pour que le canal de Rand mémorise la taille et la forme du sexe de Kai et fasse en sorte que celui-ci se sente comme à la maison. *Oh, bébé.*

Vlan ! Kai accéléra le mouvement. Il le pénétra avec passion. Brutal et rapide.

Rand laissa retomber sa tête en arrière.

— Oui. Oh, oui !

S'il se laissait aller, il jouirait instantanément, mais il aimait tellement cette sensation qu'il voulait qu'elle ne cesse jamais. La respiration et les gémissements de Kai mêlés aux murmures et aux claquements des bambous, les odeurs du liquide pré-séminal, du musc et des copeaux de bois. Seigneur, s'il pouvait tout le temps profiter d'une relation charnelle pareille, il serait prêt à être ouvertement gay. *Oh, une autre pensée inattendue.*

Kai posa une main sur une pousse de bambou, près de la tête de Rand, puis il se mit à le marteler profondément et selon un angle parfait. *C'est tellement bon.* Chaque passage de cette verge sur sa prostate envoyait des éclairs dans ses bourses. Un voile d'étincelles envahit son esprit et ses pensées laissèrent place aux sensations. *Chaleur. Incendie. Explosion !* Sa semence jaillit de sa verge nue, jet après jet, alors que des vagues de pure extase déferlaient à travers son sexe, sa colonne vertébrale et son esprit.

Haletant, il se laissa encore plus tomber contre la pousse de bambou.

— Oh, mon Dieu, cria Kai. Oh, bon sang. Oh !

Quelque part au loin, il entendit une voix dire :

— Tu as entendu ? Qu'est-ce que c'était ?

Kai ne s'arrêta pas. Il continua de le pénétrer, son corps tremblant et frissonnant, puis il tomba de tout son poids contre le dos de Rand.

— Waouh, chéri ! Regarde tous ces bambous, dit la voix, qui se rapprochait.

Kai fit sortir sa verge semi-rigide du canal de Rand, retira son préservatif et le jeta dans les feuilles, le dissimulant à l'aide de son pied.

160

Puis il remonta le short de Rand sur ses hanches ainsi que le sien. Sans perdre une seconde, il pointa le ciel du doigt.

— Hé, tu as vu cet oiseau ? Magnifique.

Rand se mordit l'intérieur de la joue pour s'empêcher de rire, puis il dit :

— Oh, mon Dieu, c'est fantastique !

Un jeune couple apparut à travers les bambous et Kai leur fit un signe de tête. Rand se contenta de leur sourire.

— Cet endroit est incroyable, n'est-ce pas ? dit la femme en claquant dans ses mains.

Ils n'ont pas idée. Rand suivit Kai sur le chemin du retour jusqu'à ce qu'il voit enfin la voiture et grimpe à l'intérieur, le sourire aux lèvres.

Le trajet s'effectua en silence pendant un moment – retour à l'atmosphère légèrement pesante. Rand fixait le soleil qui étincelait sur les vagues.

— Demain, c'est le Nouvel An, dit-il.

— Oui.

Rand ne dit rien jusqu'à ce que Kai ajoute finalement :

— Je dois travailler.

— Et si je passais la journée avec les enfants ?

Kai jeta un coup d'œil vers lui, un léger creux entre les sourcils.

— Tu en as envie ?

— Ai-je dit ou fait quoi que ce soit pour te laisser penser que je n'appréciais pas leur compagnie ?

— Non, pas du tout. Pardon. Ils seront ravis.

— D'accord. Nous pourrions faire une balade à cheval, ou aller à la plage, ou faire tout ce dont ils ont envie.

— Nos chevaux sont réservés durant presque toute la journée.

— Il n'y a pas d'autres écuries ?

— Non.

— D'accord. Dans ce cas, nous irons à la plage.

— Tu veux que je les dépose à la maison d'hôtes ?

— Oui, faisons comme ça.

Il regarda Kai du coin de l'œil avant de demander :

— Tu dîneras avec nous ?

Kai esquissa un sourire.

— Oui, avec plaisir.

Rand sourit et continua à rouler.

— Vous êtes sûrs qu'il va faire un détour par la maison ?

Lani tapota l'épaule de Rand en se dirigeant vers le réfrigérateur.

— Oui, fais-moi confiance. Il n'oserait pas se rendre à un dîner avec toi – enfin, avec nous – s'il sentait le cheval et le touriste.

Elle rigola et posa le beurre sur la table préparée avec attention.

— Je vais aller chercher un peu plus de plantes vertes, dit-elle en marchant vers la porte de leur petite maison.

Il baissa les yeux sur son jean et sa chemise hawaiienne – nouvelle combinaison vestimentaire pour lui.

— Est-ce que je… euh… ça me va bien ?

Aliki leva les yeux de sa console omniprésente.

— Yo, *brah*, tu es canon.

Lani lança un regard noir à son frère.

— Fais attention à ton langage, *kaikunane*.

Puis elle lança un sourire espiègle à Rand.

— Mais, honnêtement, tu es plutôt canon.

Elle sortit de la maison en riant.

— Ça sent très bon, *brah*. Je suis impatient de passer à table. Tu as besoin d'aide ?

Rand jeta un œil au four.

— Il n'y a pas grand-chose à faire. Le Hana Maui s'est chargé de faire la cuisine. Nous devons juste garder tout ça au chaud sans que ça sèche.

Lani rentra avec une poignée de tiges à feuilles.

— Ta voiture est bien cachée. Il ne la verra pas en arrivant.

Elle plaça les feuilles vertes dans le seul joli vase qu'ils possédaient ainsi que le bouquet de roses que Rand avait acheté chez le fleuriste local.

— Ta composition est très belle, Lani.

— C'est toi qui les as choisies, dit-elle en caressant les roses couleur lavande. Personne ne nous a jamais offert de fleurs.

Ce qui était assez triste.

— Tu es tellement intelligente et jolie… On t'offrira des tonnes de fleurs plus tard.

— Merci, oncle Rand.

Mais s'il en croyait ce visage doux et grave, elle n'y croyait pas une seconde.

Il soupira silencieusement. *Si seulement j'habitais plus près – pour plein de raisons.*

Le bruit de pneus à l'extérieur arracha un sourire à Lani. Aliki mit enfin ses jeux de côté et sauta de joie sur le canapé. Faire une surprise à leur frère était clairement important. Rand essuya ses mains sur son jean. *Je suppose que je suis aussi impatient de le surprendre.*

Ils finirent regroupés derrière la porte d'entrée pour que Kai voie d'abord la table en entrant à l'intérieur. Les bottes de Kai grimpèrent les marches jusqu'à la terrasse. La porte s'ouvrit et Aliki plaqua une main sur sa bouche pour s'empêcher de rire. Puis Kai entra dans la maison, s'arrêta, garda les yeux fixés vers la cuisine et ils crièrent tous :

— Surprise !

Kai fronça les sourcils, mais la joie apparut rapidement sur son visage qui s'illumina.

— D'accord, vous m'avez bien eu. Je pensais m'être trompé de maison.

Aliki rit et donna un câlin plein d'enthousiasme à son frère.

— C'est vraiment gentil, dit-il avant de trouver le regard de Rand. Merci.

Il tendit les bras vers Lani et lui fit aussi un câlin.

— Merci, *kaikuahine.*

— Oncle Rand a presque tout préparé. Toute la nourriture vient du Hana Maui et les fleurs viennent de chez le fleuriste. D'ailleurs, c'est une très belle boutique.

Aliki se laissa tomber sur le canapé.

— Et nous avons passé des heures à la plage. C'était super.

Kai regarda Rand droit dans les yeux.

— Merci, oncle Rand, dit-il avec un sourire qui oscillait entre la reconnaissance et la colère.

Oh, peu importe, je ne vais plus tarder à les quitter, lui rappela son esprit, tel un couteau planté en pleine poitrine.

Lani chassa Kai.

— Va te laver et nous pourrons commencer ce merveilleux dîner.

Rand essaya de se contrôler, mais il ne put s'empêcher de regarder avec désir ce fessier bombé et ces jambes musclées recouvertes d'un jean usé lorsque Kai se rendit jusqu'à sa chambre. *Ça va me faire du bien de rentrer à la maison. Continue de te mentir à toi-même.*

163

Les cuisiniers du Hana Maui s'étaient dépassés en préparant le saumon, la purée, les épinards à la crème et, surtout, la crème brûlée.

Aliki lécha sa cuillère.

— Bon sang, comment ça s'appelle déjà ?

— De la crème brûlée. C'est bon, n'est-ce pas ?

— Meilleur que la crème glacée.

— Tu commences à avoir des goûts de luxe.

Aliki et Lani se mirent à rire. Kai ne rit pas. D'ailleurs, toute la conversation semblait se dérouler entre Rand et les enfants. Il soupira doucement.

— J'ai le droit de rester debout jusqu'à minuit ? demanda Aliki en regardant Kai par-dessus sa cuillère pleine de crème brûlée.

— Évidemment. Tu le fais chaque année. Tu le sais bien.

— Oh, génial. Je pensais juste que tous les deux, vous aimeriez peut-être…

Le regard de Kai transperça Aliki si vite qu'il se figea comme une statue.

— Que nous aimerions quoi ?

— Sortir, *brah*, répondit Aliki en fronçant les sourcils. Nous avons eu la chance de passer toute la journée avec oncle Rand. Tu as aussi le droit de profiter de cette journée.

Kai ne sourit pas.

— Nous sommes en train d'en profiter, non ?

— Oui, bien sûr. Je pensais juste que…

— Va jouer pendant que nous nettoyons, l'interrompit-il avant de reculer sa chaise.

Aliki ouvrit grand les yeux et des larmes apparurent. *Bon sang.*

Rand se leva de table.

— Allez, viens. Apprends-moi à jouer pour que, je fasse partie des personnes cools.

— Je devrais aider à nettoyer, dit Aliki en regardant ses pieds.

— Non. Kai et Lani vont nettoyer. Nous, nous allons jouer.

Personne ne pouvait retirer à cet enfant son amour du jeu ; il sourit et se jeta sur le canapé avec sa console. Rand s'installa près de lui et essaya de jouer à un jeu fantastique plein de vampires et de démons avant de rendre la console à Aliki, qui était en train de devenir fou d'impatience face à l'incapacité de Rand à anéantir les méchants.

— Tu aurais dû faire en sorte que je doive éliminer des cowboys portant des chapeaux. Je m'en serais sûrement mieux sorti. Nous ne recevons pas beaucoup de vampires au ranch.

Aliki rigola.

— Attends, je vais te montrer mon secret.

Il commença à expliquer sa stratégie, ce qui n'améliora pas du tout le niveau de Rand et, bientôt, Aliki était de nouveau absorbé par son jeu. Rand en profita pour se rendre dans la petite cuisine, prit le torchon des mains de Lani et commença à essuyer la vaisselle.

— Je prends la relève, lui dit-il.

— Non. Tu en as fait assez pour aujourd'hui. C'est ton dernier jour de vacances.

Kai laissa tomber bruyamment un verre dans l'évier.

— Tu as fait bien plus de choses que moi. Va regarder les célébrations du Nouvel An à la télévision... De préférence, celles de Californie, dit-il en lui souriant.

Enfin seuls. Ha !

Kai continua de laver et Rand, d'essuyer. Aucun mot. Silence pesant. *J'en ai assez !* Rand fit en sorte de ne pas parler fort, étant donné que la cuisine n'était que partiellement séparée du petit salon.

— Qu'ai-je fait pour te froisser, cette fois-ci ?

Kai le regarda, ses yeux noirs étincelants.

— Tout doit-il toujours tourner autour de ta personne ?

— Non, mais cette fois, c'est le cas.

— Mes enfants n'ont pas besoin d'être sauvés et moi non plus, sauf en cas de chute rarissime du haut d'un bâtiment.

— Je n'essaie de sauver personne.

Kai eut un rire dédaigneux.

— Tu ne peux pas t'en empêcher, grand cowboy héroïque.

Rand resta figé sur place.

— Je ne cherche pas à donner cette impression. Je voulais simplement aider.

— Pour qu'ils s'habituent à ta présence et que je me retrouve ensuite seul à devoir essayer d'être à ta hauteur ? Je n'ai pas besoin de ce genre d'aide.

Rand déglutit.

— Je n'ai jamais...

— Laisse-nous tranquilles !

165

Assez ! Il jeta le torchon sur le comptoir et tourna les talons. *Je n'ai pas à subir ça. Je rentre à la maison.* Il se rendit dans le salon et s'accroupit près du fauteuil dans lequel était installée Lani, mais ses yeux rougis lui firent comprendre qu'elle avait dû tout entendre.

— Je suis désolé, ma puce. Je dois rentrer pour faire mes valises. Mon vol part tôt demain matin. Passez un bon réveillon. J'espère que cette nouvelle année sera remplie de bonheur pour vous trois.

— Il ne le pense pas, oncle Rand, murmura-t-elle. Il est juste trop habitué à être la seule personne sur laquelle nous pouvons compter.

— Je sais.

Rand la prit dans ses bras. Mais cela ne permit pas à son cœur de se sentir moins broyé.

Aliki décrocha le regard de son jeu.

— Attends. Tu n'es pas en train de… Non !

Il bondit du canapé, se précipita vers Rand et noua ses bras autour de son cou, les faisant tomber tous les deux au sol.

— Tu as promis que tu serais là pour le passage à la nouvelle année. Tu as promis !

Rand caressa les cheveux noirs et soyeux d'Aliki.

— Nous sommes déjà passés à la nouvelle année chez moi.

Des larmes coulaient le long du visage du garçon et ses épaules tremblaient. Rand le serra plus fort, clignant des yeux pour chasser ses larmes.

— J'ai passé des heures merveilleuses en votre compagnie. Plus tard, vous viendrez peut-être me rendre visite au ranch et nous apprendrons à monter encore mieux, d'accord ?

Aliki s'écarta et hocha la tête, mais il évita le regard de Rand. Il savait que cela n'arriverait jamais. Rand se mit debout, mais Aliki ne bougea pas. Il déposa un dernier baiser sur la joue de Lani, se retourna et marcha vers la porte. Lorsqu'il sortit dehors, Aliki hurla :

— Kai, tout ça, c'est de ta faute ! Tu l'as fait fuir ! Je te déteste !

Eh bien, c'est encore pire. Il ferma la porte et fit de son mieux pour ne pas espérer entendre des bruits de pas derrière lui – qui ne vinrent jamais.

XVIII

ILS S'EN remettront. Ils finiront par l'oublier. Ils s'en remettront.
Kai était allongé sur son lit et fixait le plafond. *Maintenant qu'il est parti, la vie va reprendre son cours normal.*
Normal. Plus de cours d'équitation – que ce soit à l'intérieur ou à l'extérieur de la chambre. Plus de beau fessier à prendre dans la forêt tropicale. Plus de danseur qui semblait être né avec le rythme dans la peau... ou d'yeux rieurs, ou de cœur de superhéros, ou d'une âme aimante et attentive.
Il essuya les fichues gouttes d'eau de ses joues.
Personne ne prendrait plus jamais soin de lui.

RAND REGARDA les nuages par le hublot et essaya de permettre à son sang de circuler dans ses mains agrippées aux accoudoirs. Où était Mme Orwell lorsqu'il avait besoin d'elle ? D'accord, il n'y avait pas eu de secousses ni même de légers mouvements de l'appareil depuis plus d'une heure, mais la terre n'avait jamais semblé si lointaine. Une partie de lui voulait désespérément rentrer à la maison, alors qu'une autre priait presque pour que des pirates de l'air obligent l'avion à faire demi-tour vers Maui. *Un goût d'inachevé. Un goût d'inachevé.* Ces mots résonnaient dans sa poitrine comme un second battement de cœur.
Et si je n'avais pas pris l'avion, que j'avais fait demi-tour et que j'étais retourné chez eux ? Si j'avais obligé Kai à me parler ? Si j'avais apaisé la situation pour que la dernière image que les enfants aient de moi ne soit pas celle d'un homme les laissant derrière lui ?
Une secousse ; il prit une vive inspiration. Comme si rien n'était arrivé, l'avion se remit à voler calmement. *Je déteste ce mode de transport. Même monter un cheval sauvage est moins angoissant.* Sa respiration revint progressivement à la normale.
Pourquoi faire demi-tour ? Quel serait le dénouement ? Kai ne veut pas de moi.

Attendez. Aimerais-je qu'il fasse partie de ma vie ? Que cela signifierait-il ? Ou est-ce que je n'aime que ses enfants ?

Il soupira et ferma les yeux. *Enfin bref, ça ne change rien. Je ne peux pas l'obliger à me porter de l'intérêt. Je ne peux pas transporter mon ranch jusqu'à Hawaii.* Doucement, il respira l'air recyclé de la cabine. Qu'avait dit Mme O. ? L'air avait plus de chances de le tuer que le vol en lui-même. Il esquissa un sourire et se concentra sur ses mains. *Calme-toi. Calme-toi. Tu seras bientôt à la maison.*

Je me demande ce qui se serait passé si je n'avais pas vécu si loin et n'avais pas été obligé de partir ?

Le ronronnement régulier de l'avion le berça et sa tête tomba sur le côté.

— Mesdames et Messieurs, notre arrivée à destination approchant, nous allons passer dans les couloirs afin de récupérer les tasses, verres ou déchets qui peuvent vous encombrer.

Oh, on arrive. Il jeta un œil à sa montre, puis il attrapa la bouteille en plastique vide qu'il avait rangée dans le filet du siège. Une fois qu'il aurait atterri, il lui resterait une heure et demie de route pour arriver à la maison, mais tout cela se passerait sur la terre ferme. *Un goût d'inachevé. Inachevé. Inachevé.*

Bordel, pourquoi suis-je parti si c'est pour me sentir si mal ?

La fierté. Il avait été rejeté et cela l'avait profondément blessé.

L'hôtesse de l'air lui sourit et lui tendit un sac plastique dans lequel mettre ses déchets.

Il y eut un grand bourdonnement et Rand se figea.

Elle lui adressa un petit sourire.

— Ce ne sont que les machines qui se mettent en place pour l'atterrissage, chuchota-t-elle. Ne vous inquiétez pas.

Il hocha la tête, lui offrit son sourire d'homme dominant et jeta sa bouteille dans le sac.

Vrooooom. Vrooooom.

Cette fois, le visage de l'hôtesse se figea... puis elle lui adressa un sourire éclatant.

— Merci, monsieur.

Elle se retourna comme si elle avait le feu aux fesses et se précipita vers le cockpit, emportant avec elle toute l'assurance de Rand. *Seigneur.*

Vroooom. Vrooom.

Rand regarda par le hublot et vit le sol assez clairement. *Ce n'est probablement rien. Ce n'est rien.*

— Mesdames et Messieurs, ici, votre commandant de bord.

Ce n'est pas possible !

— Nous rencontrons quelques problèmes avec notre train d'atterrissage latéral. Nous allons continuer à survoler la zone d'atterrissage et effectuer quelques procédures pour le rendre de nouveau opérationnel.

Clic.

Aucun mot pour dire « ce n'est rien d'inquiétant ».

Ce n'est pas la mort qui est effrayante. C'est la chute.

L'avion reprit de l'altitude et ils s'éloignèrent du sol. L'appareil pencha vers la droite, puis vers la gauche.

Rand ferma les yeux et respira profondément, luttant contre la nausée.

Ce n'est pas la mort qui est effrayante. C'est la chute. La chute.

Du sommet de cette falaise. Les yeux fixés sur la mer et les roches alors qu'Edward, le garçon qui avait demandé à Rand de lui faire une fellation, le faisait avancer un peu plus vers le précipice en le poussant à l'aide de son couteau de cuisine. Derrière Edward, quatre autres garçons riaient et le raillaient.

— Pédé.

— Tarlouze.

— Tafiole.

— Tu vas regretter d'avoir essayé de me convertir à ton monde de tapette, espèce de pédé, cracha Edward.

Le couteau continua d'appuyer dans le dos de Rand et il sentit un filet de sang couler le long de sa colonne vertébrale, chaud et épais, tout comme les larmes qui coulaient le long de ses joues.

— Nous sommes trop gentils de laisser un gars comme toi mourir aussi facilement.

La pression du couteau dans son dos diminua.

— Nous devrions le prendre chacun notre tour, les gars. Juste pour lui montrer ce que nous pensons des pédés.

Seigneur. Je ne vais pas me faire dessus. Non.

Les autres garçons murmurèrent entre eux ; ils ne semblaient pas très enthousiastes à cette idée.

La main d'Edward se referma sur son bras et lui fit faire un pas en arrière. Rand lança un crochet du droit et réussit à frapper Edward à l'oreille.

— Aïe ! Espèce d'enfoiré !

169

Un coup de couteau fut porté à sa jambe, mais il ne réussit pas à transpercer son jean. Puis il le sentit de nouveau dans son dos.

— Meurs.

Le pied de Rand glissa sur le rebord de la falaise et il oscilla entre le sol et le vide.

Ce n'est pas la mort qui est effrayante. C'est la chute.

— Seigneur ! entendit-il hurler.

Cela provoqua une sorte de courant électrique dans sa colonne vertébrale.

— Vous avez perdu l'esprit ? Qu'est-ce qui vous prend ? Éloignez-vous de lui !

Le couteau disparut si vite que Rand faillit perdre connaissance. Basculant, vacillant.

Qu'importe. À quoi bon vivre ?

Même la main qui l'agrippa et l'éloigna du précipice n'ébranla pas cette conviction.

Vroom. Vroooooom. Inclinaison vers la gauche. Puis vers la droite.

Son cœur battait la chamade, la sueur coulait le long de son dos, tout le monde autour de lui gémissait et quelques-uns pleuraient. *Je me demande quand je vais perdre connaissance. Ou bien dois-je assister à la chute ? Quelle importance cela a-t-il une fois qu'on est mort ?*

La femme assise près de lui était en train d'envoyer des messages. *Oh. Les téléphones fonctionnent peut-être vraiment dans les avions.* Il sortit le sien de sa poche et désactiva le mode avion. Cela valait le coup d'essayer. Il rédigea un message pour sa mère.

L'avion rencontre des problèmes de train d'atterrissage. Ça semble grave. Je vous aime très fort. Vous avez été de bons parents et je suis heureux d'avoir eu la chance de grandir auprès de vous. Rand.

Il appuya sur « envoyer », puis il posa le téléphone sur sa cuisse. *Soyons fous.*

Kai, le train d'atterrissage de mon avion est défaillant et ça semble grave. Ce n'est probablement rien – enfin, j'espère. Je veux simplement que tu saches…

Merde. Qu'il sache quoi ? Il effaça le message et glissa son téléphone dans sa poche. Soit Kai n'en aurait rien à faire, soit il se sentirait mal en lisant le message. En ne lui envoyant rien, Kai ne saurait probablement jamais s'il s'en était sorti mort ou vivant.

Vroooooooooom. Vroooom. Bam !

170

Il sursauta, mais tout le monde autour de lui fit de même alors il ne se sentit pas idiot.

Bam. Bam. Comme un bruit sourd de claquement.

— Mesdames et Messieurs, ici, votre commandant de bord. Notre train d'atterrissage est sorti et en position.

Les passagers commencèrent à crier et applaudir.

— Cependant…

Cela les fit immédiatement taire.

—… nous ne sommes pas certains que le train d'atterrissage soit verrouillé. Par conséquent, les hôtesses de l'air vont vous expliquer les procédures d'urgence. Nous allons survoler un peu plus longtemps la zone d'atterrissage, le temps qu'ils libèrent la piste et mettent en place des équipements d'urgence. Je vous prie d'écouter avec attention les instructions des hôtesses.

— On n'a pas trop le choix, dit la femme qui se trouvait près de lui.

Cela le fit presque rire. Presque.

Les hôtesses de l'air semblaient paniquées, mais elles expliquèrent comment se mettre en position de sécurité : les mains posées sur le siège de devant, la tête entre les bras.

Un homme âgé dit :

— Je pensais que j'allais devoir attraper mes chevilles et dire adieu à mes fesses.

Tout le monde laissa échapper un rire bref et nécessaire, mais le silence revint lorsque la voix du commandant annonça : « *Tout le monde en position de sécurité.* »

Rand entendait à peine le bruit des volets hypersustentateurs par-delà le bruit du sang qui circulait dans ses oreilles. Quelques personnes priaient à voix haute, ce qui était à la fois réconfortant et terrifiant.

Vroom. Le sol se rapprochait. C'était comme si l'avion était de plus en plus lourd, que la gravité reprenait ses droits. Rand jeta un coup d'œil sur le côté et vit le sol défiler à toute allure. *Nom de Dieu.* Le visage de Lani apparut dans son esprit, avec son sourire doux et sage. Puis le regard espiègle d'Aliki. Mais lorsque le train d'atterrissage heurta la piste comme un énorme rocher, Rand ne ressentit que la solitude profonde et oppressante de son *paniolo.*

Avant qu'il prenne conscience de la situation, des cris de joie éclatèrent. Les passagers tapèrent des pieds, applaudirent et sifflèrent.

L'intercom s'alluma et une voix enjouée dit :

171

— Merci, les amis. Nous sommes tous heureux d'être sur la terre ferme.

Petit à petit, l'esprit de Rand se désembua alors que les passagers se levaient et récupéraient leurs bagages à main. Il inspira profondément – une fois, deux fois –, puis il se leva en faisant attention à ne pas se cogner la tête. Il sentit la stabilité du sol dans ses longues jambes, comme une injection de bonheur. Son téléphone se mit à sonner et il baissa les yeux pour voir le prénom de sa mère s'afficher. *Sa mère. Pas Kai. Ce ne sera jamais Kai.*

— Bonjour, Maman.

— Oh, mon Dieu, Rand ! Tu vas bien ? Seigneur, dis-moi que tu es au sol.

— Oui et en une seule pièce. Nous sommes en train de sortir de l'avion.

— Que s'est-il passé ?

— Je t'appellerai plus tard, d'accord ? Je suis un peu troublé.

— Mais tu vas bien ?

— Oui.

Si l'on ne faisait pas attention à ses mains qui tremblaient tellement qu'il avait du mal à tenir son téléphone et à la certitude qu'il vomirait dès qu'il entrerait dans le terminal.

— Je t'aime. Ton père t'aime aussi.

— Je vous aime. Je t'appelle plus tard.

— Rand ?

— Oui.

— Merci d'avoir écrit que tu étais heureux d'avoir grandi auprès de nous.

— Oh, Maman. C'est la vérité.

Le plus grand secret qu'il avait gardé pour lui toutes ces années était prêt à sortir… mais ne réussit pas à franchir la barrière de ses lèvres.

— Je t'appelle plus tard.

Il raccrocha et sortit son bagage à main du compartiment à bagages. Il était temps de reprendre le cours de sa vraie vie.

Lorsqu'il passa le seuil qui séparait l'avion de la passerelle, ses genoux cédèrent et il éprouva de la difficulté à rester debout. Chancelant, il s'arrêta et sortit son anorak de son bagage à main pour reprendre son souffle sans se faire remarquer. Il finit par atteindre le terminal dans lequel les hôtesses de l'air et les agents de sécurité contenaient les médias pendant que les passagers s'agglutinaient au bureau pour obtenir des informations

172

sur leur correspondance – des fous furieux ! – ou s'échappaient. Rand faisait partie des fuyards et se précipita vers la zone de retrait des bagages, attrapa son sac et, après vingt minutes de maîtrise de soi, s'installa enfin au volant de son pick-up sur le parking longue durée. *Bien, tu peux t'effondrer maintenant si tu en as besoin.*

Ses mains tremblèrent et des flashs blancs lui obscurcirent la vue. De chaudes larmes glissèrent sur son visage et coulèrent sur sa veste. *Seigneur, suis-je en train de pleurer ?*

Son téléphone n'arrêtait pas de vibrer. *Pas maintenant.* Deux autres vibrations. *Et si c'était Kai ?* Il le sortit de sa poche et lut le nom qui s'affichait. *Mme O.*

— Bonjour, Mme Orwell.

— Dieu soit loué ! Je viens de regarder les infos. Vous allez bien ?

Il prit une vive inspiration.

— J'essaie.

— Je n'imagine même pas à quel point cela a dû être terrifiant pour vous.

Il laissa échapper un rire faux. *Ha. Ha.*

— Vous ne m'avez pas préparé à une telle situation.

— Non et j'en suis désolée. Juste lorsque vous trouvez ce que vous cherchez, on dirait que l'univers essaie de vous le reprendre.

— Quoi ?

— Mais ne vous inquiétez pas, mon cher, Kai et les enfants vous attendront. Leur avez-vous parlé ? Voulez-vous que je les appelle pour leur dire que vous êtes sur la terre ferme ? Ils doivent être dans tous leurs états.

— Non. Non ! Je... Mme O., nous n'avons fait que passer des vacances ensemble, en toute amitié. Enfin, ce sont des personnes adorables et j'aimerais les revoir un jour, mais Kai mène une vie bien remplie, avec beaucoup de responsabilités. Quant aux enfants, ils sont heureux. Ça ne sert à rien de les inquiéter avec cette histoire. Hana se trouve loin d'ici et ils n'ont probablement pas entendu parler de cet incident. De toute façon, ils ne connaissaient pas le numéro de mon vol, alors même s'ils en entendent parler, ils ne penseront certainement pas que j'étais l'un des passagers. Je ne veux pas qu'ils se fassent du souci, d'accord ?

Silence.

— Mme O. ?

— Je suis là.

Sa voix traduisait... l'inquiétude ? La colère ?

173

— Rand, mon cher, je sais que cela va vous paraître étrange puisque nous ne nous connaissons que depuis peu, mais nous avons partagé des moments plutôt intenses… Je vous considère comme un fils.

— Merci, Mme O.

Il prit une grande inspiration et démarra le pick-up.

— Alors je vais vous parler comme je parlerais à mon fils.

Oh-oh.

Il l'entendit prendre une vive inspiration.

— Si vous pensez que la relation que vous entretenez avec Kai et ces enfants n'est que temporaire, alors vous êtes bien plus aveugle que je ne le pensais. Vous considérez Lani et Aliki comme votre famille et, mon cher, malgré ce que vous vous racontez à vous-même ainsi qu'aux autres, vous êtes fou amoureux de Kai Kealoha.

Il voulut dire quelque chose. Mais il ne dit rien. Il coupa le moteur et laissa tomber sa tête contre le volant.

— Je pense que vous devriez monter dans un avion, voler jusqu'ici et le lui dire.

Quelqu'un arracha le toit du pick-up et déversa de l'eau glacée sur son dos. Les larmes recommencèrent à couler de plus belle sur son visage, silencieusement et violemment.

— Je… Je ne peux pas.

— Je comprends. Alors, appelez-le et avouez-lui vos sentiments, Rand.

— Il ne veut pas l'entendre, dit-il, la voix brisée. Il m'a dit de partir et de les laisser tranquilles.

— Il ne le pense pas.

— Si. J'espérais que ce ne soit pas le cas, mais il le pense.

— Je suis vraiment désolée. Sachez que je suis là pour vous, mon cher.

— Je vous en suis reconnaissant. Vous êtes… la seule personne…

—… qui sait que vous êtes homosexuel ?

— Oui.

— Vous pourriez être surpris. Mais je ne le dirai à personne tant que vous ne m'en donnerez pas l'autorisation.

— Merci.

— J'espère vous revoir…

Elle s'interrompit, comme si elle avait voulu dire « bientôt », mais ne l'avait pas fait.

— J'ai pris la décision de déménager ici pour vivre auprès de mes petites-filles.

— Oh, c'est magnifique. Elles doivent être ravies. Et vous devez l'être aussi.

— Oui. J'ai longtemps laissé mes autres engagements me retenir sur le continent, mais il est temps pour moi de passer du temps avec les personnes que j'aime le plus au monde. Qui sait ? Peut-être que je vais aussi trouver la personne qui m'est destinée sur cette île.

Il entendit le sourire dans sa voix, mais fut incapable de sourire lui-même.

C'était curieux : maintenant qu'il avait trouvé une raison de voler, il ne serait jamais plus capable de trouver le courage de le faire.

XIX

— ÇA FAIT du bien d'être de retour à la maison, patron ? Tu as repris tes habitudes ?

Rand resserra la sangle de la selle et regarda Danny. Alors que le corps long et mince de son employé avait toujours suscité le désir chez Rand, il trouva cela curieux de ne plus être attiré par lui. *Je vais m'en remettre.*

— On peut dire ça.

— Cet incident dans l'avion a dû être cauchemardesque. J'ai lu ce qui s'était passé.

— Ça m'a un peu perturbé.

Entre autres choses.

— Je parie que ta mère a paniqué.

— Oui. La situation était tellement désespérée que je lui ai envoyé un texto. J'ai peur qu'elle ne s'en remette jamais, dit-il en se forçant à sourire.

— Elle va finir dans le dortoir du ranch pour garder un œil sur toi.

— Oui. Ça ne m'étonnerait même pas.

Danny eut un sourire en coin. Cet homme était la définition du mot « adorable ».

— Tu es paré à l'attaque ?

— Mme Anderson ?

— Oui.

— Autant que possible, répondit Rand en essayant de sourire. Les cours de Ricky se sont bien déroulés pendant mon absence ?

— Oui. Cet enfant est à l'aise sur une selle, mais nulle part ailleurs.

Rand hocha la tête et mena Horsefly, la monture de Ricky, jusqu'au paddock. Comme s'ils étaient synchronisés, Mme Anderson traversa le parking en gravier au côté de Ricky. Comme d'habitude, le garçon ne leva pas les yeux plus haut que la mèche blonde qui retombait sur son front. Ce n'était pas inhabituel chez les personnes de quinze ans, mais chez Ricky, cela semblait plus… permanent ?

176

Mme Anderson le salua d'un geste de la main et lui sourit, ses lèvres peintes au rouge à lèvres rouge.

— Rand, c'est un plaisir de vous revoir, dit-elle en se rapprochant et en le regardant droit dans les yeux. Vous nous avez manqués.

— Oui, j'en suis désolé, mais la famille passe en priorité, n'est-ce pas ?

Elle ne pouvait pas le contredire puisqu'elle était une fervente supportrice des valeurs familiales.

— Oui, bien entendu.

— J'ai entendu dire que tu avais fait du bon travail pendant mon absence, Ricky.

Le garçon haussa les épaules.

— Que dirais-tu d'aller faire une balade après avoir passé en revue ce que tu as appris la semaine dernière ?

Cela attira l'attention du garçon. Il acquiesça et esquissa un léger sourire.

Bien que sa mère soit appuyée contre la clôture, Ricky réussit à montrer son trot et son petit galop à Rand – probablement parce qu'il était impatient de partir en balade.

Rand grimpa sur Wabbit, son grand cheval arabe, et toucha le bord de son chapeau.

— Mme Anderson, vous devriez peut-être aller déjeuner ou faire du shopping pendant un moment. Ricky et moi ne serons de retour que dans quarante-cinq minutes.

Elle l'arrêta d'un geste de la main.

— Pas de problème. Profitez-en. Je vais rester ici et discuter avec Daniel, dit-elle en regardant vers l'écurie.

Ricky adressa un regard à Rand qui voulait clairement dire : « *pauvre homme* ».

Rand hocha la tête et donna le signal à Wabbit pour partir. Ricky le suivit et ils entrèrent sur le chemin au trot. Rand observa la position de Ricky sur sa selle.

— Très bien. Tu as bien amélioré ton assiette. Tu sembles à l'aise.

— Merci.

Rand accéléra en passant au petit galop et Ricky tint la cadence, alors il passa au grand galop. Les yeux de Ricky s'élargirent, mais il se repositionna sur sa selle et passa aussi au galop. Rand leva une main.

— Très bien, dit-il en ralentissant progressivement jusqu'à ce qu'ils soient de nouveau au pas. Tu t'en es très bien sorti.

Ricky hocha la tête et un léger sourire apparut sur son visage – mais son regard troublé rappela Lani à l'esprit et au cœur de Rand. Il déglutit difficilement. Il suffisait d'un regard pour comprendre ce que Danny avait voulu dire concernant le fait que Ricky soit à l'aise sur une selle, mais nulle part ailleurs.

— Tu as passé de bonnes vacances ?

— Plutôt, oui.

— Tu as fait des trucs intéressants ?

Sa réponse fut un haussement d'épaules.

— Et vous ? Vous avez apprécié Hawaii ?

Bien que Ricky ait posé la question pour trouver une échappatoire, il ne tourna pas les yeux vers Rand.

— Oui. C'était agréable.

Respire calmement.

— Tu savais qu'Hawaii avait eu des cowboys avant qu'on en ait sur le continent ?

Cela réussit à capter son attention.

— Sérieusement ?

— Oui. Environ cinquante ans avant nous. Ils les appellent les *paniolos*. Ils sont venus tout droit de Mexico, comme nos cowboys.

— Waouh. C'est vraiment cool. Vous en avez rencontré ?

Sujet trop douloureux.

— Deux ou trois. Dis-moi, comment ça se passe à l'école ? Tu es déjà au lycée ?

— Oui. En seconde.

— Tu as une matière préférée ? Une petite amie ?

Ces satanés mots sortirent de sa bouche avant même qu'il s'en rende compte. *Merde.*

Ricky se crispa ; le cheval hennit ct s'agita, ressentant le malaise de son cavalier.

— Pardon, dit Rand en levant une main. Ce ne sont pas mes affaires. Je suis désolé. Je me rappelais juste d'Hawaii et des premières questions idiotes que les gens avaient tendance à me poser. Je suis vraiment désolé.

Ricky hocha la tête et ils continuèrent la balade en silence.

— Les gens vous posent aussi ce genre de questions ?

— Tout le temps, sauf qu'à mon âge, ils veulent savoir quand je vais me marier et avoir des enfants. Ça me rend fou.

— Je vous comprends. Je n'en peux plus que tout ce à quoi s'intéressent les gens soit la vie sexuelle des autres.

— Totalement d'accord.

La brise était fraîche, presque froide, ce qui contrastait avec la chaleur du soleil sur sa nuque. Ricky leva les yeux vers des oiseaux, puis regarda à nouveau le chemin.

— Je n'aime pas les filles.

Ne tire pas de conclusions hâtives.

— Oui, elles peuvent être extrêmement pénibles, n'est-ce pas ?

Trois secondes de silence.

— Vous savez que ce n'est pas ce que j'ai voulu dire, n'est-ce pas ?

— Oui.

— Je suis gay.

— Bien, dit Rand avant de regarder Ricky en souriant. Alors tu as un petit ami ?

Ricky resta sans voix et Rand leva à nouveau une main.

— Je ne fais vraiment que plaisanter. Ce ne sont pas mes affaires. En as-tu discuté avec ta mère ?

Ricky fit non de la tête.

— Elle te rend peut-être fou, mais elle t'aime sincèrement.

Ricky sembla surpris et rit doucement.

— La seule raison pour laquelle elle flirte avec les hommes, c'est parce qu'elle est à la recherche d'un nouveau père pour toi.

— Vous vous rendez compte de ça ? demanda Ricky en penchant la tête.

— Oui.

— C'est exactement la raison pour laquelle je ne peux rien dire. Bon sang, Rand, elle s'inquiète pour moi jour et nuit. Si elle pense que chaque fois que je quitte la maison, je peux devenir la victime d'un crime haineux, je ne sais pas lequel de nous va devenir fou en premier.

— Tu dois lui dire, Ricky. Tu dois le faire. Pense à tous ces jeunes homosexuels qui courent le risque d'être tué ou mis à la porte de chez eux s'ils décident de dire la vérité. Ce n'est pas ton cas. Elle t'aime. Elle te soutiendra...

Sa poitrine le serra. *Bon sang, McIntyre, est-ce que tu t'entends ?*

— Vous voulez dire que révéler mon homosexualité, c'est honorer ces autres jeunes homosexuels ?

Rand hocha la tête. Il était incapable de prononcer les mots. *Oui, c'est exactement ce que je veux dire.*

Ils continuèrent leur balade en silence. Ricky s'éclaircit la voix.

— Alors vous ne pensez pas qu'elle va mal réagir ?

— C'est une possibilité. Mais d'ici une semaine, elle sera à la tête d'un groupe de soutien à la cause LGBTQ et organisera des Gay Pride.

Ricky se mit à rire.

— Oui, vous avez certainement raison.

— Tu penses que tu serais plus heureux si elle était au courant ?

— Oui. Je veux simplement éviter de la blesser.

— Être gay n'est pas facile, mais si c'est ce que tu es..., dit-il en haussant les épaules.

— Oui. C'est vraiment pénible de ne pas pouvoir l'être ouvertement. Vous savez, il y a beaucoup de garçons gays au lycée. C'est même presque tendance d'être gay.

— Les temps changent.

Mais pas dans son secteur d'activité.

— Si tu as besoin de quelqu'un à qui parler ou de quoi que ce soit d'autre, n'hésite pas à m'appeler, d'accord ?

— Merci, répondit Ricky avant de le regarder. Vous le prenez très bien. Enfin, ce que je veux dire, c'est que les cowboys n'apprécient pas vraiment les gays.

— C'est vrai.

Bon Dieu, j'en sais quelque chose.

Les bâtiments du ranch apparurent à l'horizon. Comme le chemin s'étrécissait, ils se mirent en file, Ricky en tête. Le SUV de Mme Anderson brillait sous le soleil matinal.

Soudain, Ricky regarda par-dessus son épaule.

— Merci, Rand. Au fait, j'ai un petit ami. Il est génial, dit-il en souriant, ses fossettes faisant leur apparition.

C'était le premier sourire franc que Rand avait vu sur son visage depuis qu'il le connaissait. Ricky fit avancer son cheval au trot et salua sa mère de la main en arrivant devant l'écurie. Celle-ci sourit et lui fit signe à son tour, semblant légèrement stupéfaite.

— Coucou, mon chéri. Tu es incroyablement épique sur ce cheval.

— Merci, dit-il en mettant pied à terre. Dis, Maman, ça te dirait que nous allions déjeuner ensemble ? Je dois te parler de quelque chose.

180

— Oh ? Avec plaisir, mon chéri, répondit-elle, ses grands yeux montrant à quel point elle était ravie à cette idée.

Quinze minutes plus tard, Rand se tenait près de la porte de l'écurie et regarda Ricky partir avec sa mère. *Surréaliste. Ai-je réellement eu cette conversation ? Qui a fait de moi le Yoda gay ? Bon sang !* Mais Ricky avait semblé être un autre jeune homme lorsqu'il était monté en voiture, comme si on l'avait délesté du poids de la Californie.

— Hé, patron, ça va bien ?

— Comment ?

Danny posa une main sur son bras.

— Tu sembles un peu sous le choc. Tout va bien ?

— Euh, oui. Je vais bien.

— Ricky semble avoir appris beaucoup de choses durant cette balade.

— C'est un bon gamin.

Danny sourit et mastiqua un brin de paille.

— Tu sais quoi ? Ta mère a raison.

— À propos de quoi ?

— Tu devrais être père. Je n'ai jamais vu quelqu'un s'occuper aussi bien des enfants.

Rand déglutit péniblement et essaya de ne pas se rappeler de la sensation des bras d'Aliki noués autour de son cou.

— Merci ?

Danny baissa les yeux sur ses chaussures.

— Je pense que c'est la raison pour laquelle je suis venu travailler ici.

Rand frappa doucement le bras de Danny.

— Hé, mon gars, je t'aime, mais je ne suis pas assez vieux pour être ton père.

Danny le regarda du coin de l'œil.

— Non, évidemment, mais si j'avais eu un frère comme toi, ma vie aurait sûrement été bien plus agréable.

Il lui adressa son sourire espiègle et continua :

— J'ai accepté ce travail en me disant que la chance allait peut-être enfin tourner pour moi, dit-il avant de lui faire un clin d'œil. Merci de m'avoir donné ma chance.

Il cracha le brin de paille et retourna dans l'écurie en riant, d'un pas nonchalant.

181

Rand jeta un coup d'œil à l'intérieur du bâtiment faiblement éclairé. Même si chaque équidé qui se trouvait à l'intérieur se transformait en licorne, cela ne rendrait pas cette journée plus étrange.

— KAI, BÉBÉ, tu es sûr que ça va ?

Kai baissa sa casquette plus bas sur son front pour se protéger du soleil. *Après avoir posé six fois cette satanée question, Audrey ne mérite pas de réponse.*

— Lani, pourquoi ton frère est-il si triste ?

Merde ! Il ouvrit un œil pour dire à Audrey de s'occuper de ses affaires et de laisser ses enfants tranquilles, mais Lani haussa les épaules, le regarda et dit doucement :

— Je pense que son ami lui manque.

Bon sang !

— Audrey, comme je te l'ai déjà dit six fois : je vais bien. J'ai juste la tête ailleurs. Laisse Lani tranquille. Ce n'est pas souvent qu'elle a la chance de venir à la plage. Lani, va voir ce que fait Aliki avant qu'il se noie.

Lani lui lança un regard noir, mais elle partit le long de la plage de sable vert pour rejoindre Aliki qui jouait au Frisbee avec deux autres habitants de l'île.

Audrey se rapprocha de Kai.

— Tu n'es pas très marrant, ces derniers temps.

— Je ne suis pas payé pour faire rire les gens.

Elle s'accroupit près de lui, sa poitrine généreuse dépassant de son haut de bikini.

— Je sais. Je suis désolée. Je suis simplement inquiète.

— Je sais, dit-il en esquissant un sourire. Merci de te soucier de moi.

— Lani dit la vérité ? Rand te manque ?

— Oui, dit-il en haussant les épaules. C'est un bon gars. Les enfants l'adorent.

Il posa une main contre sa poitrine, puis la laissa tomber.

— C'est vrai qu'il était gentil.

Elle fixa les vagues qui venaient s'échouer sur la plage. Beaucoup d'habitants de l'île venaient se baigner ici comme cette plage n'était pas très connue des touristes.

— Il est aussi bon danseur, ajouta-t-elle.

— Oui.

182

— Vous avez beaucoup de choses en commun. La danse. Le statut de cowboy.

Fais-la changer de sujet.

— Mais je m'inquiète surtout par rapport à l'enseignante d'Aliki.

Elle posa ses fesses sur le sable.

— Oh, non. Que se passe-t-il ?

— C'est une vieille ignorante qui pense qu'Aliki est hyperactif.

— Qu'est-ce qu'elle en sait ?

— Exactement.

Elle s'accouda sur le sable et leva le visage vers le soleil, les yeux fermés.

— Je pensais que tu t'inquiétais de la manière dont Rand se remettait de cette horrible frayeur lors de son vol.

— Quoi ?

Elle redressa la tête et ouvrit les yeux.

— Oui, tu sais bien. Cette histoire de train d'atterrissage qui a déraillé sur un vol en partance de Kahului. Je suis presque certaine qu'il s'agissait du vol de Rand. Après tout, il n'y a pas tellement de départs pour Sacramento, si ?

Il fronça tellement les sourcils qu'il en eut mal au crâne.

— Je n'étais pas au courant.

— Tu as dû en entendre parler. C'est même passé aux infos locales. Apparemment, le train d'atterrissage n'est pas sorti et tous les passagers ont dû se mettre en position de sécurité, mais le train d'atterrissage a tenu le coup et tout le monde s'en est sorti indemne.

Il ne pouvait plus respirer. *Seigneur, Rand devait être terrorisé.* Il bondit sur ses pieds. *Je dois l'appeler.*

Audrey se leva avec difficultés, perdant presque son maillot de bain.

— Tu n'étais vraiment pas au courant ?

Il secoua vivement la tête et balaya la plage du regard.

— Lani ! appela-t-il en lui faisant signe.

— Que vas-tu faire ?

Très bonne question. Je dois savoir s'il va bien.

— L'appeler, je suppose. Bon sang, Audrey, cet homme m'a sauvé la vie.

— S'il est si important pour toi, pourquoi ne l'as-tu pas appelé depuis qu'il est rentré chez lui ? Ça fait un moment qu'il est parti, chéri, dit-elle en croisant les bras.

183

— Je sais. J'ai été occupé.

Il fit des signes à Lani ; elle le remarqua enfin. Il lui fit signe de le rejoindre. Elle commença à revenir seule et il fit non de la tête, alors elle se retourna pour parler à Aliki, qui ne voulait manifestement pas partir.

— Eh, merde ! jura-t-il avant de traverser la plage.

Audrey peina à le suivre.

— Si tu veux l'appeler, appelle-le !

— La réception est mauvaise, ici.

— Elle n'est bonne nulle part.

Il arriva près de Lani et Aliki.

— Désolé, les enfants, mais nous devons rentrer à la maison.

— Pas maintenant, Kai ! Je m'amuse bien, geignit Aliki en fronçant les sourcils et en tapant du pied dans le sable mouillé.

Lorsqu'il leva les yeux vers Kai, il dut voir quelque chose dans son regard parce qu'il se retourna et lança le Frisbee à l'un des autres enfants.

— Hé, *brah*, je dois y aller, dit-il. À bientôt.

Lani et Aliki accompagnèrent Kai, accélérant leur cadence pour suivre la sienne.

Audrey trottinait auprès d'eux.

— On se voit plus tard ? Tu vas venir danser ce soir ?

— Je ne pense pas.

— Allez, tu n'as pas mis les pieds au club depuis des semaines !

— Je n'en ressens pas l'envie.

— Je sais que je ne suis pas aussi bonne danseuse que le cowboy…, dit-elle en faisant la moue.

Assez ! Kai se tourna brusquement vers Audrey, mais Lani tendit la main et attrapa doucement le bras de la jeune femme.

— Désolée, Audrey. Nous devons rentrer.

Quelque chose dans l'attitude calme et posée de Lani toucha Audrey ; elle acquiesça.

— Oui, je comprends. On se voit bientôt, d'accord ?

Kai lui adressa un bref hochement de tête et se précipita vers le parking. Une fois que les enfants furent attachés, il fit voler un peu de gravier et de sable en démarrant au quart de tour pour rejoindre la route.

— Que se passe-t-il, Kai ? demanda Aliki.

Lani se tourna aussi vers lui.

Essaye de paraître calme.

— Est-ce que l'un de vous a entendu parler de cet avion qui a rencontré des problèmes de train d'atterrissage et qui partait de Kahului ?

Aliki tira sa ceinture pour se pencher entre les sièges avant.

— Non. Qu'est-il arrivé ?

— J'en ai entendu parler, intervint Lani. Mais tout le monde s'en est sorti, non ? Quand est-ce que j'ai…

Elle plaqua une main sur sa bouche.

— Oh, non. Oncle Rand !

Kai déglutit.

— Oui. Audrey pense qu'il était dans cet avion.

— Oh non ! cria Aliki. Il va bien ?

— Oui, oui. Il va bien. Personne n'a été blessé. Ne t'inquiète pas.

Lani garda le regard fixé sur Kai et parla doucement à Aliki.

— Mais tu te rappelles combien oncle Rand a peur du vide ? Tu te rappelles qu'il s'est senti mal après avoir sauvé Kai ?

— Oui, dit Aliki dans une sorte de gémissement.

Mince, il avait effrayé son petit frère.

— Kai et moi sommes simplement inquiets qu'il ait été terrifié dans cet avion.

— Kai, dit Aliki dans un reniflement. Kai, tu ne l'as même pas appelé ? Pourquoi es-tu si méchant avec lui ?

Ses reniflements se transformèrent en torrents de larmes.

— Il t'a sauvé la vie ! C'est notre ami. Il nous aime. Il savait même ce que je voulais pour… Noël.

Ce dernier mot fut prononcé dans un gémissement et la fissure, qui était profondément cachée dans le cœur de Kai, finit par s'ouvrir et briser son cœur en mille morceaux.

— Je sais, Aliki. Il m'arrive d'être stupide. Nous allons rentrer à la maison et l'appeler, d'accord ? Nous allons tous lui parler et lui dire que nous pensons à lui tous les jours, okay ?

— C'est vrai, Kai ? demanda-t-il en reniflant. Tu penses à lui tous les jours ?

Kai jeta un œil dans le rétroviseur intérieur et vit ce visage rempli de larmes.

— Oui, c'est vrai.

XX

KAI CONDUISIT un peu plus vite que recommandé avec son vieux pick-up. *Bon sang, j'aimerais vraiment parler seul à seul avec Rand.* Mais il avait fait une promesse à Aliki, alors il devait la tenir.

Ils arrivèrent devant la maison, se garèrent rapidement et se précipitèrent tous à l'intérieur. Kai s'installa sur le canapé – où la réception était généralement meilleure – et les enfants restèrent près de lui, Aliki assis sur le sol et Lani sur le canapé, à son côté. Il prit une profonde inspiration.

— Okay, c'est parti, dit-il en observant son téléphone. Quelle heure est-il là-bas ?

Lani observa aussi le téléphone.

— Trois heures de plus qu'ici, dit-elle.

— Alors il est probablement encore en train de travailler.

— Essaye quand même, dit Aliki en lui agitant le bras.

— D'accord.

Il sélectionna le numéro que Rand lui avait donné et appuya sur « appeler ».

Silence.

Kai secoua la tête.

Plus de silence, puis le bruit signifiant qu'il n'y avait pas de réseau. *Mince.* Il tendit le téléphone, afin que les enfants entendent.

— L'appel ne passe pas. Nous réessayerons dans quelques minutes, d'accord ?

— Je vais aller me changer, dit Lani en se levant.

— Je peux sortir et jouer un moment ? demanda Aliki en se levant à son tour.

— Bien sûr.

Les enfants partirent, laissant Kai seul avec son téléphone. *Mon Dieu, je suis un ami terrible. Rand pourrait être mort et je ne le saurais même pas.* Il glissa une main sur son visage. *Si, je le saurais. Si le monde perdait toute cette gentillesse et ce courage d'un seul coup, les choses dépériraient*

186

et finiraient par mourir. Je serai l'une d'entre elles. Il laissa sa tête tomber dans ses mains.

La main douce qui se posa sur ses cheveux lui fit lever la tête.

— Tu vas bien ? demanda Lani en lui souriant.

— Beaucoup de personnes me posent cette question.

— Je sais. Tu veux aussi me hurler dessus ?

Il fit non de la tête.

— C'est seulement que je ne connais pas la réponse, expliqua-t-il.

Elle s'assit près de lui.

— Si, tu la connais.

— Ah oui ?

— Oui. Tu as le cœur brisé.

— Vraiment ?

— Oui.

— Comment peux-tu le savoir ?

— Parce que tu as perdu la personne que tu aimes.

— Lani…, dit-il en fronçant les sourcils.

Elle se rapprocha de lui.

— Je t'en prie, Kai. Je me suis toujours demandé pourquoi tu ne courais pas après les filles. J'ai fini par me dire que tu luttais sûrement contre tes instincts naturels parce que prendre soin de nous représentait trop de responsabilités

Elle sourit, puis continua :

— Mais lorsque je t'ai vu regarder Rand, j'ai enfin compris ce qu'il fallait pour attirer ton attention, dit-elle en prenant son bras et en le serrant. J'aurais dû me douter que tu ne pouvais tomber amoureux que d'un superhéros.

— Ça ne te dérange pas ?

— Ne sois pas idiot. Je ne veux que ton bonheur.

— Personne ne doit le savoir.

— À cause de nous ?

— Oui. Nous ne pouvons pas tendre la perche aux curieux qui veulent nous observer de trop près.

Elle poussa un grand soupir.

— Tu as sacrifié tellement de choses pour nous. Tellement.

— C'est tout ce que j'ai toujours voulu faire.

Elle noua fermement ses bras autour de lui.

— Ton père serait si fier de toi.

Il s'écarta pour la regarder dans les yeux.

— Pourquoi dis-tu ça ? Je doute que les *paniolos* aient été plus tolérants envers les homosexuels que le reste des cowboys.

— Peut-être que ton père était aussi homosexuel.

Il esquissa un sourire.

— Tu ne penses pas que le fait que je sois ici est la preuve du contraire ?

— Pas forcément. Beaucoup d'homosexuels font des enfants.

Il laissa échapper un rire.

— Tu as fait des recherches sur l'homosexualité ?

Elle le regarda du coin de l'œil avec ses grands yeux noirs.

— Oui, répondit-elle.

— Je t'aime, tu sais.

— Je t'aime aussi. Personne n'aurait pu mieux nous élever.

Il la serra fort et cligna des yeux pour chasser les larmes qui cherchaient à s'échapper.

— On réessaye d'appeler Rand ?

— Oui, dit-elle en se détachant de lui. Je vais chercher Aliki.

— Tu sais que cet appel ne va rien changer ? Il est là-bas. Nous sommes ici.

Elle hocha la tête et la tristesse réapparut dans son regard.

— Oui, je sais.

— D'accord. Je vais essayer de l'appeler. Va chercher Aliki au cas où ça fonctionne. Il va nous tuer s'il ne parle pas à son oncle Rand.

Il fit une grimace, mais ses mains tremblaient.

Lani se dirigea vers la petite fenêtre qui donnait sur l'avant de la maison alors que Kai appuyait sur le bouton « appeler » et prenait une grande inspiration.

— Kai !

Il se tourna vers Lani, qui avait l'air terrorisée. Elle indiqua la fenêtre.

— Quoi ? Qu'est-ce qu'il y a ?

— La police. Elle marche vers ici. Aliki ! dit-elle, puis elle se précipita vers la porte.

— Non. Fuis. Par-derrière, comme nous avons répété. Pars !

Elle semblait déchirée, mais elle finit par se retourner et courir le long du couloir vers sa chambre, où ils gardaient un petit sac dans lequel se trouvaient des vêtements, de l'argent et un téléphone portable à carte prépayée.

La porte d'entrée s'ouvrit brusquement et Aliki se précipita à l'intérieur.

— Kai ! Kai. Non, je t'en supplie, hurla-t-il en se jetant dans les bras de son grand frère alors qu'un policier, Mme Guthrie et une femme que Kai n'avait jamais vue passaient le pas de la porte.

— Kai Kealoha ? dit la femme.

— Oui. Que se passe-t-il ?

Mme Guthrie le fusilla du regard.

— Après notre dernière rencontre, nous avons fait quelques recherches. Nous avons dû fouiller longtemps dans les archives, mais nous avons découvert que votre mère était décédée et que ces enfants vivaient sans aucun soutien parental, sans aucune surveillance.

Kai lui adressa un regard noir.

— Je suis leur frère. Je subviens à leurs besoins et je les accompagne dans leur vie quotidienne. Ils mènent une vie parfaitement convenable.

Mme Guthrie rit avec mépris.

— Quel âge avez-vous ?

Kai inspira vivement.

— Vingt-trois ans.

— Encore un de vos mensonges. Selon les archives, vous avez vingt ans. Seigneur, vous prenez soin de ces enfants depuis que vous avez seize ans. Un enfant qui s'occupe d'autres enfants.

Il regarda l'autre femme.

— Madame, nous ne bénéficions pas d'allocations ou de soutien financier de la part du gouvernement ou de qui que ce soit d'autre. Les enfants sont de bons élèves et ne ratent jamais une journée d'école.

— Sottises, intervint Mme Guthrie en croisant les bras. Ce garçon est hyperactif et a probablement besoin d'aide psychologique ainsi que d'une bonne dose de Ritaline.

— Il faudra me passer sur le corps, gronda Kai en serrant Aliki dans ses bras.

— Ça suffit, dit l'autre femme en levant une main. M. Kealoha, je suis Marjorie Makeha. Je travaille pour les services sociaux.

Elle observa la petite maison. Tout ce qu'elle voyait lui paraissait sûrement délabré.

— Je suis un peu perdue, finit-elle par dire. En temps normal, nous placerions Aliki avec son autre parent ou un membre de la famille jusqu'à l'audience, mais à ce que nous sachions, il n'a pas de famille.

— Il m'a, moi.

Elle soupira et regarda le policier silencieux.

— Malheureusement, comme vous avez dissimulé le décès de votre mère et n'avez jamais demandé la garde…

— Qui donnerait la garde de deux enfants à un garçon de seize ans ?

— Je comprends.

— Vous n'êtes rien d'autre qu'un menteur, lança Mme Guthrie avec méchanceté.

Reste calme. Si tu t'emportes, ça aura des conséquences négatives pour Aliki.

— Le fait est que je subviens aux besoins d'Aliki et que je prends soin de lui. Je suis sa famille. Il veut vivre ici avec moi. Je suis majeur et je suis un adulte responsable.

Marjorie Makeha hocha la tête.

— C'est certainement le cas. Il est possible que la cour décide simplement de laisser les enfants continuer à vivre avec vous, mais au vu de l'incertitude concernant votre lien familial, je dois vous retirer Aliki et Lani pendant quelques jours.

Aliki se blottit plus près de Kai.

— Non, je veux rester ici ! Ne les laisse pas m'emmener, Kai. Je t'en supplie.

Les larmes coulaient le long du visage de son frère.

— Demandez à Lani de nous rejoindre, dit Mme Guthrie en regardant autour d'elle.

— Elle n'est pas là. Elle rend visite à la famille de son amie de l'autre côté de l'île.

— C'est un pur mensonge. Vous ne faites que mentir.

Il se contenta de la fixer jusqu'à ce qu'elle baisse les yeux, puis regarda Mlle Makeha.

— Je vous en prie, ne me prenez pas Aliki. S'il vous plaît.

La femme regarda de nouveau Mme Guthrie et le policier.

— Ce ne sera que pour deux jours. L'audience va se tenir dans les jours qui viennent.

Aliki sanglota et Kai ne put retenir ses larmes plus longtemps. Il enfouit son visage dans le cou de son frère et pleura.

190

RAND PRIT une inspiration et fixa son téléphone. *Je devrais leur annoncer la nouvelle en personne.* Mais il fallait huit heures de voiture pour rejoindre le Comté d'Orange, où vivaient ses parents, et il refusait catégoriquement de prendre l'avion. De plus, comme l'avait promis Manolo, l'activité au ranch avait augmenté suite au Nouvel An. Il ne pouvait pas se permettre de les laisser seuls pour gérer le ranch.

Pourquoi leur annoncer ?

Il est temps. Grand temps.

Ça ne va rien changer.

Parfois, aucun changement est tout ce que l'on peut espérer.

Il composa le numéro.

— Rand, quelle bonne surprise !

Elle semblait sincèrement étonnée. Il ne l'appelait pas assez souvent.

— Bonjour. Je… Je voulais vous remercier une fois de plus pour ce magnifique séjour.

— Je suis tellement heureuse que tu aies passé de bonnes vacances. Malgré la frayeur que tu as connue au retour, tu t'es bien amusé durant les derniers jours ?

— Euh, oui. C'est en partie ce dont je voulais te parler.

— Oh. D'accord. Tu veux que je demande à ton père de me rejoindre ?

Seigneur, elle lui mettait la pression sans le savoir.

— Non. Ça va aller.

— Alors, que se passe-t-il, mon chéri ? Tu as une drôle de voix. Tout va bien ?

— Oui, très bien.

— Les affaires sont bonnes ?

— Très bonnes.

Bon sang, il devait se ressaisir.

— Donne-moi une seconde, Maman.

— Oh ? Bien…

Il prit une inspiration longue et profonde. Son téléphone vibra. *Qui cela peut-il être ?* L'indicatif téléphonique était celui d'Hawaii, mais ce n'était pas le numéro de Kai. *Seigneur.*

— Rand ?

— Désolé, Maman, quelqu'un essaye de m'appeler. Je vais te mettre en attente pendant quelques secondes.

191

— Tu m'inquiètes.

— Il n'y a pas de quoi t'inquiéter. Je reviens tout de suite.

Il répondit à l'autre appel.

— Allô ?

— Oncle Rand ! Ils ont pris Aliki !

— Quoi ? Lani ?

— Oui. Les services sociaux. Je les ai vus. Ils l'ont pris. Oh, mon Dieu, il doit avoir tellement peur.

— Où es-tu ?

— Je me suis enfuie. Ils ne m'ont pas eue. Je ne sais pas quoi faire.

— Prends une profonde inspiration. As-tu quelqu'un chez qui te réfugier ?

— Oui. Ma tante. Je ne pense pas qu'ils la connaissent.

— D'accord. Rends-toi chez elle.

— Qu'allons-nous faire s'ils ne laissent pas sa garde à Kai ? Notre garde ?

— Ne t'inquiète pas. Ça n'arrivera pas.

— Oh, Rand, je suis tellement désolée de te déranger. Ce n'est pas ton problème.

Il serra la mâchoire.

— Lani, pourquoi m'as-tu appelé ?

— C'est la première chose qui m'est venue à l'esprit.

— Pourquoi ?

— Parce que… parce que tu nous aimes.

Il sourit.

— Oui, exactement. Maintenant, va te réfugier chez ta tante. Je t'appelle bientôt.

Il bascula à nouveau sur l'appel avec sa mère.

— Maman, j'ai un grand problème. Je dois parler à papa.

— Mais tu allais me dire quelque chose…

— Ah, c'est vrai. Je suis gay. Maintenant, laisse-moi parler à papa.

KAI FAISAIT les cent pas devant la salle d'audience. Il tremblait de tout son corps. Il avait passé la matinée avec Aliki dans le foyer où ce dernier avait passé ces deux derniers jours. Évidemment, Aliki s'était lié d'amitié avec les autres enfants et leur apprenait à jouer aux jeux vidéo sur l'écran de télévision. Les surveillants avaient laissé Kai passer du temps avec lui, sauf la nuit. Il ne s'était pas beaucoup rendu au travail. S'il récupérait Aliki, il aurait du mal à le nourrir. *« Si ». Bon sang. Je pensais que j'avais pris la bonne décision, mais maintenant ?* Maintenant, on le soupçonnait de toute sorte de crimes parce qu'il avait menti pendant des années. Et Lani…

— M. Kealoha, vous pouvez entrer, lui dit une femme qui tenait la porte.

Kai se leva et se précipita dans la pièce. Un homme en tenue très formelle était installé au bout d'une table de conférence, Marjorie Makeha était assise près de lui et Aliki gigotait dans un siège près d'elle. Lorsque Kai entra, Aliki sourit. *Il doit être certain que je vais le ramener à la maison. Si seulement j'en étais aussi sûr.*

— Installez-vous, M. Kealoha, dit Marjorie en désignant un siège.

Il s'assit. L'homme qui semblait être un officiel leva les yeux de la pile de documents qui se trouvait devant lui.

— Kai, je suis Hector Adachi. Je suis responsable de votre dossier.

Kai hocha la tête, sa gorge trop sèche pour parler.

— Où est votre sœur ?

Mince. Cet homme allait droit au but.

— Je n'en sais rien, monsieur.

Le juge fronça les sourcils.

— Quand la police a débarqué, elle a pris peur et s'est précipitée à l'arrière de la maison. Lorsque je suis allé voir comment elle allait, elle avait disparu.

— Mais vous ne semblez pas vraiment inquiet.

— Elle a beaucoup d'amis, répondit Kai en regardant le juge droit dans les yeux.

Ce n'était pas vraiment vrai, mais cela garderait la police à distance jusqu'à ce qu'il trouve une solution.

On frappa à la porte et la greffière alla rapidement ouvrir. *Nom de Dieu !*

Mme Orwell, sa fille et l'amie de Rand, Julie, passèrent la porte et entrèrent dans la pièce. Mme Orwell sourit à Kai, puis elle regarda le juge.

— Je suis Althea Orwell. Voici ma fille, Genevieve Angelo, et notre amie, Julie Durst.

Amie ? Comment se sont-elles rencontrées ?

Elle fronça les sourcils avec élégance.

— Vous pensez peut-être que nous ne sommes qu'un groupe de *haoles* curieuses, mais en réalité, nous sommes les amies de Kai, Aliki et Lani. Nous voulons que vous compreniez que ces enfants sont extrêmement bien

193

accompagnés par leur frère et qu'ils ont une communauté – autrement dit nous – sur laquelle ils peuvent compter. On pourrait croire que ces enfants n'ont pas de grand-mère, mais je vous assure que j'en suis une.

— Bien dit, Mme O. ! s'exclama Aliki en levant le poing en l'air.

Le juge sourit, mais il resta sur ses gardes.

— C'était une performance charmante, mesdames, mais nous sommes ici pour déterminer quel genre de vie de famille mènent ces enfants. Nous devons nous assurer qu'ils ne courent pas de danger et qu'ils ne sont pas négligés. M. Kealoha n'est pas leur père et, par conséquent, il n'a pas de droit parental sur eux. Vous non plus, malgré vos bonnes intentions. Alors je vous prie de vous asseoir et de nous laisser découvrir la vérité.

Mme O. s'installa dans la chaise qui se trouvait près de Kai. Il lui sourit et murmura :

— Lani vous a appelée ?

Elle fit non de la tête.

Le juge s'éclaircit la voix.

Alors ce doit être Rand. Le cœur de Kai bondit dans sa poitrine et il dut reprendre son souffle. *Lani a peut-être appelé Rand. Elle n'aurait pas dû. Pourtant, cet homme a le pouvoir de rassembler les troupes. Très gentil à lui. Enfin, cela ne peut qu'être bénéfique que le juge se rende compte que des personnes locales s'inquiètent du bien-être des enfants.*

Le juge reprit.

— À quand remonte le décès de votre mère ?

Bon Dieu. Cet homme ne plaisante pas.

— Quatre ans.

— Pourquoi personne ne s'est-il rendu compte de son décès dans la communauté ?

Kai remua sur son siège.

— Elle est morte à Lahaina. C'était une droguée. Je suppose qu'elle est morte sans que personne sache qui elle était. Nous avons fait quelques recherches et fini par le découvrir.

— Pourquoi les autorités n'en savaient-elles rien ?

Il fixa ses mains.

— Nous nous attendions à ce que quelqu'un vienne nous chercher, mais personne ne l'a fait. J'ai obtenu un travail et j'ai commencé à subvenir à nos besoins. Personne ne s'en est rendu compte, alors nous avons continué à vivre comme avant.

— Vous aviez seize ans.

Kai hocha la tête.

— Ça ne vous a jamais traversé l'esprit d'aller prévenir les autorités vous-même ?

Cela piqua l'intérêt de Kai.

— Pourquoi ? Personne n'a jamais fait attention à nous lorsque notre mère trafiquait de la drogue, qu'elle vomissait sur le tapis et qu'elle ramenait des hommes à la maison qui menaçaient Lani. C'est n'importe quoi, votre honneur. La loi est tellement centrée autour des droits parentaux qu'on ne fait plus attention à la vue d'ensemble. Je suis leur parent. Je prends soin d'eux. Ce sont mes enfants.

Le juge s'adossa à son siège.

— Malheureusement, la loi ne vous donne pas forcément raison, M. Kealoha. Vous venez tout juste de quitter l'enfance.

Les grands coups frappés à la porte firent sursauter Kai.

Le juge fronça les sourcils.

— Qui veut nous interrompre, cette fois ?

La greffière ouvrit la porte.

Kai resta figé. Aliki bondit de sa chaise, courut autour de la table et se jeta en l'air, sachant que des bras seraient là pour le rattraper.

— Oncle Rand !

Rand attrapa Aliki et entra dans la pièce en le portant dans ses bras. Paré de sa tenue de cowboy, on aurait dit qu'il posait pour l'affiche d'un film. Près de lui se tenait son père avec une mallette à la main, habillé d'un costume qui avait dû coûter aussi cher que le palais de justice. Il sortit une carte de visite de sa poche.

— Monsieur, je suis Elson McIntyre de chez *McIntyre, Green et Olivera* près de Newport Beach, en Californie. Nous avons le droit d'exercer dans l'État d'Hawaii. Je vais représenter M. Kealoha ainsi que M. Kahele dans cette affaire.

Le juge fixa la carte de visite.

— M. McIntyre, pourquoi l'un des meilleurs plaideurs du pays s'intéresse-t-il à un dossier de protection de l'enfance à Hana, à Hawaii ?

— Parce que je considère ce garçon comme mon petit-fils et je refuse que l'on traite ainsi son grand-frère. Chaque enfant serait ravi d'avoir un homme tel que lui dans leur vie.

Le juge tourna la carte entre ses doigts, s'enfonça dans son siège et secoua la tête.

195

— Pouvez-vous me dire, combien de pseudo grands-parents a ce garçon ?

— Bonjour, M. McIntyre, dit Aliki en souriant.

Le père de Rand sourit et lui fit un clin d'œil.

Mais Kai ne pouvait pas quitter Rand des yeux. *Ici. Il est ici. À moins que les bateaux avancent bien plus vite que je le pense, il a dû prendre l'avion. Il a pris l'avion jusqu'ici.*

M. McIntyre s'installa sur une chaise qui se trouvait près de Kai, mais laissa un siège vide entre eux. Il sourit.

— Kai, Aliki et Lani ont de nombreux amis. Peut-être que leur seule erreur a été de ne pas le reconnaître.

Le juge semblait à la fois écœuré et amusé.

— Pourriez-vous m'expliquer la nature de vos relations ?

Rand se tenait près du siège vide, la chaleur de son grand corps réchauffant Kai.

— Je dois parler à M. Kealoha, en privé.

— Et vous êtes… ? demanda le juge en le désignant d'un geste de la main.

— Rand McIntyre.

— Ah, oui. Oncle Rand.

Rand fronça les sourcils.

— Mon père représente M. Kealoha, mais personne n'a eu la possibilité de discuter avec lui.

— Alors votre père doit s'entretenir avec Kai ?

— Non. Je dois m'entretenir avec Kai.

— Je vous assure que c'est nécessaire, insista M. McIntyre.

— Oh, pour l'amour du ciel… Bien. Faites vite.

Rand recula et ouvrit la porte. Kai se leva et sortit, les jambes chancelantes.

Dehors, plusieurs personnes passèrent et regardèrent le grand cowboy *haole*. Rand indiqua le banc que Kai avait réchauffé avant d'entrer dans la salle d'audience. Ils s'assirent côte à côte. Rand prit une profonde inspiration, mais ne dit rien.

Il faut se lancer. Kai le regarda du coin de l'œil.

— Lani t'a appelé ?

— Oui.

— Tu as pris l'avion.

— Quoi ?

196

— Tu as pris l'avion jusqu'ici ?

— Oui.

— Ça a dû être horrible.

— Oui.

— Elle n'aurait pas dû t'appeler.

— C'est ce qu'elle a dit.

— Alors pourquoi es-tu venu ?

— Pour quelle raison, à ton avis ?

— Parce que tu es l'un des hommes les plus gentils et les plus merveilleux que j'ai rencontrés et que tu ne laisserais jamais tomber les enfants.

— C'est ce que tu penses ?

Kai le regarda. Était-ce le cas ? Pensait-il que Rand n'aimait que les enfants ?

Rand soupira.

— Nous devrions parler des solutions. Mon père dit que tu pourrais adopter les enfants, mais que ça demanderait beaucoup de temps et d'argent.

— Les laisseraient-ils vivre avec moi le temps que je trouve l'argent ?

— Probablement. Les tribunaux sont influencés par les préférences des enfants, mais je ne vais pas te mentir... Ça risque d'être compliqué.

— Rien n'a jamais été facile pour nous, répondit-il en fronçant les sourcils.

— Est-ce important pour toi de rester à Hawaii ?

— Que veux-tu dire ?

Rand garda les yeux fixés droit devant lui, comme s'il était en train de parler au mur de l'autre côté du couloir.

— Que dirais-tu de déménager, disons, en Californie ?

— Pourquoi ferais-je ça ?

— Parce que tu pourrais avoir un travail, un endroit où vivre en sécurité avec les enfants, puis ils pourraient aller à l'université et avoir leur propre maison et...

— Bordel ! cria-t-il, faisant se retourner deux ou trois personnes.

Il baissa d'un ton et continua :

— Qu'est-ce que tu racontes ? Je n'ai pas plus de qualifications pour être employé en Californie qu'ici. Au moins, ici, je suis respecté pour mon héritage.

— Tu travaillerais pour moi.

Kai déglutit difficilement.

197

— Rand, tu es génial, mais je ne veux pas de ta pitié.

— Je pourrais adopter les enfants. Je suis plus âgé, j'ai une propriété. Je pourrais...

— Tu plaisantes ? cria Kai en se levant d'un bond. Qu'est-ce qui te prend ?

Rand se leva à son tour et attrapa le bras de Kai – comme un étau chaleureux et sexy.

— Ce qui me prend, c'est que j'aimerais commencer à signer les papiers pour adopter les enfants... une fois que nous serons mariés.

— Quoi ? fit-il, ouvrant de grands yeux et se laissant tomber sur le banc.

Rand se rassit.

— Je suis désolé que ce ne soit pas plus romantique, mais le juge attend. Nous pourrions gérer le ranch, élever les enfants et ils auraient des grands-parents. Nous pourrions les ramener ici de temps en temps et loger chez Mme Orwell durant l'été pour qu'ils puissent s'imprégner de leur culture. Peut-être même qu'ils reviendront sur l'île pour y passer leurs années universitaires.

— Attends une seconde, dit-il dans un rire bref. Tu veux que je me marie avec toi afin que les enfants puissent avoir la vie qu'ils méritent ?

Le regard bleu et profond de Rand rencontra celui de Kai.

— Si c'est la seule manière que je peux te convaincre d'accepter ma demande en mariage, alors je la prends.

Kai s'affaissa sur le banc.

— J'ai l'impression d'avoir passé ma vie entière à me battre pour donner un peu de bonheur à ces enfants.

— Cesse de te battre, Kai. J'ai la situation en main.

XXI

Le juge balaya la pièce du regard.

— Je dois admettre que cette journée a été surprenante. En arrivant, je pensais que les enfants Kahele pouvaient être négligés ou en danger et maintenant, je sais qu'ils sont entourés par des personnes qui les aiment et prennent soin d'eux. Je n'ai pas l'habitude de ce genre de scénario, alors c'est un événement joyeux. Il est clair que ces enfants ne sont pas en danger, Mlle Makeha, donc il ne sera pas nécessaire de les retirer à leur frère. Quant à la garde sur le long terme, il apparaît que M. McIntyre et M. Kealoha s'en chargeront en formant une famille en Californie.

Il tourna les yeux vers Rand.

— Je vous conseille de vous marier le plus vite possible si vous comptez emmener ces enfants hors de l'État.

— Oui, monsieur, acquiesça Rand. C'est ce que nous comptons faire.

Je l'espère. Il regarda Kai du coin de l'œil. *Oui, cet homme ferait n'importe quoi pour son frère et sa sœur, mais irait-il jusqu'à me laisser l'obliger à se marier avec moi ?*

Le juge haussa un sourcil.

— J'espère que votre sœur ne tardera plus à rentrer de chez son « amie », dit-il en insistant sur le dernier mot.

Aliki se blottit contre l'épaule de Rand.

— Oh, elle reviendra. Elle adore les mariages !

Ils se mirent tous à rire.

— Envoyez-moi les papiers à signer pour que les enfants restent avec Kai le temps du processus d'adoption, demanda son père au juge.

— Ne vous inquiétez pas. Nous allons vous inonder de paperasse, plaisanta le juge avant de se lever et de lui serrer la main. Vous vous êtes trouvé un petit-fils exceptionnel.

— N'est-ce pas ?

Rand serra la main du juge, mais son attention était focalisée sur Kai.

Lorsqu'ils sortirent tous dehors et que le soleil les enveloppa, Rand étreignit tout le monde – sauf Kai. Il embrassa la joue de Mme O.

— Merci d'avoir tout laissé tomber pour venir jusqu'ici, lui dit-il avant de se tourner vers Julie. Et d'avoir retrouvé cette jeune femme.

Cette dernière sourit.

— Je pense que nous avons troublé le juge assez longtemps pour te permettre d'arriver, dit-elle avant de regarder Kai qui tenait Aliki contre lui. Le mariage est pour quand ?

Rand remarqua le léger froncement de sourcils de Kai.

— Nous n'avons pas encore fixé la date. Tout s'est passé si vite.

— Sans blague, dit-elle en riant. Qui aurait cru que nos cowboys étaient gays ?

Le froncement de sourcils de Kai se creusa encore plus.

Mme Orwell étreignit Rand d'un seul bras.

— Il suffisait de les voir interagir, dit-elle avant de le chasser d'un geste de la main. Vous devriez aller retrouver Lani.

— Oui, madame, répondit Rand.

— Je serai au Hana Maui, dit son père. Ta mère essaye de trouver un vol, mais elle pense que nous devons rendre ce mariage réel et légal le plus tôt possible. Je suis d'accord avec elle. Ce serait bien de le célébrer demain ou après-demain, même si elle ne peut pas être présente. Nous avons sa permission, plaisanta-t-il. Tu peux télécharger le contrat de mariage en ligne et te marier à l'hôtel. Comme il y a énormément de personnes qui se marient chez eux, ils ont une liste d'officiers.

Tout le monde regarda Rand avec impatience, excepté le principal intéressé.

— Je vais en discuter avec Kai et je vous dirai ce qu'il en est plus tard.

— Mais je pense…, commença son père.

— Plus tard, Papa. Merci à tous d'être venus. Nous avons simplement besoin de nous poser tranquillement pour discuter. Nous devons aussi récupérer Lani. Je vous appellerai tous plus tard, d'accord ?

— Bien sûr, mon joli, répondit Mme O. en souriant. Allez tracer votre futur.

Ouf. Il posa doucement sa main sur le dos d'Aliki, ses doigts touchant légèrement ceux de Kai. Ce dernier laissa son bras retomber. Eh bien, ce n'était pas très encourageant pour la suite. Kai attrapa son téléphone et composa un numéro. Il attendit une seconde.

— Salut, Lani. Oui, tout s'est bien passé. Rejoins-nous à la maison.

Il continua d'écouter.

— Oui, j'en suis sûr.

Il raccrocha et regarda Rand.

— J'ai mon pick-up. Je vais rentrer avec Aliki.

— Euh… Je suis venu avec mon père, alors je dois rentrer avec toi.

— Oh. D'accord.

Ils grimpèrent dans le vieux pick-up, Aliki assis entre eux. Silence. *Ambiance pesante.*

Aliki se pencha en avant, tirant sur la vieille ceinture.

— Je vais pouvoir rester avec vous ? Ils ne vont pas revenir me chercher ?

— Non, répondit doucement Kai. Ils ne vont pas revenir te chercher.

— Tu en es sûr ?

Kai jeta un œil vers Rand avant de répondre :

— Oui.

— Alors vous êtes gays ?

Rand toussa pour étouffer un rire. Un muscle se contracta dans la mâchoire de Kai.

— Exactement, Aliki. Je suis gay et Kai aussi.

— Oh.

— Sais-tu ce que ça signifie ?

— Les garçons de l'école disent que les autres sont gays quand ils veulent se moquer de quelqu'un, ce que je trouve plutôt débile.

— Ton vocabulaire, l'avertit Kai.

— Je sais, mais en tout cas, ce que ces garçons font n'est pas bien. Et je sais que les personnes gays peuvent se marier comme tout le monde, ce qui est cool. On pourrait s'arrêter pour acheter des glaces ?

Rand ne put se retenir. Il éclata de rire.

Ils s'arrêtèrent pour acheter des cornets de glace et un pot de crème glacée pour Lani, puis ils remontèrent dans le pick-up.

Aliki commença à parler. Rand leva une main pour l'interrompre.

— Ne parle pas la bouche pleine. En plus, nous devons raconter tout ce qui s'est passé à Lani, alors attends que nous soyons rentrés à la maison pour discuter.

— Oh. D'accord, acquiesça-t-il avant de lécher frénétiquement sa glace pour éviter qu'elle fonde.

Rand allait devoir attendre pour savoir ce que pensait Kai. *Petit malin !*

Ils passèrent encore quinze minutes dans un silence pesant avant d'arriver devant la maison. Lani se tenait dehors, ce qui donna le sourire à Rand. Dès que la voiture s'arrêta, il ouvrit la portière, sortit et la souleva dans ses bras en la faisant tourner en rond.

Elle aussi le serra très fort.

— Oh, oncle Rand, tu es venu ! Je suis désolée de t'avoir fait prendre l'avion.

Il sourit.

— Si c'est pour ton bien, je serai prêt à venir à la nage, ma puce.

Elle se pencha en arrière et le regarda droit dans les yeux.

— Merci.

Il la reposa au sol. Elle regarda Kai.

— Vous devez me dire ce qui se passe. Personne ne va jaillir des buissons pour nous récupérer et nous placer en famille d'accueil ?

Aliki courut vers elle avec son précieux pot de crème glacée en train de fondre.

— Nous avons acheté des glaces et je t'en ai rapporté.

Elle glissa son bras autour de lui.

— Alors, allons la manger.

À l'intérieur, elle se servit de la crème glacée et en servit aussi à Aliki – elle lui en donna plus. Ils s'installèrent dans le salon pendant que Kai allait retirer ses vêtements de cowboy pour enfiler un short.

— Tu as des vêtements de rechange, oncle Rand ?

— Non. Mon sac est dans la voiture de mon père.

— Ton père ? répéta-t-elle en écarquillant les yeux. Il est aussi venu ?

— Oui. C'est un avocat reconnu sur le continent, alors il m'a accompagné.

Aliki rigola en mangeant sa deuxième ration de crème glacée.

— J'ai cru que le juge allait avaler sa langue lorsque M. McIntyre et oncle Rand sont entrés dans la pièce. Il savait même qui était M. McIntyre.

— Waouh. C'était très gentil de la part de ton père d'être venu jusqu'ici.

— Il a dit qu'il me considérait comme son petit-fils. Et Mme Orwell aussi, et sa fille, et cette dame qui s'appelle Julie. Ils sont tous venus.

Il secoua la tête et rigola comme s'il était en train de se souvenir de cette journée avec plaisir. Soudain, il leva les yeux.

— Et devine quoi ?

— Quoi ?

— Kai et oncle Rand vont se marier !

Il se jeta contre les coussins du canapé et frappa des pieds en l'air.

202

— Attends. Quoi ? demanda-t-elle en arrêtant de manger et en fixant Rand, choquée.

Kai entra dans la pièce à cet instant, prouvant que même les vieux shorts de bain pouvaient paraître comestibles.

— Aliki, je t'ai demandé de ne rien dire.

Aliki fronça les sourcils.

— Non. Tu m'as demandé de ne rien dire jusqu'à ce que nous soyons à la maison et que nous puissions en discuter avec Lani. Lani est ici.

Kai soupira.

— Tu as raison. Pardon, dit-il, puis il se laissa tomber sur le siège usé. Alors, parlez.

— Tu vas te marier ? lui demanda Lani.

Kai leva brièvement les yeux vers Rand, puis les baissa vers le sol.

— Je suppose.

Lani tourna ses yeux noirs vers lui.

— Oncle Rand ?

— J'ai proposé à Kai que nous nous mariions, que nous vous adoptions tous les deux et que vous veniez tous vivre en Californie, dans mon ranch. Comme ça, mes parents pourraient vous voir, vous auriez de bonnes écoles, un bel endroit où vivre, des cours d'équitation, de l'argent pour aller à l'université et nous pourrions revenir régulièrement ici pour que vous ne perdiez pas vos racines culturelles.

— Oui, intervint Aliki en souriant. Ce n'est pas génial ?

Lani regarda Rand et Kai tour à tour.

— Vous allez vous marier pour prendre soin de nous ?

Aliki hocha vivement la tête.

— Le juge était très enthousiaste à cette idée.

Rand regarda le visage baissé de Kai du coin de l'œil.

— Mais, ce n'est pas obligatoire. Ce que je veux dire, c'est que le juge a reconnu que vous étiez entre de bonnes mains en vivant avec Kai, alors… je peux retourner en Californie et Kai me laissera peut-être vous aider pour financer vos études ou quelque chose.

Waouh. Il avait la poitrine serrée. *Comment puis-je ressentir la perte d'une chose que je n'ai jamais eue ?*

— Je pense qu'ils savent désormais tous que Kai prend parfaitement soin de vous, alors j'imagine qu'ils le laisseront vous adopter seul.

— Attends, dit Aliki en décrochant son regard de sa crème glacée. Tu veux dire qu'il ne va pas y avoir de mariage ?

203

Rand soupira.

— J'ai l'impression d'avoir forcé Kai à accepter ma proposition, Aliki. Mais ça ne veut pas dire que nous ne nous verrons plus. Si je trouve un moyen de traverser l'océan sans vomir, je viendrai vous rendre visite, dit-il en riant.

Mais cela sonnait faux. Aliki le regarda comme s'il avait perdu l'esprit.

— Mais je veux aller dans ton ranch, apprendre à monter, aller à l'université et... te voir tous les jours, dit-il, les larmes lui montant aux yeux.

Soudain, c'en fut trop. Rand essuya son visage d'un revers de main et se leva.

— Désolé. J'ai l'impression que ça ne va pas se dérouler de cette manière.

— Mais...

— Un instant ! cria Lani en se levant, posant ses mains sur ses hanches inexistantes. Oncle Rand, pourquoi as-tu demandé à Kai de t'épouser ?

— Je viens de te le dire.

— Non, tu m'as expliqué tout ce qu'il en ressortirait de bien pour Aliki et moi. Est-ce la raison pour laquelle tu veux épouser Kai ?

— En partie.

— Quelle est la principale raison ?

Les yeux de Kai ne quittèrent jamais le tapis. Rand fixa ses cheveux noirs et épais.

— Eh bien, parce que je l'aime.

La tête de Kai se souleva comme si elle était tirée par une corde.

— Vraiment ? demanda Lani.

— Évidemment.

— Qu'est-ce que tu entends par « évidemment » ? dit-elle en jetant les bras en l'air. Tu lui as déjà dit ?

— Eh bien, peut-être pas, non.

— Seigneur, que vais-je faire de ces deux cowboys ? dit-elle avant d'avancer d'un pas lourd vers Rand. Tu ne comprends pas que Kai a passé sa vie à prendre des décisions en fonction d'Aliki et moi ? Il n'a jamais rien fait pour lui-même. Et maintenant, tu lui dis que son mariage est aussi organisé pour notre bien ? Ce n'est pas comme ça que ça marche, oncle Rand. Il mérite d'avoir une relation amoureuse qui lui appartient.

Rand fixa Lani, puis tourna la tête vers Kai. Leurs regards se trouvèrent.

— Je t'aime. Je t'aime depuis le moment où je t'ai vu monter ce cheval comme un dieu païen des cowboys. Depuis le moment où tu as dansé le *two-step* jusque dans mon cœur. Je ferai n'importe quoi pour Aliki et Lani, mais c'est de toi que je suis amoureux.

— Vraiment ? demanda Kai en clignant vivement des yeux.

— Oui. C'est assez romantique pour toi ?

Kai hocha la tête, mais il baissa de nouveau les yeux.

Rand déglutit.

— Mais je ne veux pas te forcer à faire quoi que ce soit si tu ne te sens pas prêt.

— Allez, Kai ! gémit Aliki.

— Chut, fit Lani en attrapant le bras de son petit frère et en le tirant derrière elle. C'est une décision que Kai et Rand doivent prendre à deux. Cela n'a rien à voir avec nous.

Ils disparurent dans le couloir.

Kai regarda à nouveau Rand.

— Tu m'aimes ? Tu en es sûr ?

Rand avança vers Kai et toucha sa joue.

— J'ai rempli deux sacs vomitoires sur un vol d'Hawaiian airlines qui en attestent.

Il s'installa près de Kai sur le vieux fauteuil et le poussa un peu.

— Mais la grande question est de savoir si tu m'aimes aussi ? Même un peu ?

Kai esquissa un sourire et hocha la tête.

Le cœur de Rand bondit dans sa cage thoracique.

— Vraiment ?

— C'est la raison pour laquelle je doute tellement de toi. Je n'ai jamais aimé personne d'autre que ces enfants. J'ai l'impression qu'en donnant de l'amour à une autre personne, je leur vole un peu de l'amour que je leur donne. Mais tu serais sans aucun doute un très bon exemple pour eux.

— Pourquoi penses-tu ne pas en être un ?

— Je ne suis qu'un cowboy idiot, minable, sans aucun diplôme. On ne peut pas vraiment dire que je sois un modèle de réussite, si ?

— Qui t'a dit ça ?

— Mon idiot de beau-père, qui était tout aussi minable que moi.

Il prit une vive inspiration et ajouta :

— Puis ma mère, chaque jour, jusqu'à ce qu'elle nous fasse enfin un cadeau en partant.

— Et pourtant, les deux seules personnes dont l'opinion compte pour toi pensent que le soleil se lève avec ton sourire et souhaitent devenir des personnes aussi travailleuses, altruistes et dévouées que leur grand frère. Je pense que tu choisis de croire les mauvaises personnes.

— Ton opinion est importante pour moi, dit Kai en se frottant le cou.

— Alors, écoute-moi bien : tu m'inspires. J'aimerais être aussi courageux que toi.

— Pourquoi as-tu peur de voler ?

Rand prit une grande inspiration.

— Lorsque j'étais légèrement plus âgé que Lani, j'ai participé à un camp de cowboys et je suis tombé sous le charme d'un garçon plus âgé. Il était magnifique et c'était le meilleur cavalier parmi nous tous. Il m'a demandé de lui faire une fellation. J'en avais envie – je savais déjà que j'étais gay. Mais un enfant est entré dans la pièce et ce garçon a paniqué. Vraiment paniqué. Il m'a fait approcher d'un précipice en me poussant avec un couteau pendant que tous les garçons hurlaient « *tafiole* ». J'étais sur le point de tomber quand l'animatrice nous a trouvés. Heureusement qu'elle m'a rattrapé ou je serais mort. La mort ne me faisait pas peur, mais l'idée de chuter me rendait malade.

— Bon sang, je déteste ce garçon. Si seulement je pouvais retourner dans le passé et le jeter du haut de cette falaise.

— J'aurais aimé avoir un ami de mon côté. Je n'en avais aucun cette nuit-là. Même l'animatrice pensait que j'étais une tafiole toute frêle.

— Alors tu n'as jamais plus parlé de ton homosexualité ?

— J'ai compris la leçon. Les cowboys se murent dans le silence.

— Mais aujourd'hui, tu as décidé d'en parler à tout le monde.

Rand haussa les épaules.

— Pour nous, dit Kai.

Rand le regarda droit dans les yeux.

— Pour moi, rectifia Kai.

— Exactement.

— C'est ce que j'appelle du courage.

— Peut-être que tu me rends courageux, répondit-il en esquissant un sourire.

206

— Et peut-être que tu réussiras à me convaincre que je suis source d'inspiration... d'ici environ cinquante ans.

— Je serai ravi d'essayer.

— Et j'aurais la possibilité d'utiliser ces jolies fesses pour le restant de ma vie.

— C'est un bon point.

— Et je pourrais devenir un maître en broderie de napperons.

— C'est vrai. Seigneur, mes clients seront sûrement aux anges à l'idée de rencontrer un vrai *paniolo*. Tu pourrais même reprendre tes études et obtenir un diplôme, proposa-t-il. Si tu en as envie, bien entendu.

Kai baissa de nouveau les yeux sur le tapis et Rand retint son souffle. Puis Kai leva un bras et essuya ses yeux.

— Tout va bien ?

Kai haussa les épaules. Lorsqu'il prit la parole, sa voix tremblait.

— Pour la première fois en vingt ans, je me sens en sécurité.

Lorsque Rand enroula ses bras autour du corps mince et musclé de Kai, il sentit les épaules de ce dernier trembler.

ILS SE tenaient à l'arrière de la salle de réception, fixant le dos de tout un tas de personnes. Kai donna un coup de coude à Rand et murmura :

— C'est Haku et sa femme ?

— Oui.

Rand sourit. Voir les dents blanches du cowboy fit trembler les genoux de Kai.

— Bon sang, le propriétaire du Hana Maui est là.

— Oui. Après, c'est parce qu'il connaît mon père et ma mère. Rien à voir avec nous.

Kai observa la grande pièce avec ses murs de verre qui donnait sur l'océan. Il y avait Mme O., Genevieve et ses filles, Julie, Audrey, Moke et plein de personnes du club. Tous les employés de l'écurie étaient présents, ainsi que Marjorie Makeha. Leur tante était assise à l'avant – privilège familial.

— Quand commençons-nous à marcher ? demanda Aliki qui gigotait près de Kai.

— Bientôt, je crois.

Il secoua les épaules, essayant de se décrisper. Tout cet événement était curieux, surtout de se marier à un homme. Mais l'idée de passer le

207

reste de sa vie avec Rand et les enfants était parfaitement sensée. Il était impatient de commencer cette nouvelle vie.

Ils avaient passé quelques minutes à discuter avec l'organisateur du mariage pour savoir qui allait se tenir à l'autel et qui allait réaliser la marche. Finalement, ils avaient contourné le problème en décidant d'avancer tous ensemble jusqu'à l'autel. D'ailleurs, à partir d'aujourd'hui, ce serait ainsi qu'ils fonctionneraient : ils avanceraient ensemble.

De la musique classique commença à jouer et Rand se pencha pour murmurer :

— Tu es prêt ?

— Plus que jamais.

— Je t'aime.

Kai leva les yeux vers ce grand regard bleu.

— C'est magnifique.

Rand sembla surpris, puis il rit.

— Oui, toute cette histoire est magnifique. Allons nous marier.

Kai entrelaça son bras avec celui de Rand et prit la main d'Aliki. Rand offrit son autre bras à Lani, qui l'accepta avec un sourire plein d'amour, ce qui fit planer le cœur de Kai. Ses bottes de cowboy brillaient sous sa robe blanche.

Ils avancèrent le long du couloir qui avait été élargi pour qu'ils puissent passer à quatre et rejoignirent le révérend local qui célébrait souvent des mariages à l'hôtel. Les invités souriaient lorsqu'ils passaient. Curieux. Personne ne semblait penser que ce mariage était étrange, ou du moins ils le cachaient bien. Une frégate superbe [3] volait de l'autre côté des vitres et Kai observa la fantastique liberté qu'elle représentait. Ce mariage aurait dû ressembler à un piège. Au lieu de cela, il ressemblait davantage à une clé destinée à ouvrir sa cage.

Ils s'arrêtèrent devant le révérend et les enfants s'éloignèrent. Rand serra la main de Kai, l'enveloppant dans sa force. Le pasteur salua toute l'assemblée et les remercia d'être venus pour assister à cet heureux événement. Le fait qu'ils n'aient été prévenus que vingt-quatre heures plus tôt ne fut pas mentionné. Des mots concernant le mariage de deux âmes, une union heureuse, l'amour, la fidélité flottèrent autour de lui telle une

---

3 Oiseau marin qui survole les eaux chaudes de l'Atlantique et du Pacifique, près des côtes américaines.

musique et il n'en entendit presque rien. La réalité se trouvait dans sa main, gardée au chaud et en sûreté.

— L'échange des alliances…

Kai se raidit. *Bordel.* Il avait oublié les alliances !

Rand plongea une main dans sa poche et en sortit une petite boîte en velours.

— Si tu ne les aimes pas, nous pourrons les échanger, murmura-t-il.

Il ouvrit la boîte et Kai découvrit deux anneaux façonnés dans une matière brillante et argentée – probablement du platine. Le plus beau, c'étaient les chevaux gravés qui galopaient autour de chaque anneau dans une danse éternelle. Rand prit l'un des anneaux et le tint entre ses doigts.

— Acceptes-tu de m'épouser, cowboy ?

Kai lutta contre les larmes qui menaçaient de couler.

— Oh oui, répondit-il avec un grand sourire.

Rand rit et glissa l'anneau autour de son doigt. *Il me va parfaitement.* Il donna l'autre anneau à Kai, glissa la boîte dans sa poche et lui offrit sa main gauche.

— Tu m'as appris ce que c'était que d'être un homme, déclara Kai avant de glisser l'anneau à son doigt.

Cet homme est désormais ma maison.

— En vertu des pouvoirs qui me sont conférés par l'État d'Hawaii, je vous déclare mari et époux.

Ils se sourirent.

— Hé, vous n'allez pas vous embrasser ? retentit la voix d'Aliki dans la pièce.

Kai rit, se mit sur la pointe des pieds et offrit un vrai baiser à Rand. Ce dernier glissa ses bras autour de lui et le fit basculer en arrière alors que les flashs des appareils photo se succédaient.

Un dernier baiser, puis ils attrapèrent les enfants pour faire un câlin collectif. Lani se pencha en arrière.

— Oncle Rand, dès que je t'ai vu, j'ai su que tu allais tout changer.

Il se mit à rire.

— Pas mal pour un gars qui se contentait de vivre une vie « satisfaisante ».

Quelques minutes plus tard, Kai, Rand et les enfants se rendirent sur la terrasse où tout le monde était rassemblé pour un buffet informel. Quelqu'un – sûrement Julie – s'était arrangé pour que le groupe de musiciens

209

du club vienne jouer à leur mariage. Lorsqu'ils entamèrent un morceau de *Cowboy Charleston*, Kai tendit la main à Rand.

— Allez, cowboy. Montrons-leur comment tu as volé mon cœur.

Il fallut peu de temps aux enfants pour se joindre à eux et la famille McIntyre-Kealoha dansa vers son futur.

XXII

Les enfants trépidaient d'impatience à l'approche du ranch.

— C'est ici ? C'est ici ? demanda Aliki en bondissant sur son siège.

— Oui, répondit Rand en jetant un œil vers son futur « fils ». Ne tire pas trop sur la ceinture. Tu y seras dans une minute.

— Oui, oncle Rand.

Il se rassit droit dans son siège pendant trois secondes et se pencha de nouveau en avant. Lani restait immobile, mais ses yeux brillaient et, pour une fois, elle ressemblait presque à une enfant.

— Manolo et Danny sont les personnes que nous allons rencontrer ?

— Oui. Il y a d'autres employés, mais ce sont en général des saisonniers. Ces deux hommes sont ceux qui font tourner le ranch en permanence.

— Tu ne penses pas que ça les dérangera d'avoir deux enfants dans leurs pattes ?

Toujours en train de s'inquiéter, cette petite.

— Ma chérie, ils vont tellement t'adorer que je vais avoir du mal à te garder pour moi.

Kai resta silencieux. Rand lui donna un coup de coude par-dessus la boîte de vitesse.

— Ils sont probablement en train de broder des napperons à l'intérieur, dit-il avant de prendre une grande inspiration. Je leur ai parlé de vous, mais… je voulais que le mariage reste une surprise.

Kai tourna instantanément la tête vers lui.

— Ils ne savent pas que nous sommes mariés ?

Rand déglutit.

— C'était difficile à expliquer au téléphone alors que le réseau était quasi inexistant et que je ne pouvais leur parler que quelques minutes.

— Ils savent que nous arrivons ?

— Oui.

— Qui pensent-ils que nous sommes, bordel ? demanda-t-il, puis il regarda brièvement par-dessus son épaule. Pardon.

211

— Sûrement des amis. J'ai essayé d'en discuter avec Manolo, mais ça n'arrêtait pas de couper.

— Eh bien, ça risque d'être folklorique, dit Kai sans une trace d'humour.

Rand se gara devant la maison principale, prit une profonde inspiration et ouvrit la portière. Bien entendu, Aliki était sorti avant que les bottes de Rand touchent le sol.

— Oncle Rand, cet endroit déchire !

Soudain, la porte d'entrée de la maison s'ouvrit et la mère de Rand sortit sur la terrasse.

— Surprise !

— Maman ? Waouh ! Je ne m'attendais pas à ce que tu sois là.

Son propre sourire le surprit.

Elle descendit les marches avec hâte, les bras grands ouverts.

— Je n'allais pas laisser mes petits-enfants débarquer en Californie sans les accueillir comme il se doit. Aliki, Lani, quel plaisir de vous revoir.

Elle portait des colliers de fleurs sur les bras.

Aliki se précipita vers elle et elle le prit dans ses bras. Il se pencha en arrière.

— Êtes-vous vraiment ma grand-mère ?

— Eh bien, ce ne sera pas officiel jusqu'à ce que l'adoption soit finalisée, mais je pense que nous pouvons faire semblant jusque-là. D'après ce que m'a dit mon mari, tu es plutôt doué pour le faire, dit-elle en lui faisant un clin d'œil.

Il la fixa du regard, figé comme une statue, puis il enfouit son visage dans ses mains. Lani alla s'accroupir près de lui dans la seconde.

— *Kaikahine*, que se passe-t-il ?

— Je… Je n'ai jamais eu de grand-mère.

Lani sourit et le prit dans ses bras. La mère de Rand s'accroupit près d'eux.

— Tu veux savoir ce qu'il y a de bien avec les grands-mères ?

Il hocha vivement la tête et essuya ses yeux.

— Elles font tout pour gâter leurs petits-enfants.

Elle retira un collier de fleurs de son bras.

— Je veux m'assurer de faire les choses bien, dit-elle en plaçant délicatement le collier de fleurs par-dessus sa tête de sorte que la moitié du collier soit drapé sur son dos. *Aloha*, Aliki. Bienvenue dans ta nouvelle maison.

Il renifla et la prit dans ses bras.

Elle se tourna ensuite vers Lani et lui remit le deuxième collier de fleurs.

— *Aloha, mo'opuna.*

Lani plaqua une main sur sa bouche.

— J'espère que je n'ai pas trop écorché ce mot, dit sa mère en souriant.

— Oh non, pas du tout, vous l'avez parfaitement prononcé.

Rand jeta un regard curieux vers son partenaire.

— Ça signifie « petite-fille », murmura Kai.

Sa mère se releva tout en gardant une main posée sur le dos de Lani. Elle rejoignit ensuite Kai.

— Bienvenue dans ta nouvelle maison. Je suis fière de pouvoir t'appeler *keikikane*, dit-elle en glissant délicatement le collier de fleurs autour de son cou.

— J'en suis honoré, madame, dit-il avec le sourire.

— J'ai toujours voulu que mon fils vive sa propre vie. Qu'il soit lui-même. Tu as rendu cela possible et…, commença-t-elle en souriant tellement qu'elle devait en avoir mal aux joues. Et en plus de cela, tu lui as offert la famille dont il a besoin pour se sentir entier. J'ai toujours su que Hana était un endroit magique, mais cela dépasse toutes mes attentes.

Kai esquissa un sourire.

— Nous étions cachés dans la jungle, madame, attendant l'arrivée de notre cowboy.

— Patron ?

Rand se retourna. Manolo et Danny se tenaient derrière lui.

— Salut, les gars.

Bien. L'heure de vérité est arrivée.

— J'aimerais vous présenter quelques personnes.

Avant que Rand ne puisse commencer les présentations, Manolo s'avança et tendit une main vers Kai.

— Tu dois être Kai. C'est un plaisir de faire ta connaissance. Nous avons besoin d'un bon cowboy pour continuer à faire tourner cette affaire.

Puis il se pencha et serra les mains de Lani et Aliki.

— Ça va être agréable d'avoir des enfants au ranch. Bienvenue à la maison.

— Merci, monsieur, dit Lani en souriant.

— Appelle-moi Manolo, d'accord ?

— Êtes-vous un *vaquero* ? demanda Aliki avec des yeux ronds.

213

— En effet.

— Waouh. Ravi de faire votre connaissance, Manolo.

Danny se tenait en retrait, bras croisés, ses yeux verts légèrement plissés. Il dénoua ses bras et tendit une main à Kai.

— Salut. Je m'appelle Danny.

Kai hocha la tête et lui serra la main, même si ses yeux s'étaient un peu élargis en le voyant. Danny, l'éternel étalon.

— Sans vouloir paraître présomptueux, je me doute que la maman de Rand n'a pas fait tout ce chemin pour accueillir un nouvel employé du ranch, remarqua Manolo. J'ai raison ?

Rand soupira.

— Oui. Je suppose que je ferais mieux de m'expliquer.

Danny eut un sourire en coin.

— Eh bien, étant donné que M. Kai est le plus beau spécimen que Dieu ait jamais créé, je suppose qu'il est soit ton mari ou qu'il va bientôt le devenir et que ces enfants sont les tiens.

Rand toussa et Danny sourit.

— Je m'en sors bien ?

— C'est vrai, *patrón* ? demanda Manolo en penchant la tête.

— Oui.

— Tu es…, commença-t-il, puis il regarda les enfants.

— C'est bon, dit Rand. Les enfants savent que nous sommes gays. Nous nous sommes mariés à Maui.

— Nom de…

Un autre coup d'œil vers les enfants.

—… Nom d'un petit chiot.

Aliki éclata de rire.

— J'adore ! Je peux le dire, Kai ? Nom d'un fichu, maudit petit chiot.

— Pardon… *patrón*, s'excusa Manolo auprès de Kai en riant.

Kai posa ses yeux noirs sur Danny.

— J'apprécie le compliment, mais puis-je te demander comment ça se fait que tu décrives un homme en disant que c'est un beau spécimen ?

Danny mastiqua le brin de paille qui se trouvait toujours dans sa bouche.

— Disons simplement que je vais vous faire découvrir le meilleur bar gay de Chico.

— Tu plaisantes ? demanda Rand en levant un sourcil.

Danny fit non de la tête et ses fossettes firent leur apparition.

214

— Pourquoi ne m'en as-tu jamais parlé ?

Danny jeta le brin de paille au sol et sourit.

— Tu sais mieux que personne que les cowboys se taisent à ce sujet.

Dire qu'il avait eu peur de perdre ses employés.

— Tu penses que nous allons perdre beaucoup de clients ?

— Peut-être certains, répondit-il en haussant les épaules. Tu en penses quoi, Manolo ?

— Qu'ils peuvent bien aller se faire voir, dit-il en riant.

Aliki était mort de rire. Manolo regarda Rand droit dans les yeux.

— Tu en as quelque chose à faire ?

Était-ce le cas ?

— J'ai toujours pensé que ça me dérangerait, admit Rand. Mais maintenant, je pense que mes priorités ne sont plus les mêmes.

— Beaucoup d'homosexuels aiment les ranchs éducatifs, dit Danny en rigolant. Il faut simplement savoir où faire sa publicité. Nous en discuterons une fois que vous serez installés.

Souriant, il s'éloigna d'un pas nonchalant, attrapant Manolo au passage.

Sa mère frappa dans ses mains.

— Bien. Laissez-moi vous montrer où se trouvent vos chambres afin que vous puissiez vous installer dans votre nouvelle maison, dit-elle en s'essuyant les yeux. Nous allons tellement nous amuser.

Elle fit entrer les enfants dans la maison de plain-pied.

— J'ai hâte que vous veniez me rendre visite chez moi. Oh, mon Dieu, vous allez adorer nos plages. Et nous irons à Disneyland, au zoo, au…

Ils disparurent à l'intérieur.

Rand posa le bout de ses doigts sur la joue de Kai.

— Puis-je t'emmener dans notre chambre ?

— Notre chambre. Ça sonne très bien, *brah*.

— Notre chambre. Notre ranch. Nos enfants.

— Notre vie, cowboy. Notre vie.

— Comment vas-tu me prendre, ce soir ? chuchota Rand.

Kai jeta un œil vers la porte de la maison ; on pouvait entendre les rires des enfants.

— Silencieusement. Très, très silencieusement.

Main dans la main, ils montèrent les marches jusqu'à la porte d'entrée.

DREAMSPUN
DESIRES

UNE MARIÉE
SUR MESURE
Tara Lain

*Il épousera la femme
de chambre pour hériter de
50 millions de dollars, mais un secret
pourrait faire capoter l'affaire.*

Il épousera la femme de chambre pour hériter de 50 millions de dollars, mais un secret pourrait faire capoter l'affaire.

Taylor Fitzgerald a besoin d'une mariée de dernière minute.

À la veille de son vingt-cinquième anniversaire, le fils du milliardaire découvre, bien qu'il soit gay, qu'il doit épouser une femme avant minuit ou perdre un héritage de cinquante millions de dollars. Il file donc à Las Vegas… où il rencontre la belle femme de chambre Ally May.

Il y a juste un problème de taille : Ally est en fait Alessandro Macias, fils d'un imposant magnat de l'hôtellerie brésilien. Mais si Ally continue à prétendre être une fille un peu plus longtemps, y a-t-il une chance qu'ils puissent découvrir que ce mariage est fait pour eux ?

les braises sous la cendre

TARA LAIN

Les contes de Pennymaker, numéro hors série

Mark Sintorella (surnommé Cendres) travaille sans relâche en tant que valet dans un hôtel de luxe le jour, et dessine des vêtements la nuit, dans l'espoir secret de réussir un jour à entrer en école de mode. Mais tous ses plans tombent à l'eau le jour où il rencontre Ashton Armitage, fils de la cinquième plus grosse fortune des États-Unis. Le Prince Ashton est sans conteste le jeune homme le plus séduisant que Mark ait jamais vu de sa vie.

Le testament du grand-père d'Ashton le contraint à se marier s'il veut toucher l'héritage familial, aussi décide-t-il d'épouser Kiki Fanderel. Ce que personne ne sait, c'est qu'en réalité, Ash est gay, et c'est le garçon qui nettoie les cheminées qui fait battre son cœur.

Pour compliquer encore la situation, l'étrange Carstairs Pennymaker, petit homme espiègle et facétieux, découvre que Mark est styliste et décide de lui faire porter ses créations en le faisant passer pour une femme, espérant ainsi impressionner les gourous de la mode qui séjournent à l'hôtel. Et lorsque sonnent les douze coups de minuit, le prince se retrouve confronté non pas à une, mais deux princesses. Seulement l'une d'entre elles n'est pas ce qu'elle semble être. À qui la chaussure ira-t-elle ? Seul le mystérieux Monsieur Pennymaker le sait…

www.dreamspinner-fr.com

Le chevalier
de l'avenue
de l'Océan
TARA LAIN

Un amour à Laguna, numéro hors série

Comment à vingt-cinq ans peut-on ignorer qu'on est gay ? C'est une question que Billy Ballew évite de se poser. Après l'échec de sa scolarité, il apprend à lire par sa propre volonté. Sa vie est conditionnée par son besoin d'aider ses parents en travaillant comme ouvrier du bâtiment, d'envoyer ses sœurs à l'université, d'entraîner son équipe junior de baseball et de ne surtout pas penser à ses trois échecs amoureux. Sa phobie des examens l'empêche de passer des validations pour devenir Entrepreneur en bâtiment comme il le souhaiterait, et la crainte du jugement de sa mère l'empêche de voir ce qui pourrait le rendre réellement heureux.

Puis, aux préparatifs du grand mariage de sa sœur, Billy rencontre Shaz Chase Phillips – une étoile montante du stylisme qui est tout ce qu'il y a de plus gay. Pour Shaz, Billy incarne ce qu'il a toujours recherché : fidèle, honnête, courageux. Mais même si Billy se révèle être gay, sera-t-il capable de sortir avec quelqu'un comme Shaz ? Comment deux hommes que tout sépare réussiront-ils à être ensemble ? Est-ce que le Styliste de l'année et le chevalier de l'avenue de l'Océan peuvent s'aimer ?

www.dreamspinner-fr.com

TARA LAIN écrit des romances dans lesquelles apparaissent ses héros à la fois uniques et charismatiques. Ses best-sellers lui ont permis de remporter les prix suivants : meilleure série, meilleure romance contemporaine, meilleure romance érotique, meilleur ménage, meilleure romance LGBT et meilleurs personnages gays. Tara a aussi été nommée meilleure auteure de l'année par les LRC Awards. Les lecteurs parlent souvent de la « douceur » de ses histoires, malgré toutes les scènes sensuelles, parce que Tara croit en l'amour et ses livres se terminent toujours bien. En parallèle de son travail d'écrivain, Tara est à la tête d'une société de publicité et de communication. Si elle aime autant chercher des titres à ses livres, c'est parce qu'elle a passé des années à créer de gros titres pour vendre différents objets – des instruments d'analyse aux semi-conducteurs. Elle organise des ateliers de promotion et d'écriture pour les auteurs. Elle vit avec son mari, sa véritable âme sœur, et son chien, qui se trouve aussi être son âme sœur (un peu jaloux de toutes les images de chats que Tara poste sur Facebook). Ils vivent à Laguna Beach, en Californie, près des villes en bord de mer dans lesquelles se déroulent la plupart de ses histoires. Tara croit en la diversité, en la justice et en de nouvelles expériences ; elle aimerait que sur sa tombe soit inscrit : « Oui ! ».

Adresse e-mail : tara@taralain.com
Site officiel : www.taralain.com
Blog : www.taralain.com/blog
Goodreads : www.goodreads.com/author/show/4541791.Tara_Lain
Pinterest : pinterest.com/taralain
Twitter : @taralain
Facebook : www.facebook.com/taralain
Barnes & Noble : www.barnesandnoble.com/s/Tara-Lain

Par TARA LAIN

Les braises sous la cendre
Le chevalier de l'avenue de l'Océan
Les cowboys se murent dans le silence
Une mariée sur mesure

Publié par DREAMSPINNER PRESS
www.dreamspinner-fr.com

Pour les meilleures
histoires d'amour
entre hommes, visitez

www.dreamspinner-fr.com